读客® 知识小说文库

读小说，学知识

山海经密码

一部带您重返中国一切神话、传说与文明源头的奇妙小说

第4部：刑天被黄帝斩首，成为无头战神的华夏史诗

4

阿菩 著

上海文艺出版社

目录

第一章　身陷中华军阵始祖风后的心幻大阵 /1

羿令符大笑道：“听说你在上古神战之中杀蚩尤，杀夸父，却也因此受了重创，再回不得九天之上，与其任你这凶神在人间徘徊，不如就让我将你送去地狱！”

他的笑声充满了自信，仿佛已经找到了应龙的死穴，就在应龙逼到数十丈内时猛地大喝：“回去吧！”日月弦动，四境一清，弓弦无箭，却发出了来自远方的呼唤！

第二章　江离坐镇九鼎宫，为大禹的江山恢复元气 /47

融父山十二连峰一阵移动，阵法的变动给八千北狄巫骑兵带来一阵迷惑，几个将领都抱着谨慎的态度，但一个变数还是发生了：那头从血池里逃出来的灵兽、三天子障山大盗札罗的坐骑窫窳（yá yú）不知从哪里闯了出来，带着成百上千头獙（bì）獙、軨（líng）軨、㻞（dōng）㻞等各种奇异怪兽攻入融父山十二连峰变动时产生的破绽。三队北狄巫骑兵紧随其后也冲了进来。

第三章　刑天被黄帝斩首，成为无头战神的华夏史诗 /95

应龙轰轰轰的声音从云间传来：“刑天，你还没死吗？”

千尺深洞中传来刑天的狂笑：“死？谁能杀得死我！就算是天崩了，地毁了，那造化的洪流也灭不了我的不死之身！”

一条雄壮的身影从黑洞中冉冉升起，任是有莘不破这种从小就听过刑天传说的人也忍不住吓了一跳：从地底中升起的这个男人没有头颅，他双乳暴睁，变成了双目，肚脐横裂，变成了血盆大口。他已经不知道在地底沉睡了多少年，腰间那一条黑漆漆的虎皮裙已经变成黑色，而且烂得只剩下一截，除此之外浑身赤裸，就连双手中的一对兵器——那对威震千古的干戚似乎也破烂不堪了。

第四章　商国储君有莘不破独身闯夏都 /135

有莘不破恍然大悟，叫道：“我知道你是谁了，你是河伯东郭冯夷！老头，怎么你还没死吗？”

东郭冯夷哼了一声，激起滔天巨浪，向岸边逼来。

有莘不破笑道：“你要在河心就动手，还占着几分地利。现在才和我破脸，哈哈，没你的好果子吃。不过小爷有事，不陪你玩了。”转身往东南跑去，没跑出几步，突然感到口干舌燥，再跑出几步，连眉毛也焦了，心中一惊：“这东郭冯夷不是一个人来的！”抬头一看，东南方向上竟然多了一个太阳！“东君！”

第五章　饕餮之胃：贪吃果的奇妙传说 /165

羿令符反手关上门，在前边引路。燕其羽知道他有话要说就跟了上去，两人一起来到后堂，羿令符这才道：“你听过饕餮（tāo tiè）之胃吗？”

燕其羽一惊：“饕餮之胃，我自然知道！饕餮是极其强大的太古神兽，它的胃能消化任何东西。”

羿令符道：“我只是从前辈高人那里听过一点传言，再加上自己的一些猜测，估摸着这饕餮之胃和血池在原理上是一样的，不知道是不是？”

第六章　天地大决战，《山海图》绝世惊现 /235

随着甘枣山的耸起，大地裂成九州中原、四荒四海，天空日月高悬，来回运转，星辰如经纬罗织，忽冬忽夏，忽昼忽夜，四海之内，四荒之中，电闪雷鸣，仿佛天地初开辟时场景，各种神兽魔兽妖兽怪兽，在大风雨中迅速孕育生成。空间在裂变，时间在跳跃，生命在演化，灵魂在生灭……

白云中传来了一声叹息：“不是，这不是幻觉，这里是大禹对过去历史的推演，这里是伯益对现实宇宙的描影，这里是彭铿对生命的揣摩，这里是精卫对灵魂的猜测，这里，是《山海图》中的世界。”

第一章
身陷中华军阵始祖风后的心幻大阵

大战应龙

为了救出被带往夏王都的江离，有穷商队东归之后在常羊山附近遭遇了异族北狄。在激战中，北狄族领袖、黄帝的后裔始均厉召唤出了上古最强大的龙族战斗神兽——应龙！

应龙出现后，整个天空光芒闪耀，一片片云连接成双翼巨龙形状，不知是应龙的真身还是虚体。

在这干燥的大西北，应龙却还能用它可怕的力量吸纳方圆数千里的水汽形成覆盖千百里的云层，在百丈高空形成一个气态天湖，确实令人震惊。始均厉的寒气冲天而上，改变了天湖的属性，滴滴寒雨落下，一沾地面便抽去了所有的热量，将大地封冻起来，寒气一沾人身就侵入经脉，使人在瞬间便陷入寒冰地狱。

封冻的范围正在不断蔓延，首当其冲的有莘不破与桑谷隽感到那股阴寒渗入自己的经脉。有莘不破张开了季丹洛明所传授的无明甲，却还是无法完全抵御那寒意。在应龙的笼罩之下，似乎抵抗力越强，随之而来的反扑之力也就越强。

空中的应龙幻象垂下头来，逼视着有莘不破，同时利用云层的震动形成雷霆一样的声音："你是玄鸟之后？"

有莘不破高举鬼王刀，指着应龙大叫道："是！你又是什么怪物？"

独狢巍峒吓得发抖，暗道："他竟然敢叫应龙怪物……他难道不要命了吗！"

应龙却呵呵一笑，它的笑声也是轰隆隆作响："想当初我还在神界的时候，玄鸟也算是我的故人，不想时过境迁，今时今日竟然被请来对付玄鸟的后人。"

有莘不破听得头皮发麻，其实应龙的来历他也曾听说。黄帝与蚩尤一战是天地开辟以来最为激烈的上古神战，拥有移山召雷之力的独狢巍峒、巨龙赤髯等在西南一战中何等威风，可在那场上古神战中充其量也只是跑龙套的角色；能够在那场神战中留下名号者，无论人还是神都是始祖级的存在，都因为那场大战而成为传说。

而即便在那场神战之中，应龙的战力也是首屈一指的。当初黄帝召来应龙之后，蚩尤要连请风神飞廉、雨神商羊[①]两大始祖神兽才抵御得住。

"可是，应龙不是只服从轩辕黄帝的命令吗？为什么会听一个夷狄酋长的话？"

独狢低声对桑谷隽道："小隽，我支持不住了。你小心，能逃就逃。"其实应龙并未特地向它发动进攻，但彼此实力差距太大，以至于独狢在应龙的阴影之下心生恐惧、浑身发抖，别说反抗，连动都不能动。

守护神兽消失之后，桑谷隽抬起头来，有些惊慌又有些不忿地望着应龙的影子，雨滴落到他脸上并不断结冰，一层天蚕丝自发从他体内生长出来，护住了他的肌理与经脉。桑谷隽不断喘息着，他忖着以自己现在的功力，就算勉强叫来天蚕，若非完全形态只怕也是无济于事——更何况天蚕不是战斗型神兽，能否敌得过应龙也很难说。

应龙斜睨了桑谷隽一眼，便不放在心上，转而问始均厉道："我不想停留太久，有什么事情就说吧，是要摧毁这片土地，还是杀了这两个

---

① 商羊：中华雨神，传说中它是鸟形，只要独脚起舞就会降雨。

小子？”

始均厉还没说话，有莘不破已经怒吼道：“杀杀杀，我杀你这个回不了九天之上的半死爬虫！”他猛力一撑，再运“法天象地”，整个人变得更大，鬼王刀跟着一挥，一股旋风冲天而起，巨大的旋风夹着刀剑罡气，冲向形成应龙形象的云层。

应龙呵呵笑道：“不自量力！”接着云尾一摆，巨大的水流从天而降，犹如银河从九天之上倾泻下来，冲乱了旋风刀罡，并将有莘不破与桑谷隽都卷了进去。水流中带着无法形容的寒气，消解了有莘不破的无明甲，然后渗入他的体内破坏了他赖以支持“法天象地”的气机。有莘不破的身体迅速缩小，在寒雨之中他的眉毛和指尖都结了冰花。

“起！”桑谷隽大喝一声，一座高山平地拔起，冲破了水流。在混乱中他一把捞出有莘不破，但天上落下的水流却仿佛活了一般形成水壁将高山团团围住。高山长高一尺，水壁就上升一尺；高山长高一丈，水壁就上升一丈。

应龙呵呵笑道：“是有些门道，怪不得始均厉会请我出来。”在轰轰的笑声中它双翼一摆，天空中的雨滴如长针一般洒了下来，每一滴雨都带着一丝黑气。桑谷隽带着有莘不破要潜入地面逃跑，却发现泥土也被冰冻，无法潜入。

眼看四面皆水，天空中又落下百万寒针雨，天地茫茫已无处可逃，一刹那间连有莘不破都产生了惧意。

形势一边倒之际，空中一声鹰鸣，桑谷隽精神一振，怯意全消。就在鹰鸣的同时，一条火柱飞下落在水壁包围之中，在一片湿气中竟然化作一片火海。桑谷隽脚下的地面开始软化，火焰形成热气冲天而上，竟然消解了空中针雨的黑色寒气。

“羿老大！”有莘不破朝着天空叫道。在云雨之间果然出现了一个黑点，那是羿令符和他的龙爪秃鹰！

羿令符在空中喝道：“走！”

桑谷隽抓起有莘不破遁地而去。应龙怒道：“哪里来的家伙，坏我好事！”一股水汽直逼过去，空中羿令符落日弓一震，又是一支“祝融之羽”。应龙哼了一声，双翼一动，水汽之云暴涨十倍，不但把“祝融之羽”的火焰消于无形，而且逆着箭路向羿令符逼来。

落月弓再震，附着“冰心诀”和“牵机引”双重咒术的羽箭画出一道弧形，竟然引着水云向始均厉背后的大军飞去。

始均厉大惊，急忙用“收字诀”把寒气收回来。饶是如此，没有寒气的大雨还是冲得北狄军营七零八落。

应龙大怒，它从出现以来身体一直岿然不动，只是微动云尾云翼便掌控了整个战局，这时竟带动千里云气整个向羿令符冲了过来。龙爪秃鹰带着羿令符疾退，却还是比不上应龙的速度。双方迅速逼近。应龙张开了巨大的嘴，眼看就要吞噬前方的龙爪秃鹰。

羿令符将落日弓与落月弓一合，冷冷道：“应龙？哼，你现在应该没有身体吧！却不知道你周围这些云汽水壁，能否挡得住我的‘死灵诀’！”

他没有搭箭，却有一道人类看不见的寒光瞄准了应龙的额头，前冲的云气忽然有些混乱，应龙前进的速度一滞，竟发出了惊诧之声：“你……你是般[①]的子孙？”

羿令符大笑道：“听说你在上古神战之中杀蚩尤，杀夸父，却也因此受了重创，再回不得九天之上，与其任你这凶神在人间徘徊，不如就让我将你送去地狱！”

他的笑声充满了自信，仿佛已经找到了应龙的死穴，就在应龙逼到数十丈内时猛地大喝：“回去吧！”日月弦动，四境一清，弓弦无箭，却发出了来自远方的呼唤！

“死灵诀！”应龙惊叫一声。在那呼唤发出前一刹那，云气震动，一股闪电般的魂体从天湖之中脱飞而出，旋即消失于九天之上。因为应龙而聚集起来的云气迅速消散，原本笼罩在暗影之中的千里土地转瞬间重现光明。

---

① 般：弓箭的发明者，箭神中的箭神，东夷民族的太古英雄。据《山海经·海内经》记载：“少皞（hào）生般，般是始为弓矢。”

整个北狄军营都轰然惊惶，阵中几只长着九条尾巴、九个头的蛮蛭（lóng zhì）[1]受惊四处奔逃，连始均厉也吓得面如死灰。不过他们不知道半空中羿令符暗叫一声侥幸，他双手颤抖，几乎连抓紧日月弓的力量都没有了。在北狄惊慌失措之际，他急命龙爪秃鹰退往郃城，快到连沼夷也找不到趁势反攻的余暇。

始均厉收了寒气。眼见被对方杀到营前，死了数千将士，折了一员大将，对方却从容离去，他心中一阵怒气上涌，就要点兵前去报仇。但他毕竟是一方枭雄，那念头只闪了一闪便被他压了下去。回到大帐，他对大祭师沼夷道："这三个年轻人果然不好对付，特别是那个拿弓箭的，竟然连应龙都……"

"应龙被他骗了。"沼夷道，"虽然应龙只剩下魂魄，但以那年轻人的功力所发动的死灵诀，还不足以将应龙之魄送入冥域。"

始均厉道："虽然如此，但暂时我也再难召唤应龙出来了，你的心幻大阵有把握对付他们吗？"

沼夷道："我这心幻大阵，乃是风后[2]精心设置的，又结合了我心宗大法，只要能把他们诱到阵中，管叫他们死无葬身之地！"

刑天墓的秘密

有莘不破所中的寒气比桑谷隽预料的要严重得多，退回郃城后他还在发抖。直到芈压用重黎炎息之功注入他的经脉帮他排出寒毒，他这才安然无恙。

---

① 蛮蛭：《山海经》中的一种吃人怪兽，长得像狐狸，但是有九条尾巴、九个头，有尖利的虎爪。据《山海经·东山经》记载："有兽焉，其状如狐，而九尾、九首、虎爪，名曰蛮蛭，其音如婴儿，是食人。"

② 风后：中华军阵之祖，传说为伏羲的后裔、黄帝的宰相，曾帮助黄帝打败蚩尤，统一中原。他发明的指南车为后世指南针的原型，他从伏羲先天八卦中推演出布兵摆阵之法，对后世军事史影响深远。

芈压笑道:“不破哥哥，你也有这样狼狈的时候啊?”

“谁想到会遇见应龙那怪物。”有莘不破牙齿打架道，“我听……听我祖母说，那应龙只有轩辕黄帝才叫得出来，谁知道它如今竟然堕落到听一个蛮夷酋长的话!唉，还好有羿老大在。”

旁边姬庆节道:“那始均厉大有来头，他的祖先本是黄帝之孙始均，其后人不知何故流落西北，久而久之竟然就变成了夷狄，但仍然保有召唤应龙之魄的血脉。我爹爹说，这就是‘华夏而处夷狄，久之而成夷狄’的道理。”说到这里他叹了一口气，道:“其实我们一族也曾经沦为蛮夷，只不过始均一脉变成夷狄的时间比我们更加久远。”

桑谷隽道:“原来如此。不过你说应龙之魄……难道刚才我们见到的应龙还不是完全形体?”

“应该不是。”姬庆节道，“其实这也是我第一次见到，上一次见到时还太小，没看清楚我娘就将我抱回屋中了。听我爹爹说，千年前轩辕黄帝召唤应龙杀了夸父，但应龙也被夸父重创，受了什么伤害，从此无法回去。但它们那个世界的神灵无法在我们这个人间久留，因此应龙将身体封存于南方某处，不敢再妄动，如今出现的只是它的龙魄。”

芈压咋舌道:“只是龙魄就这么厉害了，那如果是完全形体，那可有多可怕!”

“能杀蚩尤、杀夸父，自然不是那么好对付的。”姬庆节说。

芈压道:“庆节哥哥，蚩尤真的是被应龙杀的?我怎么听我爹爹说蚩尤没死。我爹爹说，蚩尤有八十一条性命，应龙只是趁他虚弱杀了他一次，所以不算真的死了。”

桑谷隽道:“关于那场神战，各族的传说都不一样。有说蚩尤死了的，也有说当时死的是蚩尤的替身，还有的说蚩尤被应龙杀了之后复活，上千年前的事情了，谁也说不清楚。”他这时已经驱除了寒气的影响，笑道:“不管怎么样，这回是多亏了羿老大，要不然我们可未必能回来。”

有莘不破笑道:“是啊，这些日子我觉得自己的功力进步一日千里，甚至还以为已经超过羿老大了，今天看来，咱们和羿老大还差这么老大的一截!”他将手长长展开，“应龙摆一摆尾巴我们就受不了了，却被羿老大一箭就吓得屁滚尿流。哈哈，哈哈！可惜当时我在地下，没能见识一下羿老大的威风！”

羿令符哼了一声，也不言语。

有莘不破以为他还在埋怨自己不听劝阻、鲁莽行事，就露出笑容来，那笑容就像一个弟弟做了错事，涎着脸向哥哥求情：“老大，还生我气吗？我给你赔不是好了。最多以后我都听你的，行了吧？”

“要真是这样最好！”羿令符道，“我倒不是气你。雒（luò）灵不见了你着急也情有可原，但是……”他转视桑谷隽：“你说好是要去拦住他，怎么反而跟他一起胡闹！”

桑谷隽笑道：“其实事情本来挺顺利的，只是没想到北狄的营里居然有个心宗的大高手在！”

羿令符皱了皱眉，有莘不破惊道：“心宗？”

“不错。”桑谷隽道，“有莘伯伯对心宗好像知之甚深，因此我也听他讲过一些心宗的门道。再加上这些日子和雒灵相处，我敢说，那北狄军营中藏着一个心宗的高手，那人功夫之老辣，只怕还在雒灵之上！”

有莘不破道：“不会是雒灵的师父吧？”

羿令符冷笑道：“如果是她，你们今天还有命回来？”他转头问姬庆节道：“姬兄，你好像曾说过，北狄四祭师之上，还有一个大祭师。”

姬庆节道：“不错。那人来历十分神秘，在北狄军中有极高的地位。听说连始均厉对她也十分礼貌。”

有莘不破忙道：“可查到她的一些底细？”

姬庆节摇头道：“没有。只知道那大祭师似乎是个女的，终日蒙着脸。没人见她出过手，据说有什么大事始均厉才会找她商量。”

桑谷隽道：“那没错了，就是她！始均厉向我逼近的前一瞬，我依稀瞥见一个蒙面人走出辕门，然后眼前便幻象丛生！嗯，这人精通心宗的门道，雒灵或许就是因为她才出事的！”

有莘不破一听坐不住了：“这可怎么好？这人也许是雒灵门中的叛徒，她把雒灵掳去，也许是为了报仇。这可怎么好，这可怎么好？”

羿令符哼了一声，道：“我却始终不这么认为。”

有莘不破来了精神，道："羿老大你又是怎么看的？你的话历来挺准的。"

羿令符冷笑道："不怀疑我是'事不关己，高高挂起'了吗？"

有莘不破吐了吐舌头，笑道："老大，我知道你心胸宽广，别拿这事说了好不？唉，你快说说你对雒灵的事情怎么看，我都急死了。"

芈压也帮了句腔："是啊，羿哥哥你大人不计小人过！"

有莘不破瞪了他一眼，芈压笑道："干吗？你对羿哥哥那么无礼，给我说一句小人就招架不住啦？"

姬庆节笑道："你们还是别打诨了，听羿兄如何说。"他是这里的主人，如果说整个有穷已经结为一个团体，那姬庆节就是这个团体的朋友。由于相识还不久，友好中带着三分客气，因此有穷内部一点小小的嫌隙由他这句劝解来了结最是合适。

羿令符趁机下台，道："其实我也有些猜不透雒灵的心思。要是江离在此，或许能揣测得透彻些。"提起江离，有莘不破又是一阵欷歔。

桑谷隽道："老大你也别谦虚了，你的见识绝不比江离那小子差。"

"不是见识的问题，"羿令符道，"江离也许能比我们更确切地理解雒灵，因为他们都是四大宗派的人。"

"四大宗派？"有莘不破道，"这事情怎么扯上四大宗派了？再说，四大宗派里鱼龙混杂，有太一正师和我师父这样的高人，也有都雄魁那样的大恶人。如果因为实力相抗和齐名那不奇怪，要是说他们的思想行为、处世之学，只怕就扯不到一块了吧？"

"都雄魁就仅仅是个恶人？"羿令符冷笑道，"对于都雄魁，你了解他多少？除了见识过他的强横，你和他面谈过吗？你知道他内心的想法吗？"

有莘不破一怔，道："没有，不过我们和他的徒弟是打过交道的，咳，那几个烂货，根本不能和江离、雒灵相提并论！"

"你怎么知道血晨就是血祖的嫡传？"羿令符道，"既然你也认为像血晨那样的人没法和江离、雒灵相提并论，怎么就没想过，师父一辈齐名，为什么到了徒弟这一辈却相差这么多！"

"也许……"

桑谷隽接口道："也许那血晨根本就不算是都雄魁的传人。"

芈压叫道："桑哥哥的意思是：血祖另有传人？"

羿令符仰面发怔，过了一会儿，道："血祖另外有没有传人我们不清楚，不过江离和雒灵确实都和我们几个有些不一样，难道你们没有发现？"

有莘不破回想了一下，嗯了一声说："没错。在大漠，雒灵超度那些怨灵的时候，我就觉得她身上透着一股……一股我也说不出来的气息。那感觉，好像她这个人不属于这个世界。"

桑谷隽点了点头，道："我偶尔也有这种感觉。"

"这大概就是他们超世的一面了。"羿令符道，"其实我也不是很理解他们所执的那些理念，不过冷眼旁观，再加上前辈们的讲述，还是能瞧出一些端倪。以雒灵来说，不破，你觉不觉得自己很难理解她？"

有莘不破点了点头。这个问题勾起了他的许多回忆，有近的，有远的，甚至漫溯到两人初次见面的那一刹那。那一刹那，两人也不知道谁先吸引谁，谁先对对方有好感。总之那是一种说不出的感觉。可直到今天，有莘不破还是有点难以把握自己对雒灵的感觉，两人间的一些情感总是有些模糊，落不到实处。

羿令符道："心宗有她们自身的终极理念，这理念非我们外人所能深知。对雒灵来说，这尘世间的一切，也许只是一场磨炼、一场经历，甚至是一场游戏。或者她需要度过这凡人生活中的种种，包括爱情和友情，最后才能以某种形式去勘破那最终的一关。"

有莘不破忍不住道："老大！你……你的意思不会是说雒灵对我……其实是把我当做她勘破世情的工具吧？"

羿令符道："我没这么说。不过，也有这个可能。"

有莘不破气呼呼地大声道："你是说，雒灵对我……对我其实一点真情都没有？"

羿令符冷冷道："我没这么说啊。"

"可你的话就是这个意思。"

“我对心宗确实没什么好感。”羿令符淡淡道，“不过，说雒灵对你没有真情只怕就错了。相反，我觉得她很在乎你！何止是在乎，嘿，应该说，她对你沉溺得很深吧。”

有莘不破听了这句话才“哼”了一声，消了气。

羿令符道：“不过，对你太过在乎、太过沉溺，也许对她的修为是某种妨碍也说不定。”

“妨碍？你说我妨碍了雒灵的修行？”

“或许是，或许不是，我也说不清楚。”羿令符道，“但最近我总觉得，雒灵似乎陷入某种魔障之中。特别是天山之行以后，这个感觉更加明显了。”

“魔障？”有莘不破吓了一跳，“不是走火入魔吧？”

羿令符道：“这只是我的猜测而已。再说，就算我猜得没错，这魔障也并不是我们通常所谓的走火入魔。对心宗而言，也许只是一个心结而已。”

“心结吗？”芈压道，“不破哥哥，不用怕！有什么心结，说出来，解开了，不就没事了吗？”

羿令符和桑谷隽听了不由地哑然失笑。姬庆节也含笑不语，他不禁想起了东城的那个女子：“如果我也有个心结的话，能解开的，大概就只有她吧。”

芈压见所有人都用一副看小孩子的眼光看着他，不服气地哼了一声道：“我说错了吗？我就不懂你们这些人，明明很简单的事情，却总要搞得那么复杂！”

羿令符被芈压说得心头一动，颔首道：“芈压这话倒是大有道理。”

“是啊。也许只是我们想得太多了！”有莘不破道，“雒灵最近比较烦躁，也许只是因为，因为……因为她怀孕了。”

桑谷隽惊疑交加，芈压张圆了嘴巴，连羿令符也愣住了。还是姬庆节最先反应过来，拱手笑道：“呵呵，有莘兄，恭喜！恭喜！”

羿令符眼中灵光一闪，嘴角也露出一丝难以察觉的笑意。

夜深了，姬庆节却发现羿令符仍然未睡。

和日间的从容不同，此刻的羿令符眉头竟然锁成了一团。

“令符兄，”姬庆节道，“怎么还不休息？”

羿令符舒开了双眉，道：“没什么。”

“是在想怎么救雒灵吗？”桑谷隽的身影出现在一辆铜车之后，“雒灵有了身孕之后，嘿嘿，我想你要在意、要保护的人，也就多了一个吧。”

羿令符淡淡一笑，没有承认，却也没有否认。

桑谷隽道：“放心吧，等我回过气来，我再去北狄大营看看。”

羿令符道：“撇开北狄的那个大祭师不说，你打得过始均厉吗？”

桑谷隽的眉毛也皱了起来，道：“始均厉也就算了，但是应龙……那怪物太可怕了！就算只是魂魄形态，那力量也实在恐怖。”他说到这里笑了，“不过还好，应龙也有害怕的人。”

“应龙也有害怕的人？”羿令符道，“谁啊？”

“就是羿老大你啊！”桑谷隽说。

“哼！”羿令符道，“谁说应龙怕我？”

桑谷隽道：“它不怕你，干吗你一张弓就逃了？我看羿老大你的死灵诀，多半就是应龙的克星！”

姬庆节道：“是啊，应龙的可怕西北华族无人不知，除了一千多年前被飞廉和商羊联手压在下风之外，我从来没听说这神兽在谁手下吃过什么亏，但这次却被令符兄送了回去，只怕此事连始均厉也要内心惊恐了。因此只要有羿兄在，多半他就不敢再召唤应龙出来了。”

“你们太抬举我了。”羿令符道，“死灵诀的确是一切亡灵的克星，但我的功力其实并不足以使应龙震惧。”

桑谷隽一愕：“那羿老大你是……”

“它是被我唬住了。”羿令符淡淡地说。

桑谷隽和姬庆节都愕住了。

过了好久，两人才齐声道：“唬……唬住？”

“是。”羿令符道，“刚才集会之时，我想安众人之心，所以没有说破，其实以我的功力就算射出死灵诀，正面对敌中也奈何不了应龙的，最多让它晕眩那么一会儿就没用了。应龙之魄不是实体，遇到了最高境界的死灵诀有可能被打入九幽冥域之内，或消失于造化洪流之中，所以它不敢冒险一试。但经此一事它应该已经窥破了我的虚实，下次见面它第一个要对付的就是我，我既然漏了底子，到时候要想再唬住它也就没可能了。"

桑谷隽叫道："那……那可怎么办？那怪物那么厉害，咱们和它差了一个层次，就算联起手来……"

"如果江离或者雒灵有一个人在，那我们应该有机会。"羿令符道，"他二人所学精微奥妙，心中或许能够找到以法降力、以巧克敌的办法来克制应龙，但我们几个却都偏阳刚，均以力量强悍霸道见长。应龙的修为比我们高了一个层次，所能牵引的力量就比我们大了十倍百倍，遇上了它，我们可就都被克制住了。"

桑谷隽道："那怎么办？"

羿令符转向姬庆节，道："令尊……"

姬庆节皱眉道："我父亲也对付不了应龙，不然我们这么多年也就不用在始均厉的阴影之下战栗挣扎了。"

桑谷隽道："那现在怎么办？"

"有办法的，一定会有办法的。我们一路走来这么久，大敌遇的多了。应龙虽然强悍，但料亦无法阻挡我们的脚步！"羿令符沉吟着，良久良久，才问姬庆节道，"常羊山离此不远，对常羊山刑天之墓，你了解多少？"

姬庆节的表情似乎显示他很奇怪羿令符为什么忽然提到这个问题，"传说当年刑天造反，被轩辕黄帝斩首，葬于常羊山，但这只是千年前的传说，常羊山上并无刑天的坟墓。"

"不！"羿令符道，"天狗跟我提起过，常羊山中的确是有刑天之墓的。"

"天狗？"

桑谷隽道："是一个叫常羊季守的剑客，是刑天的守墓人。"

“常羊季守？”姬庆节讶异道，“是很久以前住在常羊山上的那一家人吗？”

羿令符道：“你知道他们？”

姬庆节道：“没交往过。那时候我年纪还小呢。不过听说他们家倒是出了一个很厉害的剑客。”说到这里他仿佛想到了什么，道：“说起来，北狄一族似乎很少靠近常羊山，就算是靠近了也不上去，在他们的传说中，似乎那座山上有恶鬼出没。”

“恶鬼？”羿令符道，“什么样的恶鬼？”

“好像是没头的恶鬼。”姬庆节说。

“没头？”羿令符的鹰眼陡然间闪了闪，桑谷隽仿佛也想到了什么，叫道：“天！那不会和刑天有什么关系吧！空穴来风，势必有因！传说刑天就是被斩断了头颅，以双乳为目，以肚脐为口……没头的恶鬼……没头的恶鬼……说的不会就是刑天吧！”

姬庆节也想起了关于刑天的种种传说，道：“听来倒也有几分道理，不过……那真的有关系吗？”姬庆节对此其实没有什么兴趣，虽然年轻人不免有好奇心，但眼前诸般大事纷至沓来，又要对付北狄，又要对付应龙，又要保护邰城，姬庆节实在没有多余的精力去顾及这些。

桑谷隽却跃跃欲试，道：“要不我们就上常羊山看看吧，兴许能发现什么！”

“没用的，”姬庆节道，“其实刑天葬在常羊山，也不是今天你们才注意到，千年以来都不断有人上山探寻，不但本地人，甚至中原也有人不远万里来到这里，据说都是为了寻找刑天不死的秘密。”

“结果呢？”桑谷隽问道。

“结果，当然是一无所获。实际上常羊山上别说刑天之墓，就连普通的坟墓也一个都没有。”姬庆节说，“有人说这是因为不断有人从四面八方涌来挖坟刨墓，要看看里面埋葬的人是不是刑天，以至于到后来所有人都不敢将祖先葬在那里了。”

羿令符却道：“常羊山上，或许没有坟墓，但常羊山底下呢？”

桑谷隽和姬庆节都愕然：“常羊山底下？什么意思？”

羿令符道："相传，轩辕黄帝将刑天埋葬在常羊山，其实不是埋葬，而是镇压！"

"镇压……你是说……"

"刑天不死，故以山镇之！"羿令符说，"所谓刑天之墓，或许不在山上，而在……"

桑谷隽叫道："在常羊山深处！"

十二连峰大阵

北狄军营中，川穹的逃走让始均厉的怒火又盛了三分。但沼夷反而松了一口气，目前她并不想招惹季丹洛明，更不想面对那个随时会失控的藐姑射。反正有雒灵在，已经足以把有莘不破等人引诱过来。她忙着布阵设局，也没再分心去细细拷问那个弱不禁风的女孩。

而这时，川穹已经穿过了融父山[①]十二连峰大阵。这座连始均厉也无法横越的大阵，在川穹面前却形同虚设。他就这么走进去，前脚迈进阵北，后脚就迈出了阵南。两三步工夫，就从大阵走到了部城城墙下。

川穹揉了揉腿，用这"缩地法"走路比凭借燕其羽的飞廉羽芭蕉叶飞行还快，却也更累。

城墙上的将领看见城下突然出现的这个少年，惊疑交加，向他喝道："什么人！"

川穹抬起头，突然消失在城墙底下。那将领一怔，还没反应过来，川穹就已站在他身边，轻声道："我叫川穹，现在有点饿，想找些东西吃。"

他话还没说完，那将领早就吓得连退几步，周围的士兵挺戈相向。

"唉，怎么你们这些人都这个样子啊。"川穹不想和他们纠缠，向南望去，城中似乎有些人烟，接着他一步跨出，消失在部城兵将的包围

---

① 融父山：《山海经》中的山，据《山海经·大荒北经》记载："大荒之中，有山名曰融父山，顺水入焉。"

圈中。一个士兵指着城内某处骇然道：“他……他在那里！”

那将领心中一凛：“快！通知少主！城中来了个妖人！”

川穹一路走来，想找户人家讨口水喝，突然闻到一股香味，食欲大动，便追着那香味走去，却来到一个由几十辆铜车连成的奇怪地方。他不知道这就是有穷商队，径自向辕门闯去。

今天守门的是有穷商队第九车“松抱”的车长阿三。他看见川穹走来，挺身问道：“这位小姑娘，请问有什么事情吗？”

有穷商队是部城的客人，阿三以为川穹也是部人，因此问起话来客气多了。

“嗯，我闻到一股香味，不知不觉就走过来了。”

“香味啊！”阿三笑道，“那是我们芈首领在大显身手哩！呵呵，他要是听见有人被他这香味引了过来，一定很高兴的！”

“这人倒也礼貌。”川穹心想，便说道，“我走得累了，能进来讨口水喝吗？”

“这……我得去问问。你等等。”阿三说着便飞奔而去。这车阵不大，他没一会儿就跑了回来，道：“芈首领有请！”

川穹随着阿三来到“一品居”车前，阿三在车外道：“芈首领，那位姑娘来了。”

“有请。”

阿三向川穹施了个礼便离去了。川穹推门进去，看见一个正在弄火的少年，道：“你就是芈首领吗？”

芈压点点头道：“是啊，姐姐你叫我芈压就行了。”

“哦，芈压，我不是姐姐。我应该是男的吧。”

“啊，男孩子？”芈压停下来，仔细打量了一番，“哥哥你长得可真漂亮！唉，好像有点眼熟的样子。”

“眼熟？”川穹道，“有什么人长得和我很像吗？”

“不知道。”芈压说，“不知为什么我突然想起了江离哥哥。不过你和他长得也不像。唉，好像还有另外一个人和你更像的，可我一时想不起来。对了，这位哥哥，我听说你是闻到香气过来的。”

“嗯，其实，我是因为饿了。”

芈压拍拍胸膛道：“饿了最好！我刚好整治了一桌好的，一来给不破哥哥贺喜，二来给他们饯行。”

“贺喜？饯行？”

“嗯，不破哥哥快做爹爹了，不过他们很快要去打仗。”

“哦，打仗啊。”对于做爹爹和打仗，川穹都没什么概念，只是无意义地重复了一下芈压的话。

芈压又道：“这位哥哥，你要是不嫌弃，待会儿和我们一起吃饭吧。嗯，要是太饿了，我这里有些点心，还有茶，你先吃着垫垫肚子。唉，我这里烟多火大，你先到外面坐坐怎么样？待会我弄完了再介绍不破、羿哥哥和桑哥哥他们给你认识。”

川穹答应了，拿了芈压给的茶水和点心出门，在门口寻块干净的地方坐下。茶点还没吃完，一个男人跑了过来，大声叫道：“芈压你好了没有？我快饿死了！”

芈压叫道：“不破哥哥你再等等，很快就好了！”

有莘不破跺跺脚就要走开，突然见到川穹的侧面，惊喜地跳了过来，叫道：“江离！你……”

川穹一抬头，两人打了个照面，有莘不破那句话说了一半就吞回去了，讷讷道：“对不起，认错人了。”

川穹心道：“好熟悉的人啊。我根本就不认识他，可为什么会对他有某种奇怪的感觉？”

有莘不破道：“你是商队的人吗？以前没见过你。”

“不是，”川穹说，“我饿了，来讨点水喝。”

“哦，原来是客人啊。”有莘不破笑了起来，他的笑容让川穹想起昨天看到的日出。

“我叫有莘不破，你呢？”

“我叫川穹。”

“川穹？好熟的名字——啊！你是燕其羽的弟弟！”

川穹一怔：“你认识我姐姐？”

“是啊。你们在天山失散之后，她一直在找你呢。不过这两天不知去哪里了，唉，怎么就错过了呢！不过你放心，先在这里住下等她。”

“不破，你又在邀请什么客人了？”是羿令符来了。

有莘不破满脸欢容：“老大，我们又来新朋友了！你猜猜他是谁？”

“哦？”羿令符走近后，一双鹰眼闪了两下，拱手道，“在下羿令符，不知阁下和藐姑射前辈如何称呼？”

有莘不破听了藐姑射这个名字，心中一怔，随即笑道：“老大你猜错了！”他正要道破川穹的身份，却听川穹道：“听说，那人是我师父。”

有莘不破愣住了，回头瞅着川穹，一时说不出话来。羿令符却听出川穹话里的怪异处：“听说？”

“嗯，”川穹道，“是季丹告诉我的。他说，我的师父是个叫藐姑射的人。”

有莘不破惊道：“季丹？哪个季丹？”

“他叫季丹洛明，你们认识？”

有莘不破听川穹认识季丹洛明，惊喜更甚：“你……你也认识季丹大侠？”

“大侠？是什么东西？”有些东西，他莫名其妙地就知道了；有些东西却又莫名其妙地不知道，而他本人对此却不奇怪，也从没想过要去探究，“我醒来后不久，遇到的第一个人就是季丹。他当时刚刚杀了一群怪兽……嗯，你们要听我讲这些吗？”

有莘不破击掌道：“讲啊，干吗不讲？”接着听到“一品居”内芈压的声音传来：“好了好了，可以开饭了！”于是他道：“嗯，咱们一边吃饭一边聊吧。”

一席人坐定，桑谷隽听说是燕其羽的弟弟，马上也对他亲热起来。

川穹吃东西的时候不喜言语，有莘不破却忍不住问东问西，羿令符道：“不破，这么没礼貌。有什么事吃完饭再说。”

这两年来有莘不破放荡惯了，但他毕竟出身富贵之家，从小家教谨严，被羿令符一责让，脸上就发红。

座上诸人不是王侯之后，便是世家出身。川穹身着粗制兽皮，但坐在众人间既不显得蛮野，也未相形见绌，举止行为，无不合乎礼数，却又似纯出自然。羿令符冷眼旁观，心中疑心大起："这川穹的举止动静不像燕其羽，倒是像足了江离！"

用完膳，又摆上茶水叙话。有莘不破忍不住问起季丹洛明的事情，川穹便把醒来后在北荒的事情说了。

芈压听得津津有味，道："洞天派居然是这样挑选传人的！唉，我怎么看不出你头上有一根不同的头发！"

桑谷隽笑道："你要是看到了，岂不成了季丹大侠的嫡传弟子！"

"我求之不得呢！"芈压道，"不过我找不到那根头发也就罢了，嘿嘿，不破哥哥你呢？能找出那根头发来吗？"

有莘不破挠头道："看不出。"

川穹道："你们都认识季丹？"

"嗯。"有莘不破眉毛一扬，张开一层薄薄的无明甲。

川穹"啊"了一声道："这是他教你的？"

有莘不破得意地点了点头，又道："这城里还有一个人也得了季丹大侠的指点，他是这座城的少城主，待会我给你引见。"

川穹摇头道："不了。我吃饱之后就去找我姐姐。"

桑谷隽道："燕姑娘吗？不要急。这两天她不知道去哪里了，听羿兄讲，她也感应到你在附近，多半找你去了。若找不到应该就会回来。"

"不是的。"川穹道，"其实我和姐姐遇见过了。"

"遇见过了，那……"

"我们是在北边那座军营里遇见的。"

有莘不破和桑谷隽均是心头一震："北狄军营？"

川穹说："我本来好好地飞着，突然被军营中一个女人不知用什么法术给叫住，我一时不察，掉了下来。他们包围了我，我向他们讨水喝他们也不理我，好像还要害我。接着姐姐就来了。她要救我，但也打不过那个大胡子和那个女人。"

桑谷隽急道："那你姐姐怎么样了？她……难道也落在始均厉那厮

手里了？”

“始均厉？是那大胡子吗？他可真凶。”川穹道，“姐姐眼看就要掉下来了，她见我危险回护我，她有了危险我自然也要保护她。我本来想带着姐姐一起走的，但那女人好厉害，趁着我用功的时候突然偷袭，我一阵睡意涌上来，就什么也不知道了。但我临睡之前应该是把姐姐送走了吧。只是我自己也不知道送去了什么地方，所以才要去找她啊。”

桑谷隽舒了一口气，又道：“你说你把燕姑娘送走，用的是洞天派的神通吗？”

“大概是吧。”

羿令符一直不说话，心里把川穹的言语反复咀嚼，没发现什么不自然的地方，听到这里才问道：“照你这样说，你应该是落入北狄手里，后来又是怎么逃出来的？”

川穹道：“我也不知道自己睡了多久，后来仿佛有人要刺探我的内心，却反而把我惊醒了。我醒来之后发现自己被困在一片寒气里面，动也动不了，于是穿越出来，才看清他们是把我冻在一块大冰里。”

“刺探你的心？”羿令符追问道，“是谁要刺探你的心？”

“是和我关在一起的一个女孩子。”

有莘不破啊了一声跳起来：“难道是雒灵？”

姬庆节在有莘不破、桑谷隽面前表现得从容不迫，但离开他们之后却马上忙得焦头烂额。邰城的庶政、前方的军情都有一大堆的事情等着他决断，因此没时间去参加有莘不破的誓师宴。对于有莘不破决定出马前去对付北狄，他其实并不赞成，然而也知道自己拦不住他们，只好广布眼线，探取消息，希望为接下来的这场大战铺平道路。

这时他接到前方传来的一份谍报，还没听完就大吃一惊，把政务、军务都晾在一边，叫道：“快请有穷商队诸君！罢了！我亲自走一趟！”

“雒灵？”川穹道，“我不知道她的名字。嗯，很温婉的一个女孩子，不过她没开口说过话，听了我的话，只是点点头，或摇摇头。她是你朋友吗？”

有莘不破听川穹说雒灵都不说话的，心想是她没错了，回答川穹道：“她……是我妻子。她没什么事情吧？有没有受伤？”

“看起来没什么事情。只是手脚被人用丝绸捆住了。”川穹说道，“我本来想带她一起走的，她却不愿意。”

“丝绸？丝绸怎么能捆住她？”有莘不破又开始急躁起来，“再说，她为什么不愿意？”

“这个我就不知道了。”

桑谷隽道：“或者雒灵被什么法术给禁制住了。如果川穹试图连她也带走，多半会触动什么禁忌，把始均厉和那大祭师惹来。”

有莘不破点头道：“没错。一定是这样的！”

羿令符正想问什么，辕门外姬庆节直闯了进来，阿三等不敢拦阻也拦不住。姬庆节进来就道：“坏事了，前方谍报，那北狄打算拿……拿俘虏作祭祀！夫人也在其中。”

有莘不破道：“夫人？”

“唉，就是雒灵！”

“什么？”有莘不破怒发冲冠，喝道，“他敢！”

姬庆节道：“我本来坚持要慎重，不过现在也没时间让我们慢慢想对策了。咱们准备一下，这就去救人。”

有莘不破道：“还准备什么！反正原本就打算吃完饭动身的，现在就走！”

羿令符身形一晃，挡住了去路：“等等！”

“等什么？”

“这是个陷阱，没发现吗？”

“陷阱？”有莘不破叫道，“是陷阱我也得跳进去。”

羿令符道：“先问清楚，几句话工夫，误不了事。”他转头问姬庆节：“他们要在哪里祭祀？”

“融父山十二连峰大阵西北二十里的乱石岗。”

羿令符又问道：“是不是有人在那里做一些旗帜、土堆、骨架之类的东西。乱石岗间有没有迷雾之类的异象？”

“有。”姬庆节道，“其实我也猜到了这是一个什么阵法。多半是要引我们进去。甚至这消息也可能是他们故意放出来的，不过……”

桑谷隽接着道：“不过，就像不破刚刚说的那样，对方拿雒灵做诱饵，我们就算知道是陷阱也只能跳进去了。”

羿令符沉吟道：“这一点我也知道。只是看对方布阵的地理位置，只怕不仅仅是陷阱这么简单。嗯，是了，我们冲进那阵势的时候，也就是他们进攻融父山十二连峰大阵之时！”

姬庆节心头一紧，知道羿令符所言有理。

羿令符道：“究竟那阵是主力，还是说对融父山十二连峰大阵的攻击是主力，目前还说不清楚。但现在没时间让我们细细思虑了，只能兵分两路：不破、桑谷隽和我去救人；姬兄进驻融父山十二连峰大阵；芈压坐守商队。”

芈压叫道：“不行！”

羿令符冷然道：“你伤势可还没痊愈，若不想坐守商队，守护部城，我就让桑谷隽用天蚕丝把你包住，让你睡觉养伤！”

芈压吐了吐舌头，满肚子不悦：“算了，我还是坐守商队吧。”

姬庆节有些不安，道：“雒灵是在我部城出事的，现在要救她，我若不能出一份力气，实在不安。”

羿令符道：“融父山十二连峰大阵关乎部城的安危，我们的属下也驻扎在城内，有姬兄主持大阵，我们才能放心去救雒灵。难道，姬兄不相信我们三个的实力吗？”

姬庆节这才答应：“好！三位一齐出手，一定马到成功！”

羿令符向川穹望去：“川穹小哥，有没有兴趣和我们去看看始均厉在搞什么鬼？”羿令符虽然没见识过川穹的本事，但见他英秀内敛，又是藐姑射的嫡传，心想若能得他帮忙，只怕抵得上一个江离。

川穹却摇头道：“我还是有点搞不清楚状况，就不去了。你们走后，我也要出城去找我姐姐。”

羿令符不以为忤，有莘不破却跳脚道：“你们婆妈完了没有啊！”

羿令符点头道："正好是酒足饭饱，出发吧，到融父山十二连峰前，看到那阵法再说。"

川穹忽然道："等等！"接着他右手向左掌伸了进去，仿佛他的左掌是虚空的。跟着反手抽出一柄剑来。

芈压叫道："是常羊伯寇的天狼剑。哦，不，应该是雒灵姐姐的天心剑！"

川穹道："我和那个少女临别时，她让我带给她的朋友的。我想，应该就是你们了。"

有莘不破看到天心剑，想到雒灵怀着身孕却被敌人捉走，心里忍不住一酸……

幻阵迷云

燕其羽睁开眼，发现自己被送到一个完全陌生的地方，但川穹却没有陪在自己身边。她想起空间扭曲的一刹那，背后的川穹好像突然晕倒并跌了下去，马上明白过来：弟弟为了救自己而失陷了！

"感应到了！"她分不清东西南北，但却能凭直觉感应到另一根白羽的存在，"弟弟，撑住啊！"

融父山十二连峰大阵外，左边二十里是沼夷布下的幻阵迷云，右边的平原上是始均厉布下的重兵，八千胡骑踏草嘶鸣，威势惊人。

"不能让他们冲过来！"姬庆节想。他知道，八千胡骑是始均厉的王牌，每一个骑士都不是普通的骑士，在强悍之中带有某种巫灵的气息。

"八千巫武双修的骑士吗？"连羿令符看到那气势也倒吸了一口气。这八千胡骑每一个他都不放在眼里，但联合起来的气势就非同小可了。

桑谷隽也是一阵惊讶："他们是怎么做到的？这些胡骑每一个的修为都不浅。要训练出这么多巫武双修的士兵，只怕连夏都和亳都也未必能做到吧！"

羿令符道：“你看仔细！那些骑兵的眼神不对！”

“眼神？我可没有你那种眼力，这么远就能注意到他们的眼神。羿老大，你解开谜团吧，他们的眼神怎么了？”

羿令符道：“他们的眼神给人一种茫然的感觉。嗯，这些人只怕是受到一些不正常的训练，也许他们的灵魂都不完整。”

“那是什么意思？”

“我也说不清楚。”羿令符道，“大概是有人用了些什么手段造成的吧。这八千人每个人可能都有缺陷，不过战斗力应该很强吧。如果雒灵在就好了，也许她能把这八千人瞬间放倒。”

姬庆节听了大吃一惊，他从众人的言语中早猜出有莘不破的那个情人不是普通人，但听了羿令符话仍觉得难以置信，连桑谷隽也瞠目结舌：“瞬间放倒这八千人？别开玩笑了！咱们几个加起来也未必能做到！”

羿令符道：“我猜雒灵或许能做到，并不是因为她的实力比我们强这个原因。”

姬庆节道：“是因为有莘夫人精通御心之术吧。”

羿令符点了点头，桑谷隽却皱眉道：“能不能别叫什么有莘夫人，我听着怪别扭的！好好一个女孩子，被人拐骗也就罢了，还……”他突然想起雒灵失陷敌阵，这时可不是开玩笑的好时机，于是偷眼看有莘不破，他却没有愠色，只是满脸忧虑，心道：“不破向来开朗，能不开心这么久，也算难得。”

“也许……”有莘不破仿佛没有听见桑谷隽的话，接上姬庆节的话说，“也许对手就是因为知道雒灵是他们的克星，这才预先设计暗算她！哼！”他望着融父山十二连峰大阵外的胡骑，踌躇道：“看这气势！姬兄一个人只怕对付不了。”

姬庆节笑道：“有莘兄过虑了，我摆开这融父山十二连峰大阵，别说这八千人，就是八万人也闯不过来！”

羿令符嘴唇动了动，终于没有开口。有莘不破道：“真的？可我还是有些担心。你看他们驻足不动，分明是等着我们几个分兵才肯动手。我现在担心的，是始均厉再次召唤出应龙来。羿老大上次是将那条爬虫吓跑，但这种事情可一不可再，如果始均厉再将那爬虫召出来，可就是顶麻烦的事情了。”

姬庆节道：“这点有莘兄也不必担心。小弟听家父说过，始均厉每次召唤应龙，相隔的时间至少得十日以上，若要保证自身负担不至于过重，最好是在一个月以后，并且一年之内不能连续召唤三次。现在时间未到，始均厉应该还无法召来应龙。”

有莘不破还要说什么，桑谷隽突然大叫一声，众人顺着他的眼光看去，只见远空一片白羽，随风飞入迷云幻阵中。桑谷隽高声呼叫，但离得那么远哪里听得到？他心里发急召唤来天蚕幻蝶，迎风而去。有莘不破叫道：“桑谷隽！”

桑谷隽头也不回，一甩手丢下一个蚕茧，瞬间化作另一翩幻蝶——那是留给有莘不破乘坐的。

有莘不破知道没时间犹豫了，对姬庆节道：“保重！”接着也跳上幻蝶飞向迷阵。

羿令符皱了皱眉头，叹了一声，对姬庆节道：“无论如何，至少拖到我们出阵！”

姬庆节道：“放心！”

燕其羽不是看不出那迷雾的古怪，也不是没望见羿令符等人，相反，正因为看见了他们，觉得有大援在后，因而勇气大增，径自向迷阵的中心飞去。

没进迷雾之前以为进去之后会不辨东西南北，谁知道进了那片迷雾，她眼前反而一片开朗。“弟弟，姐姐马上就来！”她风驰电掣地前进，但对那白羽的感应却越来越飘忽。“怎么回事？到底是怎么回事？”再飞一阵，她竟然无法感应到白羽了。“怎么会这样！那片羽毛是我的翅膀所化，是我身体的一部分啊，我怎么会感应不到？”

她举头望天，天朗气清；低头看山，山川佳秀。可这么壮丽的天地，却让人感觉不到一点生机。

燕其羽看到的是大好河山，但姬庆节却知道那个地方其实很荒凉。

“迷雾中的那片乱石岗，究竟是什么阵势呢？”看着几个新结交的朋友一一冲入迷雾中，姬庆节才露出忧虑的神色。申屠畔等八个族长、将军走上前来，听候调遣。

申屠畔道：“大人，我……我们……”

“我们一定能守住的！”姬庆节道，“只要始均厉不出手，我们一定能守住！”

“如果始均厉出手呢？”申屠畔这句话，众人都想知道却又不敢问，因为那答案太过可怕。

“如果父亲出关，我们也能守住！”

众人听了都很振奋，但姬庆节随即道：“但父亲应该不会出关的。”

“为什么？城主到底……”

公刘在谱系上可与桑鏖望并列为天下八大方伯，但邰国早亡，他以流亡之中一城数十村镇之地，不愿自尊自娱，只允许下属称他为城主。

姬庆节没有回答，只是说：“但父亲不出手，始均厉一时间也不会出手！”

众人心头又是一振。只要有公刘存在，无论他是否出手，始均厉都会忌惮三分。

“所以，我们只要在始均厉忍耐不住之前打击这八千胡骑，让他失去大获全胜的信心，就能让他犹豫不前，这场仗就多了三分把握！”

“打击？那我们岂不是要主动出击？”

姬庆节道：“主动出击不是上策，我的意思是放一小半人马进入内阵聚歼，把其余人马拦在阵外！”

申屠畔惊道：“但是若让其中一部分进入内阵，有可能打乱这个大阵的中枢，也有可能让他们穿过这融父山十二连峰大阵直达邰城城下！”

“如果我们能控制住进入内阵人马的数量，那么利用内阵的迷局应该能守住中枢。虽然仍有可能让其中一部分穿过大阵，但就算如此，穿过来的人也不会太多，不会对我们造成致命伤害。这个险值得一冒。”

申屠畔道：“为什么不把他们全部拦在阵外？”

姬庆节道："这些巫骑兵明显附着些邪灵，一齐冲击起来，虽然未必能马上攻破这个大阵，但形势陷入僵持的话，始均厉可能会试探性地出手。一旦他出手了却没有见到父亲的反击，马上就会大举进攻！我们一定要在始均厉下定决心进攻之前断其一臂，让他知道痛！让他不敢轻举妄动！"

他望着那迷阵，道："其实我们的运气已经很不错了。如果不是上天赐给我们这几个朋友，始均厉有那来历神秘的大祭师相助，只怕就算望见父亲的云气也要强攻！"

一个将军道："希望那几位公子能够早些救回有莘夫人，协同我们守阵。"

姬庆节喝道："这是什么话！有莘兄他们替我们分去大半的压力，我们早受其恩惠了！保我邰城，护我华族，正是我等的责任！男子汉焉能事事期望旁人代劳！"

众族长、将军一齐挺直腰杆，大声道："正是如此！"

申屠畔听了姬庆节的话，也是一阵热血上涌，那句豪言壮语脱口而出。然而，话出口之后，内心随即一阵空虚。那种自己也不敢承认和面对的痛苦缠住他的心脏，令他瞬间几乎没法挺直腰杆。

姬庆节见他神色忽而有异，问道："申屠大哥，你没事吧？身体不适吗？"

"没，我没事。"

突然一个将军道："来！来了！"

八千胡骑终于动了，不动则已，一动便如万钧雷霆齐震、五百山岳倒塌！八千人分成八队，每一队都笼罩在一股阴森的妖异之气中。八支队伍，就如八支巨大的戈矛向融父山十二连峰大阵插来。

见了这威势，连几个身经百战的族长和将军也不禁心中战栗。"真的守得住吗？"每个人心中都有疑问。虽然每个人都知道抱着这种疑问上阵大大不利，但在这种情况下却无法自我排遣！看姬庆节，他的眼神也有少许不安，这更加重了众人心中的阴郁。

忧心忡忡的姬庆节眼中神光一闪，似乎想起了什么，微笑道："我突然想起一个女子给我说过的一句话来。”

他的八个属下听到这句话无不愕然。

姬庆节道：“那些夜晚，我手头有一大堆事情，其中更有几件大事我总怀疑自己能否胜任。这种压力常常压得我喘不过气来，便喝酒解愁，但一喝酒便把事情给耽搁了，于是更烦，烦了更想喝酒，更不想做事。那个女子听了我的话之后，说，‘你不妨试试在喝第一口酒之前，先把那一大堆事里面有把握的一件做了。’我照她的话做了，结果我一做上手就停不下来——正如喝了第一口酒便停不下来一样。最后我熬了个通宵，事情都做完了才记起那壶酒来，但拿起酒壶，却没喝酒的兴致了。”

众人听他突然插了这么一段，都有些不解，不知这些话和眼前的形势有什么联系。然而姬庆节眼神中的畏惧已经消失了，只见他指着阵前的胡骑道：“扯远了。大家开始做事吧。”

八人一起大声应诺，然后分头行事。

姬庆节听八人喝声中已无畏惧，似乎受到他的感染也忘记了害怕，将麒麟钺一拄地，喃喃道：“莲蓬啊，你又帮了我一次。”

十年弹指过

燕其羽正自彷徨，突然听背后一个熟悉的声音叫道：“燕姑娘！”心头一喜，回头果然看见了桑谷隽。

桑谷隽驱使幻蝶飞近前来，道：“燕姑娘，你怎么能这么鲁莽就闯进来！”

燕其羽没有回答他这句貌似责备、实则关心的话，只是道：“其他人呢？就你一个进来？”

“我先一步过来了，这地方好古怪，多半有什么幻象，其他人却不见了。”

“嗯。本来我感应到了白羽的气息，进来之后反而没法感应了。也不知道出了什么事情。你有办法打破这幻象吗？”

桑谷隽摇了摇头，道：“这该死的地方，我东西闯荡，好不容易才遇见你！”

燕其羽一阵黯然：“那该怎么办？我们总不能在这无边无际的地方彷徨吧。川穹都不知怎么样了。”

两个人一个驱风，一个御蝶，从东海飞到西山，从南岭飞到北方，竟然看不到半个人影！

燕其羽道：“不得了，我们一定是到了另一个世界！”

“也许这里根本就是一个幻境！”

“幻境？”

“是啊。”桑谷隽道，“你想，我们来这里都过了多少日子了，休息了行动，累了再休息，一路来不停地飞翔寻找，现在我都快忘记我们是要找什么东西了！”

“找什么东西？”燕其羽一阵茫然，“到底怎么回事！为什么在这里，日子会过得这么快！”

“幻象，一定是幻象！”桑谷隽说，“也许在这个世界里，时间也是一种幻象！”

燕其羽骇然道：“时间也是一种幻象？那怎么可能！”

“我也不知道对方是怎么做到的，可应该有这个可能吧。”

“万一……”某个念头已经在燕其羽心里盘旋了一段时间，她一直不敢说出口，这时候终于说了出来，“万一我们一辈子就在这个地方出不去，该怎么办？”

桑谷隽叫道：“我们该不会这么倒霉吧？不行！得赶快想办法！”

可有什么办法呢？如果一个人一旦认为整个世界都是幻象，甚至生命本身都是幻象，那他还凭什么去摆脱这一切？

“难道……”燕其羽颤声道，“我们要到死才能摆脱这个地方吗？”

桑谷隽惊道：“燕姑娘！千万别这么想！也许这样会堕入敌人的诡计！”

“那我们该怎么办？”燕其羽说，“每天就这么浑浑噩噩地过日子，除了知道自己确实还活着以外，我们什么也做不了——甚至，我们连自己想做什么都快忘记了！”

“燕姑娘！不能放弃！”

“嗯……”燕其羽勉强振作，她掀起一阵又一阵的狂风，造成无数次海啸；桑谷隽引发了一场又一场的地动，崩塌了无数山峰！可这个世界除了被他们俩糟蹋得一片狼藉以外，还是一片孤寂。

有一天，燕其羽蓦然在桑谷隽鬓边看见两丝白发，大吃一惊：“桑谷隽！我们来这里多久了？”

“多久？我不记得了。”桑谷隽道，“好久了吧。”

“你……你看看我！”

“你怎么了？没什么啊，和往常一样。”

“没什么？和往常一样？”燕其羽急道，“我的意思是，和我刚刚进来的时候相比！”

“和刚刚进来的时候……那是变得很不一样了。毕竟我们已经来这里好久了。”

“我……我头上有没有白头发？”

“白头发？没有啦，你……还早呢。”

“可是，可是你有白头发了啊！”

“是吗？”桑谷隽摸了摸自己的鬓角，喃喃道，“原来我们进来这么久了。”

这些年相处下来，燕其羽已经不在桑谷隽面前掩饰什么了，话里带着哭音：“进来这么久了，可我们什么都没做！难道，难道我们要这样待到死不成！”

“可是，不这样又能怎么样呢？”桑谷隽说，“其实就算在外面，我们又能怎么样？除了多一些人，日子还是这样过啊。就算能在人群里出类拔萃、建功立业，到头来也不过如此罢了。”

“到头来也不过如此？”燕其羽喃喃道，“那我们还生下来干什么？给造物主当扯线的玩偶吗？”她突然想起了仇皇：“我以前总想逃脱仇皇的控制，就是因为不想做一个玩偶。为了得到所谓的自由，我甚至冒着被他杀掉的危险！可现在想来，我这样子活着和以前又有什么不一样？我是自由了，可以天南地北到处飞——可我还是觉得这活法不是我想要的！”

桑谷隽道：“那你想怎么样活着？”

燕其羽被他这句话问得怔住了：“我想怎么样？”是啊，就算离开这个明显是幻象的世界，回到那个现实中的世界，她又能怎么样？追求权力，树立威名，还是建立事业？或许那些男人会这样来打发他们的一生吧。可自己呢？自己到底想怎么样？

“燕姑娘……”桑谷隽仿佛想到了什么，“其实，我们浪费了很多时间。”

“浪费？”

“嗯，这些年来，我一直不知道该不该向你开口，因为总想找到我们想找的东西，或者离开这个世界以后再提，可现在……也许等不到我们找到我们要的东西，我们就已经老了。也许要到死我们才能离开这个世界，所以……所以我……”

燕其羽知道桑谷隽想说什么。一直以来她都避免自己去考虑这个问题，可也知道这一天终究会来。她不想桑谷隽说出口，因为她不知自己该如何抉择，也不知自己会如何抉择——然而她却没法让桑谷隽不开口。

“燕姑娘……我，我们……我想，假如我们这辈子什么都没找到，既找不到那快被我们忘记的东西，也没法摆脱这个世界，那我们是不是应该把握好身边的一些……一些我们能够抓住的东西？”

燕其羽不说话。

桑谷隽结结巴巴地说：“燕姑娘，你……我……”

燕其羽一闭眼，一股狂风卷起，把她垂直吹起，直向天心！

桑谷隽在下面叫道：“燕姑娘！你干什么？”

燕其羽咬牙道：“我突然想明白了！这些年来我们东西南北、山川海岳都闯过了，就只剩下一个地方没试过，那就是天顶！出口一定是在那里的！一定！”她也不知道桑谷隽是否能够听见，只是催发自己所有的力量，调动天地间的灵力不断地向上飞去。桑谷隽的幻蝶能达到的高度比她矮得多，可即使是最强烈的罡风也有极限在！燕其羽渐渐觉得呼吸不畅，周围似乎连风也没法搅动了，她还在努力着：“坚持！坚持！也许再进一步就成功突破了！”

然而到了最后，她再用功也没法前进，她甚至发现自己的身体不是在往上升，而是在往下掉！

“为什么？为什么会这样？我失败了吗？”她的意识开始模糊，连撑开眼皮的力量都没有了，“就这么往下掉，是走向死亡，掉下地狱吗？死了以后，是否就能离开这个世界？还是仍然是附属于这个世界的一个幽魂？可就算真的能离开这个世界，又怎么样？”她终于完全不省人事。

在黑暗中睡了不知多久，久得像没有尽头，她睁开眼，还没看清楚眼前的东西，耳朵先听见一声欢呼！桑谷隽！是他！经历了这么多事情，最终陪在自己身边的还是这个男人，这个自己宁肯追逐死亡也不愿面对他表白的男人。

燕其羽看明白了周遭的一切：这分明是桑谷隽为她营造的一个温馨的地方——全部用天蚕丝织成，不像一个房子，而像一个窝，或者说一个巢，更确切一点说，这是一个超级大蚕蛹。蚕蛹里面，只剩下自己和眼前这个男人。

“你终于醒了！”

燕其羽不知道自己睡了多久，但眼前的桑谷隽明显老多了，眼角竟然有了皱纹，两鬓的白发多了几倍。

“你那天吓死我了！还好我接住了你，你太乱来了。”

“对不起。”

“没什么啦。”桑谷隽说，“不过你要答应我，以后别再干这么冲动的事情了。我……我宁可一辈子不出去，就在这里陪着你。”

燕其羽心中一阵感动，说不出话来。

“其实这个地方也没什么不好的。”桑谷隽说，“就我们俩，虽然寂寞了些，不过，有一个人陪着，不就够了吗？外面那个世界，虽然人多得像河里的泥沙，但大多数人连找到一个让自己不孤独的人都不能够！”

“桑……”燕其羽一阵哽咽，不知道该说些什么。就这样接受他吗？也没什么不好的。两个人一起老去，就算最后没活出点什么东西来，也胜于一个人一生孤独。

“燕姑娘……我……”桑谷隽鼓起勇气，“答应我，好吗？”

燕其羽还没有开口，可她那默许的眼神却让桑谷隽两眼放光。不知为什么，燕其羽很能理解眼前这个男人的狂喜之情。她心中一阵安慰：毕竟，能遇见这么一个因自己一个眼神而如此狂喜的男人，已经是很难得的事情了。“我还能苛求什么呢？”

她张了张口，桑谷隽很激动地等着她的答案，因为两个人都知道，这句话一出口，就能定下关乎两人一生的大事。

“我……我答……”

突然，外面一声鹰鸣，燕其羽脸色一变，脑子还没想清楚，人已经奔了出去——晴空万里，只有远处的一个黑点！是他！一定是他！

她奔回天蚕蛹，想拉桑谷隽出来：“桑谷隽！他……”突然整个人呆住了：蚕蛹中空荡荡的，一个人也没有，对面一道裂缝，破裂的丝绸被漏进来的风吹得啪啪作响。一种揪心的痛把燕其羽整个人笼罩住了。那道裂缝让她仿佛看见了刚才那片刻间桑谷隽脸上的抽搐。

“不！不是你想的那样的！”她想呼叫，可却叫不出来。何况，真的不是那样的吗？

燕其羽颓然坐下。她伏倒在地上，却连眼泪都流不出来。

爱如浮云

不知在什么时候，不知在什么地方，雒灵无声地叹息了一声：“第一个。”

羿令符一进到这个地方就知道周围充满了幻象——姬庆节说过，这里是个乱石岗，而不是眼前所见的莽莽荒原。不过，眼前的景象却让他想起了什么。

是了，大荒原，有穷南部的那个大荒原！那是他少年时驰骋田猎的乐园，也是埋下一生遗恨的伤心地。

“是为了勾起我的回忆吗？嘿！果然是心宗的手段啊！”前后左右都没有见到人。先他一步进来的桑谷隽和有莘不破都没见到，但羿令符反而心安。因为他清楚，如果现在见到同伴的话，实在很难说见到的人是不是真的。

然而自己该怎么样出去呢？他取出一支箭，朝天虚发，久久不见那箭落下，心道：“难道连时空都被扭曲了？不对，心宗没这本事。除了聚集四门精要的昆仑，不可能有这样的地方。难道这整个世界都是心幻吗？那可就麻烦了，无论做什么都是白搭！”

“在想什么？”

羿令符一回头，看见了江离。他怔了一下，随即意识到这个江离不是本人，而是存在于自己心里的那个江离。

“嘿！出现的人居然会是你。”

“或许是因为在你心里，我是最好的商量对象吧。”

羿令符承认。其实，和这个江离说话，与自言自语没什么区别。

“雒灵在就好了。”江离说，“我们对这阵法却完全没有着手处。”

“何必事事依赖别人？”羿令符淡淡道，“只要保持镇定，心田不乱，对方也奈何不了我们。那大祭师要同时困住我们四个，只怕精神的损耗也很严重吧。”

“只怕也没那么简单。”江离说，“一般来说这种心幻都会制造许多妖魔鬼怪的幻象来打击人，让人恐惧、愤怒、绝望……可这里却没有。”

“只要守得灵台清明，就没什么可怕的。”

“灵台清明？”江离道，“就算你的修为高深，但你的感情呢？”

羿令符心中突然一痛。

江离道：“你还是有破绽的。大概接下来出现的，就是你最不想面对的事情吧。”

羿令符突然怒吼道：“走！”

江离叹道："我只是稍微提起往事，你就沉不住气了？"

羿令符冷笑道："我叫你滚，是因为你现在所说的全是诱人入魔的话。"说着他拿起弓箭，对准了江离。

"死灵诀吗？"江离道，"那确实能杀死我——无论我是真实的，还是幻象。可是你别忘了，我可是你心里的江离啊。你杀了我……"

羿令符截口道："就会把心里的江离给杀了，是不是？"

"应该是这样的。"江离说，"至于会造成什么后果我也说不清楚，但总归不是好事吧。"

羿令符冷冷道："你在我心里死掉最好，很多事情办起来我反而能放开手脚。"

江离叹了一口气，道："真的是这样吗？嗯，大概是真的吧。"说完他转身，慢慢消失，说："我和你的关系并不深，你要驱逐我不难，可是……"

江离的幻象消失了，那句话还没说完，但羿令符却知道这句话的后半截是什么意思。

"大概接下来出现的，就是你最不想面对的事情吧。"羿令符喃喃自语，重复着"江离"的话，嘿了一声道，"江离！无论真幻，你总能这样直接命中要害！"因为就在"江离"消失的地方，一个人影浮现出来。上半身是人，下半身是蛇，羿令符叹了一声，扭过头去。但过了一会儿，他又忍不住转回头来。

眼前的银环褪去下半身的蛇皮，化作寿华城时的模样。

银环看着他，眼睛充满了欣慰："你终于……找回自己了。"

羿令符冷冷地看着她，一句话也不说。

"我知道你恨我，所以你不理我我也不怪你。"

羿令符就要说"我不和你说话是因为你是假的"，然而想了想，最终忍了下来没有说。

"在寿华城……"银环回忆着，"你无数次几乎就要振作起来，但终于没有。你在有穷之海内的突然觉醒，在别人看来似乎显得很突然，但我却知道你不是。那几年里，我不知道用了多少法子刺激你，你也无数次想动用你的弓箭，但最后那道堤防，你最终没有闯过来。你始终不愿拉响你的复仇之弦……唉，我到底应该高兴，还是悲伤？”

羿令符还是没有开口，他的眼神也渐渐平静下来。如果雒灵看到他这定力，一定会赞叹不已吧。

“但你最终还是出手了，不是为了我，而是为了你的兄弟，不是为了复仇，而是为了守护。我很高兴，真的，比看到你为了杀我而动手更高兴。所以我才跳进有穷之海……”

“你可以消失了！”羿令符冷冷道，“没错，你的存在对我而言是个没法解开的死结。但再复杂的恩怨，也还有一个办法可以完结。”

银环一阵黯然：“你是说，时间……”

“还有死亡！”羿令符道，“你已经不存在了。所以，我不再牵挂你，无论是情意，还是怨恨。你对我来说已经是过去，一个完结了的过去。不要再出现在我面前了。走吧，就像刚才那个江离一样消失吧。”

“是这样的吗？”银环的眼神更加黯淡了，羿令符却无动于衷。

“是这样的吗？”说话的不是银环！听到那个声音，羿令符全身剧震！他告诉自己不能回头，但他的颈项还是出卖了他！羿令平就站在他的背后，怨怼地望着他：“这妖女在你心里真的已经完结了？那你为什么不举弓把她杀了！”

羿令符的心开始滴血，他的弟弟——尽管他明知那只是一个幻象——却仍尖锐得让羿令符难以抗辩。“杀了她啊！这可是个好机会！你在这个地方杀了她，以后就能彻底地忘掉她！那你就真的解脱了。”

羿令符没有动手。

“还是说，”羿令平的话像一杯毒酒，“还是说你根本就没有忘记她？根本就舍不得她？这妖女的肉体是死了，可她却仍然在你心里活着！”

羿令符的手开始发抖，羿令平却没有停下：“同时活在你心里的，还有父亲，母亲，还有我那个嫂子，以及你那还没来得及看到这个世界就死掉的儿女！这些人都死在对面那妖女的手下，而你却让他们死后仍然不得不和这妖女做邻居！你……”

羿令符暴喝道："不要说了！"

"呵呵，不要说？"羿令平大笑道，"你凭什么阻止我？就凭你比我强？"

"我不是这个意思。"

"不是？哼，就算在你心里，我也仅仅是这么个无理取闹的形象，对吧！我就是要打击你，怎么样！"羿令平的脸笑得有些僵硬，"其实你要阻止我，根本就不用动箭，对吧？你手里还捏着一张王牌呢，把它掀出来啊。把它掀出来，你就连杀掉我的理由都有了！"

"不！"

"不？为什么不？因为你知道，你根本就没有资格杀我！没错，我害死了父亲，可你也害死了母亲！你凭什么来处置我？哥哥。"

"别再说了！"

羿令平笑了，笑得很凄凉："我只不过是个幻象，是的，你心中的一个幻象。改天你看到我——我的真人的时候，你会怎么样对待我呢？你也不知道吧？如果有人揭破了那层皮，比如那个什么都知道的江离，把这件事情公布于世，那些自诩正义的人逼着你执行家法，你该怎么办？"

"不会有那么一天的。"羿令符道，"爹爹是自己去世的。他临终前的意思，大家都很明白。"

"明白？"羿令平冷笑道，"明白的只有你吧？你在找借口！嗯，你为什么找借口呢？是因为顾及兄弟之情？不，不对，你是因为顾念这个女人。"

"不是。这根本就没关系。"

"没关系？怎么会没关系？你一天不忘掉这个妖女，你就对母亲有愧！那你就没资格来杀我！你不杀我，只是因为你不想忘记那个妖女！"

羿令符想否认，但他大汗淋漓而下，连开口的力量也没有了。

"哥哥……"羿令平的声音突然变得柔和起来。

"你到底要我怎么样？"

羿令平道：“很简单。举起你的箭，用死灵诀把眼前那个女人解决掉！那就什么都解决了。说不定连这个什么心幻都破掉了！”

羿令符颤抖着伸手，取弓，拔箭。如果桑谷隽见到他现在的样子一定大吃一惊：这个鹰眼男人也有这么狼狈的时候。

箭尖闪现点点寒光，寒光上是将发未发的恩情与怨恨。

银环看着箭尖，这一次她没有闪躲，也没有求饶，反而露出不易察觉的微笑。

羿令符的身子渐渐安宁下来，手渐稳，弦已圆。眼见箭将飞出，羿令符却突然整个人松弛下来，那一箭还没射出就已经连弓一起跌落在地。羿令符没有看羿令平，也没有看银环，而是望着一个无人的虚空，黯然道：“北狄祭师，你赢了……”

仇人

“没想到第二个是这个鹰眼男人。”雒灵很小心地守护自己的想法，以防被沼夷窃取，“沼夷这个阵法很厉害啊，让每个人暴露心里脆弱的一环，再把念头往坏处牵引。嗯，不过羿令符居然没有完全上当。下一个会是谁呢？桑谷隽，还是不破？”

桑谷隽手按地面，感受大地的每一次细微震动。

“这个世界是假的！”他感受到的震动是如此熟悉，熟悉得和最近的一次几乎完全相同，“大地的每一次震动都是完全不同的，但这次……嗯，这震动是留在我记忆中的震动。嘿，这么说来，这个世界也是我心里的世界了。”

他举目望去，芳草茵茵，鸟鸣声声，分明是小扶桑园的翻版！

桑谷隽和自制力极强的羿令符不同，在九尾布下的五行幻狱里面，他明知那些土偶是假的，却依然看得如痴如迷。

“也许心宗的人真是我的克星呢。”桑谷隽想了想，随手摸了摸身体的某处——那里，藏着有莘羖（gǔ）给他的“虎魄”。“还不到用的时候吧。而且，我还不是很理解这个东西。”

突然，林木间一个人影闪过，桑谷隽一惊，他惊的不是那人影的速度或敌意，而是那人影给他的熟悉感觉。

“姐姐！”

他冲了过去，但树木后面却什么也没有。

“我分明感应到了的，是姐姐，而且不是二姐，是大姐！”

尽管明知道可能只是一个幻象，见到了多半有害无益，但他还是想看看。找了不知多久，他终于忍耐不住了，右手撑住地面，口里说：“万岳千山，听我号令，地动！”

一场空前绝后的大地震，把方圆三千里全部夷为平地。地皮翻了过来，淹没了所有的花草树木，只剩下光秃秃的岩石戈壁、黄沙黑土。桑谷隽放声大笑：“果然是个幻境！嘿，要是我在现实中也有这么厉害就好了。”

他登上大地的最高点，终于望见另一个高地上隐隐约约有一个人影。

“大姐！”桑谷隽招来幻蝶，飞了过去，随着他渐渐飞近，他的心也渐渐沉了下去：那人背对着他，但桑谷隽已经知道不是他大姐——哪怕只是一个幻象。

“原来如此！”他满脸的亲切盼望化作咬牙切齿的狰狞！那人之所以会给他桑谷馨的错觉，仅仅因为披着一件天蚕丝袍！袍子的质地不是普通的天蚕丝，而是将桑家嫡系血脉抽丝剥茧后织就的幻灵天蚕丝。

“嘿！好，很好。这个幻境居然能让我提前看到仇人！北狄祭师，我应该感谢你才对。”天蚕幻蝶飞近那高地，在披着袍子的那人不远处停下。桑谷隽喝道：“妖女，回过头来，让我看看你的样子！”

那人背上虽然披着又宽又大的天蚕丝，但仍看得出是个女子。她背对着桑谷隽，很安宁地坐着，听到桑谷隽的呼喝，转过身来，看了他一眼。

桑谷隽一见之下，几乎跌下幻蝶，转过头来的居然是雒灵。

“嗯，有个问题啊。”雒灵心道，“沼夷为什么要一个个对付呢？

万一在对付其中一人的时候其他人趁机逃出去，或者攻进她阵法的核心怎么办？是了，我太高估她了。她不是不想一起对付，而是心有余而力不足。对付羿令符的时候，她已经显得有些吃力了。奇怪，她有四个帮手，再加上三十三万怨灵，按理说不应该这么吃紧才对，难道她和师父的差距竟然有那么大？啊，不对，不是她太差，而是我们太强了！看来这些日子大家的进步都很快啊。这样的话，等她对付完桑谷隽，只怕就没剩下多少力气了。”

桑谷隽收摄心神，怒道：“妈的，北狄祭师，这挑拨离间的伎俩也太明显了吧。喂，那个，那个假的雒灵，快把你身上的袍子除下来，要不然我看得久了，只怕连真的雒灵也会讨厌。”

那雒灵和真实中的雒灵一样，一言不发，转身就走。

“站住！”

桑谷隽追了上去，眼前人影一闪，被一个男人挡住了。原来是有莘不破！

桑谷隽怔了一下，怒道：“假货！滚开。”

有莘不破也怒道：“谁是假货！”

桑谷隽指着他背后的雒灵道：“就算你不是假货，背后那个也绝对是！你给我走开。”见有莘不破一动不动，桑谷隽怒道：“就知道你是个假货！也罢，我就把你们两个奸夫淫妇都杀了，免得给真的不破和雒灵丢脸！”

有莘不破皱了皱眉头：“桑谷隽，你真的要和我动手？”

桑谷隽哼了一声，手一晃，骨鞭在手，向有莘不破抽去。有莘不破挥刀挡开，两人都是一震，有莘不破倒飞出去，桑谷隽则跌下幻蝶。

“这么厉害，难道你是真的？”

有莘不破不悦道：“我当然是真的。”

“真的更好。”桑谷隽说，“你背后那个雒灵是假的。你让开，我替你清理障碍。”

有莘不破回头看了看雒灵：“不，她是真的。”

“你昏了头吗？”桑谷隽高声道，“你没看见她披着什么！天蚕丝袍！用我大姐的生命织就的天蚕丝袍。”

“那又怎么样？”

“怎样？那天蚕丝袍在我仇人手上，怎么会是雒灵披着？所以，那雒灵是假的！”

有莘不破摇了摇头：“那是她一个故人送给她的。”

“故人？”桑谷隽呆住了，也不知过了多久，终于狂笑起来，“我懂了，我懂了！他妈的，这个世界里他妈的全是幻象。林木是幻象，山石是幻象，你有莘不破，她雒灵全都是幻象！妈的，为什么会这么真实！”

有莘不破耸了耸肩：“不知道你在说什么。”

桑谷隽却是一副痛苦的神色：“为什么，为什么要让我想起这件事情？没错，我早就听说过，夏桀那个天杀的宠妃，不也是心宗的妖孽吗？哼，我一直不肯去想这件事情，就是不想因此对雒灵产生罅隙啊。为什么今天却让我看见雒灵披着天蚕丝袍！”

他用骨鞭指着有莘不破道：“你走开！我知道你是假的，可是……你最好自己走开！”

有莘不破摇了摇头，一步也不退却，雒灵走近前来，躲在有莘不破的背后。

“好！”桑谷隽咬牙切齿道，“都给我去死吧！”

他在这个世界用起任何玄功都得心应手，但对面的有莘不破也一样。桑谷隽召来泰山当头压下，有莘不破就用“法天象地”化作巨人把山顶开，桑谷隽召来地火焚烧千里平原，有莘不破便引氤氲紫气化出数十个大旋风把火吹乱。

“真没想到，在这里也赢不了你。”桑谷隽的力量已经到达极限了，而对面的有莘不破也开始喘气，“有莘不破，我知道你是假的，可是，如果在现实的那个世界里，要是发生类似的事情，你会怎么做呢？”

有莘不破没有说话。

“嘿，大概也会像在这里一样吧。”桑谷隽的脸渐渐坚毅起来，就像在巫女峰被有莘不破等人逼入死角时一样，“我们是好朋友，可是对我来说，亲人的仇不能不报。就算这里是一个幻境，就算你只是一个幻象！嘿，不破，来吧，如果你可以的话，把玄鸟叫出来，让我看看你们商王族守护祖神的威风！衣被天下，护我山……”他的语声突然一窒，就像被什么东西掐住脖子一样。

“护我……”他努力着，却没法出手。有什么东西攫住了他的心，不准他继续下去！“雒灵……原来是你。哈，果然，我一个人，斗不过你们啊。要是江离在这里……唉，罢了，他大概也会帮你吧。”

桑谷隽几乎连站都站不稳了，他单膝跪地，左手撑住地面不肯屈服。这个时候，会有谁来帮他呢？羿令符？师韶？季丹洛明？这些人都对他很好，但要让他们在有莘不破和自己之间作出选择，他没把握。加入有穷行伍之后，桑谷隽第一次感到自己是如此孤独。

“除了我的亲人，还有谁会站在我这一边？”突然，远空飞过一片芭蕉叶。“燕姑娘！”桑谷隽一阵狂喜，却叫不出口。燕其羽似乎看见了他，又似乎没看见他，总之风中的芭蕉叶没有停留，渐飞渐远，终于消失在白云间了。

桑谷隽的心脏一阵绞痛，他闭上眼睛，终于倒下了。

“那女孩子居然是本门弟子！”沼夷暗暗觉得不妥，可已经没余力去查清楚了。有穷商队那个叫有莘不破的首领已经凭直觉闯向心幻大阵的边缘，如果不把他扯住，被他闯出一片天地来，之前的一切将付诸东流。

“没办法了，先对付这个男的吧！”

朋友，百姓，孰轻孰重？

有莘不破背剑横刀，在无数屋宇间乱闯。

“他妈的！这里怎么有这么多房子？”

“不破，你怎么说脏话，才出去混了多久，就学得这样粗鲁了！”

有莘不破没有回头，光是听见那个声音就已经吓破了胆子！他第一个念头就是逃，但却被那个声音叫住了："让我见到了你还想跑吗？哼，都这么大的人了，你还想顽皮到什么时候？"

有莘不破叹了口气，转过身，垂头丧气地走过去："师父，你怎么会在这里，这是什么地方？"

"这是心宗高手布下的阵势，虽然厉害，却还难不倒我。跟我来，这就回去吧。"

"不要。"

"不要？你离家玩了这么久，还不知足啊。你知道你爷爷，还有你两个叔父有多想你吗？"

"我……师父，你教过我的，做事不能半途而废。我帮助姬家，都出手了。郃城无数同胞在那里，我不能说走就走。"

"嗯，这句话说得很好，有君王之度。"

听到"君王"两个字，尽管是嘉奖，有莘不破却有些不高兴："再说，也该先把雒灵救出来。"

"雒灵？是独苏儿的徒儿？"

"是啊，师父。"提到雒灵，有莘不破有些兴致了，"她是我的……嘿，妻子。"

"妻子？谁给你主持的婚礼？没你祖父允许，你就敢私自成亲？真是乱来！你都多大了，行事还这么糊涂！"

有莘不破有些脸红："仪式什么的不重要。"

"你真这么喜欢她？"

"嗯。而且……她有身孕了。"

"什么？唉，你们这些年轻人啊。那我回去帮你在你爷爷面前说说吧。不管怎么样，回去以后，礼节还是要补办一下的。"

有莘不破听到"回去"两个字，有些怔了。

"那女娃儿既然有了契之血脉，这件事便马虎不得。如今天下大势越来越向我们倾斜了。你这些日子以来虽然胡闹，但送走了九尾，夏人母族祖脉涂山氏没有几百年是恢复不了元气了。巴国因你而拱手，也算是默认站在我们这一边了。姬家有复兴的迹象，经此一事，也必臣服。

朝鲜乃我国后院。八大方伯中只有昆吾还冥顽不灵！它悖逆天运，焉能存活？一旦覆灭，再扶持季连氏代昆吾为祝融正宗，则普天之下，除夏人甸服之外尽入我王之手。嗯，不破，你的婚礼办得隆重些，令各方来贺，也让天下人看看民心所向，天道所归。”

“雒灵还在那大祭师手里呢。”

“这有何难？为师在此，还怕谁来！我们救了她便回去。”

“不！我不要。”有莘不破本能地抗拒着，“我不回去。”

“不回去？那你想干什么？”

“我……我也不知道。师父，你让爷爷把王位传给叔父吧。”

“这是什么话！你两个叔父病痛缠身，当年归藏子卜过一卦，说他们难有子嗣，且壮年早逝，只怕这预言不幸应验了。就算你爷爷把王位先传给他们，迟早也要落在你头上。”

“我……我还有事情做。”

“事情？什么事情？”

有莘不破仿佛找到了一根救命稻草：“我有一个好朋友——比我性命还重要的朋友，他被都雄魁那厮……”

“不许用这些江湖言语！都雄魁怎么说也是前辈高人，你对他再怎么厌恶也不能无礼！”

有莘不破吐了吐舌头：“被都雄魁……前辈掳走了。所以，我无论如何要去救他。”

“你说的这个朋友，是什么人？叫什么名字？”

“他叫江离，是太一正师大人的徒弟，说起来也是师父您的师侄。我和他不但有朋友之谊，而且还是师兄弟来着，不能不救！”想起江离的身份，有莘不破心里又多了两分指望。师父既然到了，那北狄大祭师多半手到擒来，费不了什么事。就算江离那边的事情困难得多，在救人之后说不定自己还能趁乱逃跑。然而他错了。

“江离么……是你师叔继若木之后收的徒弟吧。他的事情你不用担心。”

“不担心？”有莘不破急了，“他可是被都雄魁那厮……都雄魁大人抓住了啊！那血祖凶横残暴，江离在他手里都不知道会被折磨成什么样子！”

“我说不用担心就不用担心。江离既然是你师叔的传人，他就不会坐视不理。”

“可是，都雄魁大人多半是把江离擒到夏王都去了呀！那里可是他的老巢。要不这样吧，师父，你联系上师叔，大家一起先到夏都把人救出来，其他事情……救人以后再说好吗？”

“这数十年来，血宗在夏都虽然经营得不错，但太一宗在那里的根基更深！而且太一宗和夏王室有很深的关系，你师叔要救他的传人，道理上先站住了脚。镇都四门谁敢对他不敬？登扶竟也没理由阻止他。甚至夏桀也未必会来干预这件事情。单他一个都雄魁，未必能占祝宗人的上风！”

有莘不破听得几乎绝望了。其实这些事情他心里也隐隐猜到了，然而他一来不愿意推脱救援至友的责任，二来不亲眼看见江离无恙实在不放心，所以这时没法去反驳师父的推论。眼见师父就要出手摧毁这个心宗的大阵，他心里隐隐盼望着那个心宗高手能多抵挡一阵，可是哗啦啦一阵响动之后，那无数房宇已经被眼前人举手间摧枯拉朽地毁掉了。空中一个人掉了下来，正是那个大祭师，只见她狼狈地在地上挣扎着，恶狠狠地盯着有莘不破旁边的男人。

“果然，没什么人能赢得了师父。”有莘不破心里更是绝望，“难道我就要这样跟他回去？不！不！”

“不破，你叫什么‘不’？”

原来有莘不破心里想着，口中竟然忍不住叫了出来。他仿佛下定了决心：“师父，我绝不回去。我要像季丹大侠那样，做一个游侠，一个自由自在的游侠。”

“不可能。”

“为什么？我根本就不想坐上那见鬼的王座！”

“每个人都有想做和不想做的事情，但并不是一切都能如愿。那些挣扎在贫困愚弱中的人，他们天天盼望着能坐上那个位置，金银满山，锦衣美食，可他们却得不到。不破，从得不到这一点来说，你的处境和他们是一样的：上天给了你这样的身份、这样的运势、这样的能力、这样的胸襟，你就必须负起相应的责任。你是天命所归，这一点没人可以改变。”

“我可以！”

“可以？哈，你凭什么认为你可以？”

“我不坐上去，难道你逼着我坐上去？”

“我逼你？不用我逼你。不破，我问你，你为什么会在这里？我的意思是，你为什么会被姬家的事情缠住？”

有莘不破犹豫了一下：“我看见胡人在屠杀同胞，忍不住出手，谁知道一沾手就甩不开。”

“这就是了。你不忍，这就是仁人之心了。”

有莘不破摇头道：“不是，这哪里是什么仁人之心！是个华夏子弟都会这么干的。”

“你说不是就不是吧，反正重要的不是你说了什么，而是你做了什么。我再问你，你觉得这事麻烦吗？”

“那当然！”有莘不破道，“要不是被这事给拖了后脚，说不定我已经追上血祖了。虽然我打不过他，但只要能缠住他，说不定能等到羿令符他们赶上来合围。”

“嗯，你觉得麻烦，但还是为了这同胞的性命而忍耐了下来，是不是？那我再问你，如果有比这些人多十倍、一百倍的人处于水深火热之中，你愿不愿意为了拯救他们克制一下你自己的心性呢？”

“我知道你要说什么。”有莘不破道，“可是师父啊，我没你说的那么伟大。我……我只是一个普普通通的男人。我也只想当一个普普通通的男人。”

“伟大的不是你，是你座下的王位！那是一个动一动就千万人头落地的位置。你爷爷已经老了，你若任性一走，商王族的军民向谁效忠去？到时候非天下大乱不可。”

有莘不破迟疑道：“那就学尧舜……”

“不可能！政治是一个比人心还复杂的东西，不是某个人想要怎么样就怎么样的。当前无论是从百姓的政治习惯看，还是从各国的利益格局看，都不可能重现你所幻想的禅让制度。”

“反正，”有莘不破咬牙坚持着不肯放弃，“总有办法的。我还有时间。”

“不破啊，徒儿啊，年轻的时候，我也有过许多不切实际的想法。但没办法，人总要向现实低头的。这也是一种成熟。我原本以为你在外面闯荡了这么久，也该长大了。怎么还是这样天真？”

“天真？天真有什么不好？长大了又有什么好处？我宁可永远天真下去。”

“你再这么不切实际地固执下去，早晚会撞得头破血流。”

“我不怕。”

“那你的朋友呢？”

“朋友？和他们有什么关系？”

“你不是个自了汉啊。你周围有很多人在保护着你——不管你愿不愿意，也不管他们是处于真诚，还是出于别的什么考虑，他们都会保护你，甚至会为了你而自陷危险之中。这你也不管吗？”

第二章
江离坐镇九鼎宫，为大禹的江山恢复元气

血战融父山

“朋友……”一想起那些朋友，有莘不破心口一热，“不用担心，他们都很有本事。而且，我也会保护他们的。”

“你怎么还这么幼稚啊。能威胁你的绝不是普通人所面对的危险啊。不破，难道你要等到尸积如山、血流成河，等到你的朋友都因为你的任性而烟消云散，才肯长大吗？”

有莘不破听到这两句话心头大震：“尸积如山、血流成河、朋友离散……”他突然想起了在师父密室里找到的那具僵尸：“难道，在那具僵尸的眼睛里看到的，就是我的结局？不！不！”

他挣扎着，却没法自己解开这个心结，身子一阵摇晃，就要跌倒。

“他们不知道怎么样了。”姬庆节望着那片迷雾，喃喃自语。然而他已经没心思去担心他的朋友了。北狄的冲击一浪猛似一浪。

背后，他的副手南宫冯道：“少主，如果真要打开一个缺口，现在也该动手了。不然只怕始均厉忍不住要动手了。”

姬庆节点了点头，传下号令。

融父山十二连峰一阵移动，阵法的变动给八千北狄巫骑兵带来一阵迷惑，几个将领都抱着谨慎的态度，但一个变数还是发生了：那头从血池里逃出来的灵兽、三天子障山大盗札罗的坐骑窫窳（yà yǔ）不知从哪里闯了出来，带着成百上千头獙（bì）獙[①]、軨（líng）軨[②]、鯥（dōng）鯥[③]等各种奇异怪兽攻入融父山十二连峰变动时产生的破绽。三队北狄巫骑兵紧随其后也冲了进来。

“三千人！”姬庆节皱起了眉头。虽然这个破绽是故意露出的，但放进来的敌人数量却显然超过他的预料。“南宫将军，你亲自主持。一定要把他们困死在阵里。”

“那这里……”

“这里有我在！”

南宫冯领命去了。那三队巫骑兵进入融父山十二连峰大阵之后便被切割开来，但仍有一队紧紧跟在窫窳后面。窫窳凭借直觉没有向大阵的核心闯，却向南方冲来。姬庆节大吃一惊，但阵前有五千巫骑兵步步紧逼，阵内还要料理正向内阵冲击的两队人马，他已经没有余力去收拾窫窳了。

“怎么办？郜城现在防务薄弱，如果被他们突破大阵逼近郜城，这一千人加上那怪物，可抵得上数万大军啊！”

接着他最担心的事情终于发生了，那队巫骑兵在拉婆门的率领下，跟随窫窳突破了连峰大阵的边界，进入了这个近乎不设防的地方。

---

① 獙獙：《山海经》中长得像狐狸，身上有翅膀，叫声如大雁的怪兽。据《山海经·东山经》记载：“有兽焉，其状如狐而有翼，其音如鸿雁，其名曰獙獙，见则天下大旱。”

② 軨軨：《山海经》中形状像普通的牛却有老虎斑纹的怪兽，发出的声音如同人在呻吟。据《山海经·东山经》记载：“有兽焉，其状如牛而虎文，其音如钦，其名曰軨軨，其鸣自叫，见则天下大水。”

③ 鯥鯥：《山海经》中的怪兽，形状像羊，但是长着一只眼睛和一只角，眼睛还很神奇地长在耳朵后面。据《山海经·北山经》记载：“有兽焉，其状如羊，一角一目，目在耳后，其名曰鯥鯥，其鸣自詨。”

“哈哈！好！就让我们先端了公刘的老巢！”拉婆门并不回头攻阵，却向郃城疯狂冲去。这一千巫骑兵个个头顶弥漫着黑气，一千人加在一起便凝成一片黑云！郃城缺少大将，城头的箭射将下来，都被那片黑云反弹开去，哪里能奈何得了他们！窫窳一冲一拱，低矮的城墙马上坍塌，城头的将领几乎刹那间陷入绝望。

拉婆门狂笑声中，率领人马在城中左右冲突，所到之处寸草不留。

姬庆节远远望着郃城冒起道道浓烟，心里直滴血，几次就要率众回援，但终于忍住了。他知道一旦放弃这融父山十二连峰大阵，就算来得及救回郃城的根本，西北华族也再无阻挡始均厉铁蹄的屏障。

“杀！”与其说他是发令，还不如说他在泄愤，“给我杀！阵里的两千人，一个也别留下！”

拉婆门渐渐逼近郃城的内城，在这些巫骑眼里，那内城也不过是大一点的屋子罢了，他们又以为公刘被牵制在前方的融父山十二连峰大阵，因此全无顾忌。然而他们不知道，在内城之前，还停着有穷商队的铜车。

四大长老眼见事态紧急，赶忙聚集众人会议。以身份论，这里自然是以芈压为首，但在众人眼中，芈压只不过是个小孩子，哪里能够决断大事？不过礼仪上还是要通过他来发令的。

苍长老道：“得赶快布开车阵！”此刻有穷的车队虽然也粗粗围拢，但郃城中并无一块足够大的空地让车阵从容布开，因此只是扭扭曲曲地连在一起，处处都是破绽。

昊长老却道：“这地势，哪里布得开？”

芈压虽然聪明，但遇上这等大事，一时也没主意。突然一个人道：“用‘天火焚城’，把前面这片民房烧了！”

所有人都吓了一跳：芈压背后不知什么时候出现了一个白衣人，他虽然和众人站得很近，但所有人都有一种看不清楚他面目的错觉。

只有芈压大喜道：“大头！你什么时候来的？”

几个长老听了芈压的话，知道这人是友非敌，心中微微放心。

大头微微一笑，道：“得快，等那些人冲进来就来不及了。”

芈压快步跳上最前沿的车顶，看了一眼前面的民房道：“要是用‘天火焚城’，那里面的平民怎么办？”

“你让‘天火焚城’慢慢压下来，里面的平民见了一定会逃走的。”

芈压知道这样多半还是会伤害不少人，有些犹豫地道：“要不，等来犯的敌人靠近，我用火龙、火鸦解决？”

“看那片黑气，来犯的不是普通士兵，你又伤势未好，只怕一时杀不干净，被他们闯进来，你的属下非伤亡惨重不可。”见芈压还在犹豫，白衣人道，“大丈夫临机决事，要果断，不要婆妈！”

芈压一咬牙，道：“好！”手一指，无数火龙、火鸦、火鹊向天空冲去，在那片民房上空聚拢成一个巨大的火球。这个“天火焚城”尽管规模略嫌弱小，但在普通人眼里还是很恐怖的，躲在房里的平民见了，争先恐后地逃了出来，自相践踏，火还没压下来，先死伤了不少人。

那边拉婆门见了这异象也颇为惊疑：“郜城中还有高手！他要干什么？”他率领巫骑兵左右冲突，一时却不敢向那巨大火球冲去。

天火焚城终于压了下来，郜城各种建筑都颇为简陋，这片民房更是不堪一击，刹那间便被压塌烧平。芈压见还是有不少人来不及逃出来，心中不安。旁边苍长老催促道：“芈首领！”

芈压反应过来，点了点头，苍长老传下命令，早就执戈待命的有穷勇士驱使犛（mǐn）牛，拉动铜车，向北轧来。芈压驱赶火势向北烧去，渐渐前推了百步之遥，形成一道火墙。牛蹄车轮滚过灰烬，也碾坏了不少尸体。

“布阵！”

这声号令好生响亮！拉婆门粗通华语，听到火墙后传出这个声音，心知不妙，率众冲来，一时间却被火墙挡住。有穷商队趁着这段时间已把车阵布开，有穷勇士心头一安，士气百倍。

芈压渐感虚弱，几乎连站都站不稳，然而他知道自己现在是商队的最高指挥，不能退却，就勉强立定。而那火墙，却渐渐止息了。

拉婆门率众冲来，窫窳一马当先，却被驺吾扑上来咬住脖子，两头猛兽在阵地中央翻滚厮杀。窫窳身体庞大，驺吾远为灵活——这一年来和芈压相处得久了，得到主人重黎之精的培育，竟然还能喷火。

苍长老喝道：“放箭！”第一轮箭雨射下，全无效果。

昊长老惊道：“有妖术！”

苍长老喝道：“用辟邪之箭！”

有穷箭手一起取出画有符咒的羽箭，一起拉弓，一起震弦！苍长老在箭发的同时喝道：“辟邪！”有穷箭手精擅连珠箭法，有穷四老轮流念咒施法，箭雨一阵接一阵，竟似没有间隔一般。

巫骑兵已经冲到五十步外，但每冲近一步，便有数十人落马，冲到三十步外，人马竟然损失了接近两成。拉婆门大惊：“郃城还有这样的劲旅在！”这时已经离得近了，他看到眼前那堡垒竟然是青铜筑城，防御森严，心下更是吃惊，不敢强攻，只得后退。待撤到百步开外，又损失了过百人。

四长老见敌骑退却，这才稍稍松了口气。他们几个用以发动辟邪箭的法力也已消耗殆尽。

桑家的将领右进宝道：“不能停下，得逼过去进攻，不给他们造成压力，他们会再次来骚扰的。”

“进攻？怎么进攻？”阿三道，“就算我们的精锐跨上风马也不过百来骑兵！寡不敌众，而且那些胡人有妖术，没有辟邪箭，我们根本就不是他们的对手！”

右进宝道：“看我用挪地之术！”

如果桑谷隽在，动一动手便山崩地裂，左招财、右进宝没有这本事，但两人联手后，令车城北边的地面稍稍下陷，南边的地面则稍稍隆起，就像一层又一层的土浪，推着车城缓缓向前移动。

拉婆门正想从侧翼进击，突然见眼前那铜城竟然向自己逼来，不禁叫道：“见鬼！这些华族，古怪东西真多！青铜做的城堡居然也会动！”

双方这么一对峙，郃城的驻城将领得到了一点时间整顿兵将，渐渐围拢在有穷车城两旁，随着车城的移动向拉婆门逼来。郃城兵将拦不住巫骑兵的铁蹄，但人数也有近万，依托着这个铜城前进，足以给拉婆门造成不可战胜的压迫感。

“罢了，这么一闹也够了。回去吧。”拉婆门长叹，却不笔直向北，而是带队在城中左右冲突，杀掠来不及逃到车城后方的平民。窫窳见车城逼来，也舍了驺吾，跟随胡骑大肆破坏。

芈压眼看着胡骑在自己眼皮底下杀戮平民，想喷火，却吐不出半点热气来，回头想向白衣人求援，却再找不到那神秘男人的踪影。

郚城将兵有一部分不顾命令冲了过去，却瞬间被那队巫骑兵冲散杀败。铜城移动缓慢，比不上巫骑兵的灵活，但仍把他们一步步逼出了城。

在远方，姬庆节关门打狗的行动也已经接近尾声，然而他却一点也不高兴，直到看见远处一道孤直的狼烟冲天而起，才转忧为喜：“居然守住了！太好了！”

一死重千钧

拉婆门临退之时，命令属下活捉了数百郚城的老弱平民，驱赶他们向融父山十二连峰大阵冲去！

“怎么办？”南宫冯问道。

姬庆节知道，如果要把这队巫骑兵困死，就得先对那些平头百姓动手。他叹了一口气道：“放他们回去。”

“可是，就算放他们回去，胡人也未必会放过这些百姓。”

“我知道。”姬庆节说，“明知是徒然，我也没办法向子民动手，这大概就是我们和那些蛮族的区别吧。”

南宫冯也感到无奈，只得放拉婆门等穿过大阵。拉婆门退出融父山十二连峰大阵之后，北狄方面也收兵了。

这一仗下来，北狄损失了近三千精锐，而郚城也遭受到严重的破坏，双方都觉得损失惨重。姬庆节正在烦恼时，属下来报：“申屠族长出阵救人去了！”他不由得大吃一惊：“救人？救什么人？”

“那队巫骑兵掳走的几百个人里面，有不少是申屠氏的人。听说有人看见申屠族长的儿子也在其中。”

姬庆节怒道:“糊涂!糊涂!这个时候出阵,哪能救人?枉自送死罢了。”

南宫冯道:“要不要派人接应?”

姬庆节苦笑道:“接应就有用吗?再说,我们还有余力去接应吗?”

姬庆节烦恼的时候,始均厉那边也暴跳如雷。这八千骑兵可是牺牲了五万北狄精锐,大祭师沼夷耗时三年才培养出来的,此外所耗费的人力物力更是不可胜计,没想到才开仗就损失了超过三成,而公刘居然到现在还未出手。

“这见鬼的融父山十二连峰,真不好对付!”始均厉正迟疑在进退之间,属下报告:“营前抓到一个奸细,他自称是申屠氏族长申屠畔,求见大王。”

“申屠畔?把他宰了祭旗……且慢!”始均厉转头问拉婆门,“你们冲进阵的时候,这家伙是不是其中一个主持将领?”

“是,属下远远望见他了。”

“好,你亲自把他请进来。”

申屠畔跟在拉婆门后面,双眉紧锁。“姬庆节那毛头小伙子,果然不能依靠!”然而自己该怎么办?真的能救回儿子和族人?

“你就是申屠畔?”

申屠畔惊醒过来,一抬头见到了高峰般的始均厉。一种强大的压力使他忍不住就要跪伏,但他立刻想起了一个身着粗衫的老人,心道:“他们北狄现在是强大没错,可我们轩辕子孙自有自己的高贵处,不可轻易妄自菲薄。”这念头只支持了一会儿,他随即想到自己早已背叛华族,哪里还能得到公刘的精神支持?双膝一软,终于跪倒。

始均厉似乎笑了:“你这次来,可是要告诉我融父山十二连峰大阵的破绽?”

申屠畔心中一颤,这当然不是他此来的目的,但要救回儿子和族人,怎么可能不出卖些重要的情报?

“怎么,为什么不说话?”

“我……我只知道很少的一部分内容。”

“哦——”始均厉似乎微感失望，随即道，“不要紧，说来听听。”

“大王，申屠畔万死，能否先见见犬子？”

始均厉皱了皱眉头：“什么？”

“犬子……我儿子和许多族人让拉婆门大人擒拿过来了，我想……”

始均厉的声音冷得像十二月的冬风：“你敢跟我讲条件？”

“不……不敢！”

始均厉神色稍缓：“你放心，你既然投靠我，申屠氏一族便算是我族新民。我不会为难他们的。待此事一了，便把他们编入我族行伍。现在，你可以说了吧？”

编入北狄的行伍？申屠畔突然一阵茫然。当初在危急之际答应了北狄方面的条件，但现在想想，自己的族人还能习惯从衣冠重归蛮夷吗？特别是在被公刘唤醒了华夏正溯的强烈意识之后。

“怎么？”

“这……我……”

如果始均厉善加引诱，也许申屠畔很快就抵受不住，可惜他的耐性并不好，再加上方遭新败（在他看来），心情更是恶劣。浅陋之民族，视武力高于一切，始均厉暴躁之下想到的不是诱惑，而是威胁：“把他的族人给我带来！”

申屠畔心中一震，眼见就要见到自己的族人了，但眼前这个酋长的声音里似乎饱含怒气，到底是福是祸，可真难以预料。

百余人被绑成一串，蹒跚走近帐前。申屠畔听见脚步声，脸上一热，忽然站了起来，始均厉见他不得命令自行起立，心下更怒。

申屠畔还没细看，一个稚声已经叫了起来：“爹爹，爹爹！真是你，你来救我们对吗？”

北狄的卫士喝道：“别吵！”

这百余人里申屠氏的人占据了大多数，内中一个老人见识较广，见申屠畔身上没有明显的伤痕，也没有绑缚，以为是邰城方面派来的使者，抗声道："族长，您回去对公刘大人和庆节大人说，华族子孙都是不怕死的好汉！不要因为我们这些老弱受到牵制！"

"啊，爹爹，你是庆节哥哥派来的吗？哼！你放心，小达谨记您的教诲，丘爷爷不怕死，我也不怕死！"

始均厉大声冷笑，申屠畔心中一阵绞痛，看看自己的儿子，脸上全是伤痕，看来吃了不少苦。然而那双望向自己的眼睛却单纯地充满信任和希望。申屠畔只看了这一眼就不敢再看——他不敢想象儿子知道真相之后会变成什么样子。

"怎么样？想好没有？"始均厉的话里充满了不耐烦。

刚才那个申屠氏老人大声道："族长，千万不能为了我们答应任何屈辱的……"他还没说完，始均厉怒气大发，一个北狄卫兵会意，一棒把老人的脑袋砸得稀巴烂。

俘虏们一阵骚乱，但在刀棒之下终于恢复了平静。小达今天见到不少杀戮，但此时还是吓哭了，口中说道："爹爹，小达不怕，小达不怕，我只是心里难过。"

申屠畔看着那个倒下的老人，整张脸都扭曲了起来。

始均厉冷冷道："你可以慢慢想，从现在开始到轮到你儿子，还有一点时间。"

申屠畔一惊，马上悟到他这句话的含义，惨呼道："不！"

拉婆门亲自走过去，举刀大声道："跪下的，不杀！"他的华语说得不是很好，但人人都清楚他说的是什么意思。最靠近他的一个女人还没反应过来，就已经被他割断了喉咙。

拉婆门踏一步杀一人，每一步踏出都会顿一顿，每个人都杀得极有节奏。集体的恐惧让整个俘虏队列又是一阵骚乱。这时候只要有一个人跪下，马上会跪倒一大片。但他们看到处于领袖地位的申屠畔屹立着没有跪，便都硬顶着。百余个面临死亡的人看到各自眼中的恐惧，又拼命地为其他人打气。小达大声叫道："我不怕，我不怕，我不跪，我不跪。"可他几乎连站都站不稳了。和他绑在一起的一个小女孩一句话也不说，用手撑住他，不让他跌倒。

“哼，不错嘛，头儿骨头软，底下的人骨头却都硬得很。”

这句话仿佛刺中了申屠畔的心脏。始均厉道：“你今天既然不肯开口，当日何必向我投诚？你既已向我投诚，何必死不开口？别人有为公刘效忠的立场，你却早丢掉了，不是吗？快点说吧，免得你族人枉死。”

一些俘虏听了这几句话，开始怀疑地看着申屠畔。小达也怔住了，叫道：“爹爹……”

“爹爹……”这声称呼是这样的软弱。申屠畔没敢看儿子，但听了这句叫唤也马上知道自己的儿子也在怀疑了。

“爹……爹爹……”

申屠畔陡地跳了起来，冲着小达暴喝道：“不许这样叫我！”

小达惊傻了，如果不是身边有个女孩子咬牙撑住他，他非跌坐在地不可。

申屠畔红了眼睛，一瞬间什么也顾不得了，个人的生死荣辱，族人的长远利益，全部抛在一边。他抽出藏在鞋底的一柄小刀向始均厉扑去。

始均厉也呆了呆，然后轻轻地伸手一挡，一股寒气把申屠畔瞬间冻毙。但他这一冲之势甚猛，竟然撞到了始均厉身上，再被始均厉震开，碎成十几块后，跌落在地上。

现场所有人都呆住了，包括步步杀人的拉婆门。小达大叫一声要扑过来，却被扯住。拉婆门举刀就要砍下他的脑袋，一直待在小达旁边的女孩子挺身过来，却哪里能阻挡这一刀的来势？两个弱小的身体一起断成两截。

一直温顺的俘虏们骚乱了，当然，骚乱的结果是一个个人头落地，最后只留下十个人——这十个人是留下来清理尸体的。

十个幸存者在大刀下把同胞的尸首一件件捡起来，堆成一堆。他们知道，自己也仅仅是比同伴们晚走一步罢了，等这繁琐的捡尸工作一完成，便是自己下黄泉的时刻。这十个人都显得很害怕，但手里抓着族人的尸体，也没向那群野蛮人跪下，因为死去的人正在看着他们呢！

就在他们准备受死的时候，尸体堆上突然出现一个美少年。美少年扫了一眼周围的情况，叹道：“唉，又弄错地方了。”

拉婆门大惊："是那坐芭蕉叶飞的小子！"

始均厉正要出手，美少年周围的空间一阵扭曲，他本人、尸体还有那十个幸存的俘虏一起消失了。

始均厉看着尸体消失后那空荡荡的地面，喃喃道："他们华族子孙，还真是难以理解……"

他说的是川穹吗？也许不是。

深仇大恨

川穹的突然出现让姬庆节大吃一惊，随即想起这美少年可能就是从郜城来融父山十二连峰大阵路上，有莘不破让他留意的"燕其羽的弟弟"。

"川穹？"他口中问道，眼睛却盯着那堆尸体——还有十个茫然的华族平民。

"嗯。"川穹没有问姬庆节怎么知道他的名字，只是道，"你有没有见到一个坐在芭蕉叶上的女子？短头发。"

"你是说燕其羽吗？"

"嗯。这里好像很多人都认识我姐姐。"

"我是郜城的姬庆节。你姐姐是我的贵客。"对于姬庆节，他好像听谁提起过。然而他留意的是这个姬庆节下面那句话："她进那个迷阵有一阵子了，有莘不破、桑谷隽和羿兄他们也都进去了，到现在还没出来，我正担心呢。"

"啊！那片迷雾吗？"

"对。是北狄祭师布下的阵势，里面一定机关重重。虽说他们几个都身怀绝技，但进去这么久也没消息，实在让人担心。"

川穹喃喃道："我和有莘不破他们分别是要去找姐姐，谁知到头来却是他们先遇上了。"说完一转身，就要凌空迈去。

姬庆节叫道："等等。你能跟我说说这是怎么回事吗？"说完他指着那堆尸体。

“我也不知道，我误闯那些胡人的大营，顺手把他们带出来的，那不是还有几个活着的吗？你问问他们吧。”说完便消失了，跟着出现在那片迷雾的边缘。

姬庆节虽然听有莘不破提起，但见到这神技还是怔了怔，喃喃道：“有莘兄的朋友，真是一个比一个奇特。”

川穹俯身望着眼前的迷雾，心中有点犹豫：“好像是个很复杂的地方啊。是胡人军营里那个女人布下的吗？多半有些古怪。要不要现在就进去呢？还是再看清楚些？”这些日子和各种人打过交道以后，川穹也开始在行动之前用点心思了。

就在他犹豫的片刻，心幻大阵起了剧烈的变化。

有莘不破心情正自低落，背后的天心剑突然震动。他蓦地清醒了几分：“雒灵！是你在向我传递什么信息吗？”

他抬头再看眼前的师父，心中起疑：“师父的言论怎么和我预想中一模一样啊，一般来说，他的话总比我心里能想到的道理更高明些才对，而且每次总是把我往乐观和善意的方向上引，难道……”

他突然拔出鬼王刀，向师父砍去。

“不破！你疯了吗？”

鬼王刀一个照面就被夺走了。有莘不破一呆：“真是师父啊，别人可没这么厉害。”然而背后的天心剑又鸣叫起来了，有莘不破再次警惕：“不对！刚离家的时候，我和师父的差距是很远没错。可这一年多来，我的功力突飞猛进，师父所达到的境界却早已进入稳定期，一停一进，不可能还是那么大的差距！”

想到这一点，有莘不破把天心剑拔了出来，天心剑一出鞘，眼前的景象——包括人和物，登时出现扭曲！

“幻象！果然是幻象！”

有莘不破倒转天心剑，往地上一插，伊挚、沼夷、坍塌的宫殿全不见了，只剩下一片怪石嶙峋的山坡。

沼夷心头大震：怎么回事！是谁破了我的大法？

她眼前一晃，闪过一个黑影。

“谁！”

黑影转过身来，却是一个全身裹在黑袍中的女人。

沼夷不禁失声叫道：“师姐！”

“师妹，好久不见。”

“是你！原来是你坏了我的大事！”沼夷厉声叫道，“你怎么会来这里！”

眼前的女人笑着说道：“来看你啊。你一走，我一个人在谷里可寂寞了。”

沼夷怒道：“少在这里假惺惺！当年若不是你引诱得他去做什么长生梦，我会落得今天这样的下场？”

“啧啧，妹妹你可真冤枉我了。我何时对妹夫用过心术了？我不过一不留神，泄漏了不死果的传说而已。”

沼夷怒气更甚：“你没用心术？哈！你一不留神？可你的‘一不留神’却毁了我一生！我当时什么都不要了，连掌门的位置也不跟你争了，只想在寿华城做个小妇人，你为什么还要这样对我？”她越说越激动。“那场变故之后，我就知道我完了！我一口气迷死了十几万男人，每天晚上看着那些男人的怨灵在我梦里飘来飘去，我竟然不觉得讨厌！窫窳来告诉我我儿子的消息，我居然也不怎么激动。见到了杀子的仇人，我居然也没有强烈的报仇冲动——我活成这个样子，到底算什么啊！”

黑袍下的女人低笑道：“那不是很好吗？什么也不动心，这是很高的境界啊。”

“见鬼！”沼夷几乎怒吼起来，“如果本门所追求的最高境界是这个鬼样，那就是活见鬼了！独苏儿！你别以为我不知道！嘿，你这些年过得也不怎么好吧。哼！是了，你被有莘羖甩了，于是疯了，才来拆散我们，是不是？”

对面的女人却没被她激怒：“是吗？”

沼夷大笑道："一定就是这样！就像那次变故后的我一样，看不得天下有情人得偿所愿。看见别人好，我心里就难受！你也是这样的！一定是！哈哈，真是好笑，师父千挑万选，最后竟然把掌门的位置传给了你这样一个疯女人！"

黑袍下的女人双眼突然冷了下来："你今天的话太多了。"

沼夷大笑道："你要干吗？杀我？哈哈，来啊，来啊。活到现在，我实在很想看看死后的世界到底是怎么样的。"

"那你就去死吧！"

姬庆节远远望见那迷阵的雾气消散，跟着感觉到有莘不破等或强或弱的气息，知道这一仗是赢了，心中大慰，问起申屠氏幸存者在北狄军营的见闻，不禁为申屠畔而唏嘘。

南宫冯道："不能让申屠畔白死！我们反攻吧！"

"反攻？我们所依赖的是融父山十二连峰大阵。出了这个阵势根本就没法和始均厉抗衡。"

"城主呢？他老人家到底……"

姬庆节道："爹爹的意向，其实我也只是一知半解。无论如何，在可能的情况下我们不要想着去依靠他老人家的力量！"

眼见对方动手，沼夷却在一种奇特的心境中放弃了抵抗，闭上了双眼待死，突然心里又一阵抗拒，倏地退开，叫道："破！"

黑袍女人突然消失了，却有几个年轻人呈弧形包围着自己，正是有莘不破、羿令符、燕其羽、桑谷隽，以及那个藐姑射的传人。

"心幻居然被反弹了回来！"沼夷心中一惊，除了有莘不破和川穹，其他几个人都有些颓靡。有莘不破却似乎没有受到很大的影响，大步向她走来："雒灵呢？快还给我！"

沼夷感到拘囚雒灵的方向传来一阵只有心宗高人才能感觉得到的窃喜，心道："刚才的独苏儿是假的，只是我的心魔！这下真是阴沟里翻船，我竟然被独苏儿的徒弟给骗过了！这小妮子现在全不掩饰自己的心声，当我是死人了吗？”

此时心幻大阵已破，北狄四祭师也早被制伏。眼见有莘不破拿着天心剑逼迫过来，沼夷知道今日败局已定，取出一片白羽，冷笑道：“小子，和独苏儿的徒弟在一起，小心被她吃得骨头也不剩下！”说完她在白羽上注入心念，随手抛出，向拘囚雒灵的地方飞去。

羿令符在破阵之后便一直面无表情，这时才道：“不破，跟着那片羽毛！”

有莘不破舍了沼夷，跟随而去。川穹道：“姐姐，我去把羽毛捡回来。”说着也追着有莘不破去了。

破阵之后桑谷隽发了好半天呆，这时听川穹叫唤燕其羽，醒转过来问道：“燕姑娘，你没事吧？”

燕其羽不敢看他，也不敢不回答他，嗯了一声，道：“回去吧。大家都回去吧。今天……太累了。”

那边有莘不破跟着白羽，在羽毛跌落的地方举剑虚劈，斩破幻象，果然见雒灵被丝绸捆住手脚，坐在地上。他心头狂喜，把刀剑都丢了，冲过去撕裂绸缎，把她抱了起来不停转圈。

尾随而至的川穹捡起白羽，看着雒灵搁在有莘不破肩头上的笑脸，一阵惘然：“她为什么笑得这样高兴？”

雒灵小口张了张，似乎就要说话，有莘不破好像突然想起了什么，道：“哎哟，不好，忘了你怀孕了。灵儿啊，为什么你有身孕了却不告诉我？要不是燕姑娘，我还完全被蒙在鼓里呢。你不知道，这两天我可多担心你！羿老大一开始老说不用担心你，那是他不知道你怀孕了。这两天没吃什么苦吧？可别动了胎气。”

川穹对这些男女情事不甚了了，然而见雒灵眉开眼笑的俏脸突然黯淡了下来，也猜到有莘不破大概是说错什么话了。至于有莘不破到底说错了什么，这个时候的他还不懂。“他们的事情，他们自己解决吧。”说完川穹拿起白羽，转身就走。

他背后那对男女，相拥着却看不到对方的脸，也猜不透对方的心。

尘与埃

羿令符等精神不济，有莘不破救雒灵心切，川穹立场超然，沼夷趁着这个机会竟然施展心幻逃了。

她的体力并没有明显弱化，可心幻大阵被破的那一刻被雒灵通过天心剑反攻，心魔重生，虽然守住了最后一关没有陷入万劫不复的地步，但这次失败对她信心打击之重却是远超自己意料。

“必须想办法杀了那个小妮子，不然我被这种失败的阴影压着，永远没法保持宁神净念的心境。”

“你连神宁念净都没法保持，心里又存着阴影，还妄想能胜过她？”

“谁！”

一道幽影闪过，一个美得令人情愿为之疯狂的女子，披着一领华丽得令人心碎的丝袍。

“独苏儿！不，你不是！”

“我当然不是。你若是在感应我之前先看我一眼就不会说出这么荒谬的话来。”丽人笑道，“我们心宗总是这个坏习惯，不先用眼睛，先用心。”

“我们心宗……你也是独苏儿的徒弟？”

“嗯，说起来，我似乎还应该叫你一声师叔。不过师叔啊，你这次也太窝囊了吧。我那个小师妹才多大年纪，你居然败在她手上。亏得师父当年还常在我面前盛赞你功法玄深呢。”

沼夷忽然知道眼前这个丽人是谁了，但警惕之心不减反增：“你为什么会在这里？你不是应该在大夏王都享福吗？”

“享福？”丽人道，“别人不懂也就罢了，师叔你还不知道吗？陪伴着一个手握大权的男人，真的是一种享福吗？”

沼夷眼中一阵黯然：“你说的没错。有时候，那也是一种痛苦。”

“师叔你都有这种感觉，更何况是我？唉，夏王都，可远非寿华城可比。”

沼夷道：“可我还是感到你过得并不痛苦，是吗？”

“那当然。”丽人笑了，那笑容美得连精通惑术的沼夷也感到一阵迷离，“毕竟他是那样好的一个男人，对我又是那样千依百顺。我这一生最庆幸的，就是遇见他。”

沼夷不禁呆了。当年……她不也这样吗？

“师叔……”丽人道，“当年你一定也像我这样幸福过，后来为什么又……”

“别提了！”沼夷似乎有些激动，“都是命！”

“命吗？”丽人喃喃道，“如果命运也给我安排一个不好的下场，那我该怎么好？”

沼夷突然狂笑起来：“没办法的，没办法的。”

“但我们说不定也会幸福的，不是吗？”

“幸福？”沼夷狂笑道，“不可能！心宗的女人只有三种结局：被心爱的男人抛弃，被心爱的男人杀死，和心爱的男人一起死！独苏儿没逃过，我没逃过，你也不可能逃过！还有你那个小师妹，她也没法逃过！”

“没法逃过？完全没可能吗？”

“完全不可能！”沼夷的眼睛里闪烁着报复的快感，眼前的丽人和她没有什么仇怨，但她却看不得对方幸福快乐：“这就是宿命，千百年来谁也没法打破的宿命。”

丽人的眼睛一阵黯淡，但慢慢又恢复了先前那种沉醉的幸福光华。

沼夷忍不住道：“你不信我的话？”

“我相信。”丽人道，“可那又怎么样呢？就算我以后遭遇躲不开的不幸，我毕竟曾经快乐过了，不是吗？已经发生过的事情，就是一种永恒的存在了。不幸可以摧毁我们的将来，但是它没法改变我们幸福的过去，因为它已经过去了，已经是一个事实了……师叔，你说是吗？”

“不！不是！”沼夷吼道，“你经历过那段苦难之后你就会知道，过去也是可以改变的！”

“改变的只是对过去的看法吧。”丽人道，“也许你现在回想起当年的幸福时光也会觉得痛苦，但那并不是过去改变了，而是现在的你改变了。师叔，用一种脱离的心态想想，其实，当年你也曾经很满意那段生活，不是吗？”

沼夷没有接口，仿佛几十年前的欢声笑语正一一在眼前晃过。没错，那个时候的自己的确很快乐——正因如此，反而令现在更加痛苦。

“师叔，想起来了，是不是？其实，我们只是微不足道的小女人罢了。一生中有过一次曾经的幸福，不已经是一种庆幸了吗？比起来，人世间多少人连这种短暂的欢愉也没有过。”

“可那也太短暂了，既然让我们拥有过，为什么还要让我们失去？既然明知我们一定要失去，为什么当初我们不懂得拒绝？”

“我们不是不懂得拒绝，而是拒绝不了。师叔，你想想你和他的初遇……你其实明知没有好结果，但也无法拒绝，不是吗？”

沼夷彻底迷离起来，初遇？那是她一生中最脆弱的一刻，也是她一生中最幸福的一刻。她已经有多少年没有想起那一刻的心情了？一年？十年？二十年？不知什么时候，她的眼睛湿润了：“哈哈，我……我那时候可真傻……”她似乎在呻吟，又似乎在叹息，然后眼帘垂下，两滴眼泪滚了下来，眼睛却再也没有睁开。

丽人舒了口气，转身笑道：“师父，弟子这招‘伤心诀’用得如何？”

“唉，你师叔最终没法拒绝那一刻。”岩石后垂下一道身影，“虽说她被雒灵所伤，但若不是那次际遇如此刻骨铭心，又哪里会这么容易中招。”

“嗯。”

“往事已成时空中的埃尘，多说无益。为师没多少时间了，你快去把你师妹找来，不要让别人发现你，特别是别惊动公刘。”

“我知道。只是师叔的遗骸怎么办？”

“等藐姑射来了，请他一并把我们送往昆仑吧。说到底我们也是师姐妹，有她陪我走完在这个世界的最后一程，彼此都少几分寂寞。”

姬庆节见有莘不破等平安归来，甚是欣慰。

不管是羿令符还是桑谷隽，似乎都还没有完全摆脱心幻大阵的影响，只有有莘不破一副生龙活虎的样子，一见到姬庆节就叫嚣起来：“反攻！反攻！庆节兄，大反攻！”

姬庆节看看羿令符，看看桑谷隽，再看看燕其羽和雒灵，道：“不如先歇歇吧。羿兄和桑兄似乎都疲倦得很。”

羿令符没说话，桑谷隽强打精神，道：“我不要紧。”

有莘不破道：“不能等了。那个什么北狄祭师趁我去救雒灵逃了，但现在多半还没恢复过来。胡人少了她——还有那四个祭师，实力想必大挫，我们得乘胜追击！要等羿老大他们恢复过来，那大祭师多半又要摆弄什么阴谋。”

桑谷隽附和道：“有理。”

姬庆节依然持重：“但是始均厉……”

有莘不破道：“羿老大看样子没什么精神，就让他在这里坐镇。你、我和桑谷隽，还有……”他转头问燕其羽，“燕姑娘，你怎么样？”

从心幻大阵破灭之后，燕其羽便一直向陪伴在身边的川穹讲述姐弟俩诞生的经过和遇见有穷商队众人后发生的故事。这时候听有莘不破问起，她还没说话，川穹先摇头，道：“你们的事情，我们不想插手。”

有莘不破一听呆住了，燕其羽也是一怔。

桑谷隽道：“这毕竟关系到西北华族……”

“可那关我们什么事呢？”川穹道，“在天山，姐姐和你们联手，只因为大家有一个共同的敌人。但现在，始均厉对我们来说只是一路陌生人罢了。西北华族是你们的同胞，但和我们没有一点关系。我们不属于任何民族。我们仅仅是我们，两个被人造出来的人而已。我甚至连自己为什么懂得思考都不知道，连自己那点可怜的记忆从哪里来都不知道。”

有莘不破忍不住道：“但我们不是朋友吗？”

“朋友？或许是吧。”川穹道，“但还没有朋友到要帮你们杀人。

是吧？”

这下不但有莘不破，连桑谷隽也懵了。羿令符却道：“不破，他说的没错。当初我们邀燕姑娘同行，双方并没有互相承诺什么。至于天山上的事情，彼此恩怨两清，各不拖欠。”

“可是……”桑谷隽道，“大家一起经历了这么多事情……”他望向燕其羽，燕其羽却低着头没看他。

川穹道：“姐姐。我们还是回天山吧。这里人太多。我不大习惯。”

桑谷隽大是紧张，心里哪肯放他二人走，但挽留的话却堵在喉咙里吐不出来。幸好听燕其羽小声道：“我……很累。想歇歇。”桑谷隽才稍稍松了一口气。

有莘不破听出燕其羽有不舍之意，忙趁热打铁：“不如先回车城歇歇吧。在那大祭师的幻阵里面，你一定受了很多苦吧。”

燕其羽犹豫了一下，点了点头。

川穹叹息了一声：“既然如此，我陪你进城吧。”

有莘不破对雒灵道：“灵儿，你也先回去歇歇吧。”

雒灵没有答应，也没有反对。川穹叹息一声，道：“既然这样，大家一起走吧。”

看着三人一起消失的地方，有莘不破吐了吐舌头，说道：“燕其羽这弟弟长得好，本事也了得，就是有些不近人情。莫非我们什么时候一不小心得罪了他，惹他生气了？”

刑天之尸

桑谷隽靠在羿令符的身边，有气无力地道：“羿老大，你真的那么累吗？咱们不去帮不破不要紧？那个北狄祭师……”想到在心幻大阵中的危险，他后怕得冷汗渗出。

羿令符低低地嗯了一声，好一会儿，才说：“那个北狄祭师，现在已经不足为惧了。”

“为什么？”

羿令符道：“难道你没看出她已经在雒灵手下吃了大亏？我听说心宗的人最怕的就是心灵出现破绽，现在的她估计内心深处已经埋下了失败感，面对我们的时候，多半已经无法像之前那样发动心幻了。”

桑谷隽喜道：“若这样，那就不用担心了，有不破一人去，也足以横扫千军！”

羿令符低着头，看着从有莘不破那里借来的天心剑。刚才有莘不破问他要干什么，他没解释，有莘不破也就不再问了，很干脆地就借给了他。

“你好像还忘记了一件事情。”羿令符说。

“什么事情？”

“应龙！”

桑谷隽心中一凛，道：“不错……应龙……应龙……”

“虽然北狄祭师被我们打败，但是应龙……只要始均历一天还能召唤应龙之魄，那么我们就很难确保必胜。”

桑谷隽道：“像应龙这样的始祖神兽，不可能频繁召唤的，所以我们还有机会，就是赶在他恢复召唤能力之前动手围攻，将他置于死地！”

“那也不算万全之策，如今已经过去好几天了，我们并不知道始均历是否已经恢复，就算他还未恢复，我们也未必能够赶在他恢复之前围杀他。”羿令符道，“而且你别忘记，人在生死一瞬时通常能够爆发出超常的力量。如果在我们围杀始均历的最后时刻他忽然将应龙召唤出来，那我们所谋划的一切不但功亏一篑，而且所有围攻他的人都可能会被拖入万劫不复的地步！”

“那怎么办？”

羿令符说道：“其实更踏实的做法，是寻到一种能够与应龙对抗的力量！”

“与应龙对抗的力量？”桑谷隽沉吟道，“蚕祖并不以战斗见长，以我现在的功力就算勉强召唤出来只怕也未必能够抵御应龙，不破如果能召唤玄鸟……”

“他的功力还不能确保召唤出玄鸟。”羿令符说，“如果依靠运气的话，那又太过冒险。”

“这又不行，那又不行，那么……”桑谷隽笑道，“老大你一定有别的办法，对不？”

羿令符轻弹天心剑，聆听着剑鸣，道：“刑天之尸！”

“刑天之尸？”桑谷隽道，“你是说……常羊山？”

“是。”

“老大你想找出刑天，用来对付应龙？”桑谷隽忽然微微地兴奋起来，道，“炎帝手下的最强战神对战黄帝手下最强的神兽……那会是多么华丽的战争啊！不过……就算刑天现在还没死，老大你知道怎么找到刑天吗？”

“刑天是不死国的人。”羿令符道，“不死之民，只要心不腐朽，人便不死。刑天是否还活着，就要看他对轩辕一系的愤怒是否已经平息。如果他心中的愤恨还未平伏，那么……”

羿令符举起天心剑，道，“这把剑，或许就是释放他怒火的钥匙。”

“天心剑？”桑谷隽眼睛一亮，道，“天狼剑！”

“对，这是刑天后裔的遗物。”羿令符说，“我有个预感，它会帮助我们找到刑天！”

“如果羿老大你上次的猜测没错的话，刑天很可能就是被镇压在常羊山的山底。”桑谷隽道，“我这就潜入常羊山！看看刑天还在不在！”

“你还是先休养一下吧。”羿令符道，“你带来的人，都通晓地行之术吧？就让他们先去打探，若他们寻不到痕迹，我们再去不迟。”

离魂梦

燕其羽抱膝而坐，突然听见北边杀伐之声大作。虽然隔得老远，仍能想象到前方战况之激烈。

“弟弟，你是不是很不喜欢他们？”

“他们？”

燕其羽想了想，不提羿令符也不提桑谷隽，道：“有莘不破他们。”

“我很喜欢他们啊。”川穹道，“不知道为什么，见到他们就有一种似曾相识的感觉。特别是雒灵和有莘不破。我一见到雒灵，就好像遇见一个比我自己更了解自己的人。至于有莘不破……”川穹出了一会神：“那是一种很奇怪的感觉，似乎有些什么东西把我们牵扯住了。”

燕其羽奇道：“但你怎么却是一副拒人于千里之外的样子？”

“因为我害怕啊。”

“害怕？”

“嗯。”川穹说，“我也不知道在害怕什么。我好像感到，如果和他们走得太近，会被扯入一个没法掌控的未来。”

“为什么？”

川穹摇了摇头：“我也不知道。姐姐，我们还是回天山去吧。”

“回天山？”

“嗯。我虽然对天山没什么印象，但听你说起，应该是个空旷寂寞的地方吧。我想那或许更适合我们。”

“就这样走？”

“你还有什么牵挂不成？”

燕其羽几次想开口，终于没说什么话，只是道：“我有点累了，想歇一歇。”

川穹这一天第三次叹息：“好吧，姐姐。”

他走出了铜车，这时已是深夜，日间被袭扰的部城已渐渐安宁下来。有穷商队在苍长老的整顿下秩序井然。为了防止突袭再次发生，经过宾主双方的协商，有穷商队把车城挡在城墙的缺口后边，成为部城最前沿的防线。

川穹去“一品居”看望芈压，他正抱着驺吾呼呼大睡呢，心想雒灵多半也已经休息了，不好打扰，便独自一人来到一处僻静无人的城墙上。他用玄空挪移术，来去无声无息，什么人也没惊动。偶尔有卫兵巡逻走过，因早被知会过川穹是“有穷商队的朋友”，又知道这群人特立独行，虽然友好，但怪癖特别多，所以也没来打扰他，反而因为他的存在而对这一带的安全更为放心。

融父山十二连峰大阵的方向时不时传来震动。川穹估测那距离，发生冲突的地方应该还在连峰大阵以北。“有莘不破他们真的在反攻。现在是夜里，居然也不肯停下来。”

然而对这场战争川穹并没有过深地陷入，他的思绪重新回到燕其羽身上：“姐姐割舍不下的，应该是他们中的某个男人吧。嗯，应该不是有莘不破……是桑谷隽，还是羿令符？”

一阵异样的风吹过，川穹警惕起来。虽然在沉思之中，他的触觉依然敏锐：“有异状。是那群胡人吗？他们居然还有余力来偷袭？”

更令川穹吃惊的，是他居然没发现对方的藏身之处！

“一定在这个方向的。”川穹五指虚张，一伸手，一个无形的空间把身前方圆五十丈的空间给罩住了，“无论你用什么隐身法，也休想瞒得过我。”

他的手指缓缓收拢，那个普通人看不见的空间也慢慢收缩。尽管什么也没看见，但他对那个人存在的感觉却越来越明显。

那个空间收缩、收缩、再收缩，收缩到方圆十丈的时候，川穹感到手心碰到了什么东西。“找到了！”他心里一喜。有个念头趁着他这一喜的情绪波动诱使他轻敌，这念头只干扰了川穹一弹指工夫，但在这一瞬间，川穹感到有什么东西从他的指缝间溜走了。

“糟糕。”他急忙收掌，却只抓到一根蚕丝，“居然让那人跑了。是谁呢？这么神出鬼没的。难道是那北狄的大祭师？嗯，有点像，对方就是扰乱了我的心神，才让我这个天罗地网出现了一点破绽。”他转身向城墙内部：“应该是进了有穷车城吧。好厉害，居然一个人也没有惊动！我是要唤醒众人警惕，还是……”川穹考虑了一下，终于决定暂且不打草惊蛇。一阵空间扭曲之后，这个美少年便消失在夜幕当中。

雒灵睡不着。

有莘不破来救她，一开始让她很高兴。“不过，他究竟是紧张我，还是紧张他的孩子？”

男人们在前方和强敌拼命，这个快做妈妈的女子却躲在她的小天地中胡思乱想，直到被一声呼唤惊起。

“师父？不，不是。师叔？不，难道是……师姐？”

一缕幽魂飘了进来，显现出一个丽人的幻象。

“师姐，真的是你！”

“是我。”丽人微笑道，“小师妹，几年不见，你长这么大了。”

“师姐……你怎么会来这里？而且，你这是……”

“我用了离魂。”丽人道，“我的真身现在还在夏都王宫里呢。没办法，师父召唤得急，我那边又脱不开身，只能用这个办法了。”

除了一直困扰住自己的感情问题，再难有什么事情能引起雒灵心灵的起伏。但师姐妺（mò）喜的这句话仍让她产生了些许艳羡：“夏都离此千万里，师姐你居然能魂游至此……您的魂游物外已经完全练成了吗？”

妺喜微笑道：“哪有，要不是亏了这天蚕丝袍，我哪能跑这么远？只怕在半路上就魂飞魄散了。好了，闲话少说，师父召见，快和我去见她。”

“哦。”雒灵道，“师父突然召见我们，是有重要事情吗？”

妺喜脸色端凝起来：“只怕……师父前往昆仑的日子快到了。”

雒灵惊道：“什么？这……”

“这是喜事来着。”妺喜道，“虽然我们不知道灵魂渡过弱水之后，会达到什么样的境界，但师父既然已经决定弃世，想必已经窥破其中的奥妙了。”

“嗯，”雒灵点头道，“但对还沉沦在这个世界的我们来说，面对的却是和恩师永别。”

“小师妹啊，这些以后再说吧。虽然有天蚕丝袍作为灵魂的凭借，但我也不能离开肉身太久。而且，师父好像和洞天派宗主藐姑射有个约会，我们得快点去和师父会合。”

“是。”雒灵就要起身，妺喜忽然道：“等等，我刚才进来的时候，在外面被一个小伙子挡了一阵子，好像是洞天派的传人。”

“嗯，叫川穹。”

“是朋友？”

“不是很熟。”雒灵犹豫了一会，道，“不过我对他有一种奇怪的感应，也许因为彼此是四宗传人的缘故吧。”

“那最好还是连他一起瞒过。小师妹，我去引开他，你从另一个方向出来，我们在那个什么融父山十二连峰大阵前边会合。”

雒灵想了想，道：“不，师姐，我们一块走吧。”说着她闭上了眼睛。妺喜还来不及说什么，便讶异地发现雒灵已经灵魂出窍。

雒灵听妺喜心声有异，问道：“师姐，怎么了？”

“没什么，我只是没想到你居然也练成了魂游物外。”

两道幽魂飘出铜车松抱。守护在车外的阿三正在打盹。刚才铜车中的那一番对话，除了精通心语的高手，凡胎肉耳是听不见的。幽魂绕开了方才川穹守着的那段城墙，从另一个地方飘出城外。然而她们才刚刚越过城墙，川穹的身影便出现在城墙边上。

“这就是心宗的功夫吗？”川穹从藐姑射的那根头发中读到若干相关的知识，“虽然好像是无形无色无味的魂灵，但经过的时候还是会让空间产生一种微妙的波动。要不是这样，连我也发觉不到他们。”他抚摸了一下掌中的那根天蚕丝：“这东西真是个宝贝。竟然轻得像风，而且可以随心所欲地变换颜色——甚至变成透明的。”

他把蚕丝收起，感应着两道幽魂在前方引起的空间失衡。

“再不追上去，就脱离我的感知范围了。要不要追呢？”川穹心里略一盘算，“嗯，去看看吧。虽然不一定和我有什么关系。”

他用玄空挪移术慢慢地靠近妺喜和雒灵，但路上一直保持一定的距离。幽灵穿过融父山十二连峰大阵的时候显得更加谨慎，特地绕了个小弯，避开留守阵中的羿令符和桑谷隽。但川穹却没有这个顾虑。他一隐一现地直线追踪着，在大阵中和桑谷隽擦身而过。

这时，桑谷隽正在嘱咐左招财、右进宝，让他们潜入地底去寻找刑天的坟墓。忽然间一种异样的感觉袭来，桑谷隽看着川穹凭空出现又凭空消失的地方怔怔发呆。

“怎么了，世子？”左招财问。

“没什么。”川穹的出现并没有引起桑谷隽的疑心，反正燕其羽这个弟弟向来就神出鬼没。引起桑谷隽疑心的是川穹身上藏着一缕让桑谷隽心碎的气息：“天蚕丝！大姐的天蚕丝！这次，应该不是幻觉！可为什么会出现在川穹身上呢？”

“我要离开一下。”桑谷隽交代道，“你们这就去办事，如果有什么发现而我还没回来，就去向羿令符首领禀报。连峰大阵这边，如果有人问起，你就说我去办点事。”

“是有敌情吗？”左招财警惕起来。

“不是。”桑谷隽道，“只是我的一点私事。”在天蚕丝微弱的感应消失之前，桑谷隽沉入了地底。

这个子夜，竟然连山岳也不得安宁。

生死两徘徊

川穹一路跟着妺喜和雒灵的魂魄，来到这月色下的荒山。这里离心幻大阵的原址不远，阵法虽然破了，但残留的怨灵仍把周围渲染得鬼气森森。川穹不敢走近，远远望着月色下显现出来的三条幽影，心道：“这三个影子，看来都是离开肉身的魂灵。”

他走近一些，见那三个幽魂似乎在交谈着什么，自己却一句话也没听见。

“是心语吧。”川穹从头顶那根头发中读到了一些信息。突然，这根头发有些发热起来，这种情况可从来没有过。“唉，怎么回事？难道我是病了吗？”但他很快就知道不是。那根头发之所以发热，似乎是和什么东西产生了感应。川穹直觉地抬起头，望向天空：一阵熟悉的空间扭曲过后，一个颀长的身影出现在月光下。没有风托着祂（tā）[①]，没

① 祂：神氐等的代称。因藐姑射是男女合体，没法用性别来指称，故用“祂”。

有云载着祂，然而祂就这样凭空站在空中。这人来得这样突兀，却又让人感到祂和整个夜空和谐无比，仿佛祂已经和整个天地融为一体——这个人的出现，便和日出日落、月缺月圆之类的天象一样自然。

“藐姑射！”川穹从来没见过藐姑射，可他知道这人就是藐姑射。他呆呆地盯着天空看，突然想起了季丹洛明——那个威猛的男人，提起藐姑射的时候总是一副很复杂的神情。

“独苏儿，”藐姑射的声音从半空中传来，那不像是人类的声音，甚至不像生灵的声音，而是像风声雨声一样的天籁，“可以走了吗？”

“唉，你来得可真快。”这个声音却和藐姑射的截然不同。川穹觉得自己不是“听见”了这个声音，而是“想到”了这个声音。

藐姑射道：“我们约定的不就是此时此刻吗？”

“嗯，没错。不过……你好不容易出来散心，就不去见见你徒弟？”

川穹暗中吃了一惊，空中藐姑射的声音也出现了些许起伏：“徒弟？”

“嗯，洞内洞与世隔绝，你在那里没感应到还说的过去。但如今近在咫尺，难道……你不会到现在还没察觉到那小子的存在吧？”

“难道是在说我？”川穹才转过这个念头，眼前一花，藐姑射已站在自己面前。

“藐……藐姑射？”蓦地见到这素未谋面的“师父”，川穹也不知道说什么好。

“跟我来。”藐姑射说完这句话，一转身消失了。川穹犹豫了一会，终于也踏入了那片尚未消失的空间扭曲中。

“这就是洞天派。”雒灵望着那两人消失的方向，突然想起了江离。在天山血池附近的那个小谷中，她和江离有过一次深谈。江离当时那个模模糊糊、还没成形的想法，虽然没有说出来，但雒灵还是感应到了：“他大概是想集结四宗传人来改变命运之轮。不过……有用吗？”

“灵儿，别家的事情，莫想太多了。”

“是。”

“为了你师叔，我们可已经耽搁了不少工夫。现在藐姑射被徒弟的事情绊住，一时半会脱不开身。我们得趁他们回来之前把事情交代完。”

“师父……你今晚就得走吗？”

“嗯。为师已经在这个世界徘徊了太久，也累了。这么多年过去，连少年时候的恩怨情仇也看得淡了。但你们两个，仍然让我放心不下。”

妹喜道：“师父，你放心，我会好好照顾小师妹的。”

“嗯，你能这样想为师很高兴。但只怕将来未必能够如愿。喜儿，你应该知道灵儿那个情人的身份吧？”

“听过，”妹喜道，“是成汤的孙子吧。”

“不错。夏商之争势同水火，只怕到时候你们也会被卷进去。”

妹喜不说话，雒灵却道：“那是他们男人的事情，我不管！”

妹喜忽然道：“师父，师叔曾说，我们心宗的女子到头来都没好收场，要么被心上人抛弃，要么被心上人杀死，要么就和心上人一起死——绝对逃不过这三种结局。真是这样吗？”

这句话就像一块石头投进雒灵的心井，把平静的井水都搅乱了。

“是的。如果说男人便是我们的一切，那我们心宗的女人可以说个个都没好下场。”

妹喜忍不住道：“难道就完全没有办法避免吗？”

“有。有三种法子，第一个办法是避免遇上这样的男人。据说只要你不陷进去，就没事了。”

“据说？”

“嘿！没错，这仅仅是据说，因为从来没听过有哪一个师尊前辈未曾遇到令她心动的男人——这到底是我们这些女人的幸还是不幸？”

雒灵有些黯然，妹喜继续问道：“第二个法子呢？”

“第二个法子就是背叛师门，抛弃心宗的立场和对灵魂长存的追求，据说也能避免这个劫数。”

妹喜怔住了，雒灵道：“师父，第三个办法是什么？”

“第三个办法，就是重生。”

“重生？”

“嗯。如果他抛弃了你，你只要能重新振作，便是心灵的重生。如果他杀掉你，你只要能复活过来，便是命运的重生。”

妹喜道：“被他抛弃……那就算振作起来，这个人生还有什么意思？”

雒灵却沉吟下来，忽然又想起了在天山时与江离的那一番谈话，说道：“我们又不是血宗，死了便死了，哪里还有复活的希望？”

“喜儿，灵儿，这些事情，师父也帮不了你们。不过，你们要收好小水之鉴。它能帮你们对付有莘羖留下来的虎魄。”

妹喜忍不住道：“师父，虎魄有那么可怕吗？”

“可以说，那是你们的克星。你们的修为还没有像为师这样，达到能彻底舍弃肉身的地步。除非是在昆仑那时空混乱、灵气充塞的地方，否则灵魂离开肉身久了都会烟消云散。所以一旦遇上虎魄，我只怕你们仓促之间难以应付。唉，有莘羖，你临死还要留一个难题给我，真是冤孽！喜儿我还放心些，我担心的反而是灵儿。”

“师父你放心吧，”妹喜道，“虎魄在桑谷隽手中，他要对付的也应该是我。不会犯到师妹身上去。”

“虽说如此，但……哦，了不起。”

妹喜一怔：“了不起？”

“嗯，这孩子真是了不起，居然藏得这么好。”

妹喜眉毛一挑，神察领域布开，便察觉到西南方的地底有人！

“谁？”

“是桑谷隽。”看着师姐追了过去，雒灵有些犹豫，“我要不要也过去看看呢？”她这句话问的不是师父，而是自己。

“灵儿，喜儿的事情，你最好不要管。”

“可是，师姐毕竟是……”

“你听我的，不要管。你师姐在夏都这么多年，阴谋诡计、大风大浪见得多了，一颗心早已炼得刚硬无比，我不怕她会发生意外，但你对有莘不破的情感却始终处在失控的边缘。唉，虽然为师明知道你此刻出了什么问题，却没法帮你。”

两句话工夫，妺喜已掠了回来：“这小子好快，竟然让他给逃了。”

“桑谷隽的事情，你们以后自己解决吧。现在师父把最后两件东西交给你们。第一是师父的‘心维’，他日可以用来开启昆仑之路。第二是‘灵幻’，展开之际能让你们幻化出为师的假象，哪怕遇上都雄魁或伊挚也能瞒个一时半会。无论是‘心维’还是‘灵幻’都只能用一次。‘灵幻’或可用来保命，而以‘心维’开启昆仑之路则是掌门的象征——你们姐妹俩各选一项吧。”

妺喜迟疑了一下，道：“妹妹先选。”

雒灵道：“姐姐为长，当做掌门。”

妺喜道：“妹妹你真的选‘灵幻’？”

“我连自己都照顾不好，又怎么担得起掌门的重担？”

“既然如此，这‘心维’姐姐我就接下了。”在能勘破人心的师父面前，妺喜也不掩抑自己心中的满意，“师父，我们选好了。”

“哦，喜儿继承‘心维’、灵儿继承‘灵幻’吗？唉，我原来以为会反过来的。”

妺喜目光闪动了一下：“师父是想让小师妹来继承师门大统？”

“不是，为师只是想起那个预言罢了。”

“预言？”

“嗯。现在既然你们已经选择，我也不怕影响你们的选择。当初连山子、归藏子强看命运之轮时我也在场，我替你们姐妹俩问了。那命运之轮说，你们两个，维护师门者为师门所累，维护情人者为情人所累。为师门所累者与情人鸳梦难圆，为情人所累者对师门忠贞不远。”

“忠贞不远？”妺喜道，“师父你是说……背叛师门吗？”

“嗯，不过背叛就背叛，有什么要紧的？”

这句话说得两个徒弟都惊呆了。

“如果你们俩都能和心上人幸福圆满，那……那才是我最乐意看到的啊！至于心宗的存亡盛衰，乃至那代代相传的终极理念——要不要都无所谓。”

“师父……”雒灵的眼睛竟然有些湿了。

“傻孩子，你怎么可以哭！记得，从今夜开始，再不许真的掉眼泪了！不要让人知道师父已经走了，这样都雄魁一干人等会对本门存三分忌惮。也不要再让别人看到你们脆弱的一面。女人太过坚强不一定是件好事，但我们在这个世界是这样的孤弱，我们所爱的男人偏偏又总是这样的抢手，我们只能把我们的脆弱藏起来，要不然，怎么在虎狼成群的男人堆里活下来啊！”

其情何所始

“这是哪里？”

“天上。”

“天上？”川穹听到这个答案吃了一惊，向下望时，果然自己身处高空之中。夜色里隐约看到地面上沙尘滚滚，却是有莘不破和姬庆节正与始均厉斗得厉害。

川穹以前不是没有到过高空，但每次都是坐着姐姐的白羽所幻化的芭蕉叶，而不像此刻这样凌虚而立，脚下空荡荡一无所有。

“是怎么做到的？”川穹隐约感到藐姑射营造了某类空间，然而一时还想不通其中的奥妙。

藐姑射对川穹的询问一点回答的兴致都没有，只是默默看着川穹的头发。

“他怎么样了？”

“他？”川穹随即想到藐姑射问的是谁了，“你是问季丹？”

“除了他，这个世界还有谁值得我问起？”

两人相对沉默着。

藐姑射道：“怎么不说话？”

“我不知道该怎么说。”

“嗯，那……他是不是变了很多？”

“变？”川穹摇头说，“我不知道。我只见过他一次啊，他以前是什么样子的？”

“以前？”藐姑射的眼睛似乎亮了一下，“傻傻的，愣愣的，嗯，身上有点臭。”

“你们认识很久了？”

“不久。”藐姑射说，“就像在昨天一样。”

“昨天……”

“是啊，昨天……师父要杀我，我躲了起来。不管我躲到哪里，师父总能找到我。后来炼把师父给拦住了，两人吵了起来……”

这几句话里川穹有好几个地方听不懂，他忍不住问道：“你师父为什么要杀你？炼又是谁？”

藐姑射停了停，道：“我师父为什么要杀我，我当时也不是很懂。炼……是给我头发的那个男人。”

川穹恍然大悟：“就是季丹的师父！”

“对。”藐姑射道，“说到哪里了？哦，师父和炼打了起来，弄得天翻地覆，师父竟然动用了宇空……”

“宇空！”川穹惊呼起来，他也不知道为什么要惊呼，然而听到这个词的时候，头顶那根头发却不自主地跳了跳。

藐姑射道：“你能发动宇空了？”

川穹摇了摇头。藐姑射道：“我想也没那么快。”

“宇空是什么？”

“是个名字。这个名字其实是其他宗派的人给取的，后来我们自己听多了，也就跟着说。其实没多玄，就是造出一个空间通道，通向一个最黑暗的地方。”

“那和我们经常用以空间挪移的玄空挪移法有什么不同？”

“没什么不同。”藐姑射道，“天地间的运作说到底是很简单的，只不过天底下那些自诩聪明的傻瓜被种种假象给迷惑住了，这才造出一个个乱七八糟的名字来。宇空，其实原理和最基本的玄空挪移术是一样的，只不过是把那空间裂缝弄大一点，而通往的地方和别处有所不同罢了。”

川穹道：“你刚才说的那个最黑暗的地方是不是很可怕？”

“嗯。”藐姑射道，“那是一个至黑之地。没有人能到那个地方去，也没有人能参透其中的奥秘。”

“你也没去过吗？”

“去了。”藐姑射道，“但只在边缘外待了一阵就回来了。”

“为什么不进去？”

藐姑射叹了口气，道：“我现在跟你讲了，你也是不懂的。有机会的话，你自己去看看就知道了。到那里你就会发现，太一宗所追求的什么超越时间的永恒全都是痴人说梦！天地何曾永恒过？就是我们现在所处的这个世界，要毁灭它也是反手之间而已。”

川穹惊道：“毁灭这个世界？”他突然想起了什么，叫道：“宇空？”

“是啊，”藐姑射说，“我们把通向至黑之地的那道空间裂缝再弄大一点，嗯，大到超越我们控制能力之后，大到它不再需要我们追加力量也能自己伸张了。然后，来自至黑之地的强大吸引力就会慢慢吞噬这个世界的东西：风啊、云啊、雷啊、火啊、土啊、光啊什么的。吞噬的东西越多，裂缝就越大、越不可控制——一直到最后把我们这个世界都吞灭掉。”

“那……那我们呢？”

“我们？”藐姑射很平静地说，“也一样会被吞灭掉啊。”

“那岂不是自杀？”

“可以这样说。四大宗派的‘终极灭世’，其实都是自杀。”

川穹忍不住道：“为什么大家要发明这种自我毁灭的东西？”

“太久远的事情了。当初具体发生了什么事情大家都已经不大清楚了，大概，是追求永生过程中不小心发现的东西吧？”

“追求永生？”川穹一听大奇。

只听藐姑射道：“很多很多年前，大概是天下玄术刚刚合流，四大宗派还没分家的时候，人们不断地探究天地的秘密和生死的奥秘。其中一个目的，据说是为了追求永生。就在这个问题上，四种不同的意见产生了。”

“所以就成了这四大宗派。”

“当时还没这个叫法。”藐姑射说，“总之那四拨人各执己见，吵吵闹闹也不知过了多久，他们三家都说自己找到了永生的途径，但其实都是在做梦！如果他们能领略到至黑之地那生生灭灭的至理，大概就不会再执著于各自那点坐井观天的妄想了。唉，现在跟你说这些干什么，说了你大概也不懂的。”

川穹真的没怎么听懂，然而又隐隐约约觉得自己能理解些什么。

藐姑射继续道：“我们这一派的祖师前辈探究九天之外的奥秘，手段越来越高明，在某年某月某天，某人竟然在一不小心之下发现：可以利用通往至黑之地的通道把整个世界都毁灭。后来这个秘密流传出去以后，别人就根据这项玄术可能产生的后果，叫它宇空。真是好笑啊，长生梦破灭了，自杀梦倒是圆了。太一宗的‘宙逆’，血宗的‘流毒’，心宗的‘无是非’，估计也都是这么来的。”

“那我们每一代洞天派的传人，是不是都有人能使用宇空？”

“大概是吧。”

“那这个世界岂不是很危险？”

“危险？”

“万一我们有一代传人想不开，发动了宇空，那这个世界岂不是就……”

“就完了。”藐姑射淡淡道，“但那又有什么打紧的？就算我们不发动宇空，过个一万万年，或一万万万年，这个世界也会有灰飞烟灭的一天。”

“但这个世界毕竟能存活到万万年之后。”

“反正始终是要走向灭亡的，万万年和一天有很大的区别吗？”见川穹发呆，藐姑射道：“对我们来说也许有，但对浩渺的造化来讲，根本就没区别。我想，当年我那个师父在启动宇空的时候，虽然旁人目之为疯狂，然而这也只是旁人不理解他罢了——也许连炼也不理解他。”

“他当年启动了宇空？”其实这件事情刚才藐姑射提到过，不过那时候川穹还没有意识到事情的严重性，“那……为什么现在……”

“因为被炼阻止了啊。”藐姑射道，“炼为了我，竟然对你祖师爷出手。唉……”

藐姑射说得平淡无奇，川穹心中却充满了担忧：“后来呢？他们怎么样了？”

“后来？死了。”

“死了？谁死了？”

“都死了。两个人抱在一起死掉了。”藐姑射说，“据说我们这一派都是这样子的啊。”

“我们……”川穹颤声道，“难道我将来也会这样？”

“嗯，如果你遇到一个让你没法控制自己的人的话。不过，你未必有这个机会。”

“为什么？”问了这句话，川穹突然害怕起来，“你要杀我？”

“是。”

“为什么？”

“因为归藏子的眼睛暗示过，你一出世，季丹就离死不远了。”藐姑射道，“我暂时还不想他死，所以只好杀掉你了。”

“你说我会害死季丹？”

“嗯，大概是吧。”

“不！”川穹道，“我不会的。季丹对我那么好，我怎么会害他？”

“也许就因为他对你好，所以你才会害他。”藐姑射淡淡道，“我不会让当年的事情重演的。趁现在季丹不在，孩子，叫我一句师父吧。”

藐姑射的言行每每让川穹难以理解，但他仍叫了声“师父”。

“嗯，很好。”藐姑射道，“现在我跟你说说至黑之地的情形。那个至黑之地，外人不知道的，都叫它无底洞。一些人还以为那是个和幻兽差不多的东西。你现在的功力，是很难到的。就算是我，现在能到达的也仅仅是离它很远的边缘地带。其他人到了那里，嗯，哪怕是祝宗人、都雄魁和独苏儿也没法保住性命。但你的话，大概还能支持个若干时候。”

“师父，”川穹道，“你跟我讲这个干什么？”

“我要送你过去。”

“送我过去？”川穹有些胆怯，“那我还能回来吗？”

藐姑射道：“要凭空回来，我估计你还做不到。但如果这个世界有个很强的媒介让你感应到，也许可以。”

“很强的媒介？”

藐姑射道：“就是一个能超越重重空间阻隔让你感应到他存在的人。不过，我估计你很难在这个世界找到一个如此亲密的人。因为，就算是我和季丹之间也没有这样的感应啊！”

“我懂你的意思了。”川穹道，“就是说我如果去到那里就一定回不来了，是吧？”

“嗯。”藐姑射说着，伸出手，似乎想抚摸川穹的头发。

川穹一闪避开了，道：“师父，我能不能再问你一个问题——在你动手之前。”

“说吧。”

川穹道：“我……”他只开口说了一个字，整个人突然消失了。

藐姑射怔了一怔，随即莞尔：“这孩子看起来这样纯真无邪，原来也会骗人。”

其人何所在

川穹骗过了藐姑射，用玄空挪移大法趁机逃走。匆忙间他只求逃得越远越好，也不知道自己逃到了什么地方，身子一动，兽皮衣服却被什么东西勾住，定睛四顾，才看清原来是片森林。

“这是弃林①。”川穹惊得呆了，听声音竟然是藐姑射！“几百年

---

① 弃林：周后稷，名弃。母亲是有邰氏姜原，为帝喾元妃。传说姜原有一天在野外看见一个巨人的脚印，心里十分高兴，就踩了一下，后来就怀孕了，生了后稷。姜原认为不祥，就将他丢弃在小巷，小巷里的马牛经过都避让不踩；姜原又将他丢弃在山林，正巧碰见山林有人，救了他；姜原又将他丢弃在冰上，天上飞鸟用翅膀覆盖他，怕他受冻。姜原这才认为后稷是神人，将他抚养长大。后稷被遗弃的那片森林，便被周人命名为弃林。

前有个女人在这里扔掉一个孩子，谁知道刚好遇见有人开荒伐林，孩子活了下来。唉，邰人迁走之后，这里的树木又长得这样繁盛了。”

如果姬庆节在此，马上会意识到藐姑射说的是他老祖宗的事情，但川穹却哪里有心思听藐姑射讲故事，趁着对方还没动手，一闪逃走了。这次却站在一个大土堆上，泥土中隐隐有红光渗出，那红光中隐含的杀气，竟让川穹打心里觉得害怕。

川穹喃喃道：“这莫非是个坟墓？看这泥土草木的样子，里面的人怕死了几百上千年吧，怎么还会有这么强烈的杀气？”他不敢踩踏这虽死犹雄者的坟头，慌忙要爬下来，还没举步，只听藐姑射的声音道：“过了这么多年，这蚩尤冢[①]还是杀气冲天的老样子啊。都死了近千年，还不肯服气吗？”

川穹心中一凛，一步跨出，却不是走下坟墓，而是走入一座大山之中。眼前出现了一座人形石像，上面长满了青苔。那石像似乎是个女体，一副回首眺望的样子。石像的面部表情早已被岁月磨平，却仍然让川穹心中感到一股莫名其妙的哀怨。他不知道，这就是九尾狐涂山氏的回望石。

“这个女人很可怜，是不是？虽然几百年来享用着国母的祭祀，不过那大概也没法抵消夫离子散的悲怨吧！”

藐姑射！祂竟然还是跟来了！川穹一咬牙，再次远逃，这次却是一脚踏入水中，原来是条河流。他转头四望，没有见到任何身影，才舒了一口气，竟又听见那个声音道：“这蒲川的河水，还是这么清澈。当年简狄[②]在这里沐浴，不小心吞下玄鸟刚生下的蛋，回去竟然怀孕——据说商人的始祖契就是这样来的。”

川穹几乎绝望了，然而他决定做最后一搏！这次的玄空挪移他几乎耗尽了真力，然而一脚踏出，还是河水。“难道我已经连玄空挪移都用不了了吗？”

---

① 蚩尤冢：蚩尤的坟墓位于现在的山东省巨野县城东。

② 简狄：传说中商始祖契的母亲，帝喾的次妃。相传她在山间洗澡时吞食了一颗玄鸟蛋之后怀孕生下了契，因此商朝王族都号称玄鸟之后。

然而他很快知道不是，脚下的水比刚才多了几分清凉，两岸绿竹成荫，竹上斑斑点点，犹如泪痕。

“你在吗？”川穹尝试着问。

“在。”

听到这个声音，川穹再也支持不住，跌坐在水中，幸好他所在的地方水位低浅，流水只没到他的胸口。

“这里很漂亮，”川穹已经完全绝望，知道这里多半是自己在这个世界最后看到的景色了，“这个地方叫什么？”眼见无幸，他的心反而平静下来。

“这里是湘水。当年舜[①]帝南巡，在这附近驾崩。他的两个妻子娥皇[②]、女英[③]奔丧到此，伤心欲绝。据说这些竹子上的斑点，都是她们留下的泪痕。”

“那个舜帝一定是个好男人吧。”川穹道，“我死了以后，不知道会不会有人这样伤心难过。”

“大概不会吧。”藐姑射道，“因为大家都不会知道你的死讯，只是以为你失踪了而已。日子久了，应该就会渐渐把你给淡忘掉。何况……这个世界上有会怀念你的人吗？”

川穹能想到的只有燕其羽，心中一阵黯然，朝空处道：“师父，你到底在什么地方，为什么我都看不到你。”

藐姑射笑道：“你不该问我在什么地方，你应该问你自己在什么地方才对啊。”

---

① 舜：五帝之一，姓姚名重华，史称虞舜。作为东夷势力的代表，娶了尧帝的两个女儿娥皇、女英，尧年老之后将帝位禅让给他，舜登基之后励精图治，人民安居乐业。他南巡时，死于苍梧之野（今广西），葬于今湖南九嶷山。

② 娥皇：尧帝的女儿，她和妹妹女英一起嫁给了舜帝。舜南巡死于苍梧之野，娥皇与妹妹日夜啼哭，眼泪洒在竹子上，竹竿上便呈现出点点泪斑，这便是今天的“湘妃竹”。最后她们跳进湘江，成为湘水女神。

③ 女英：她和姐姐娥皇一起嫁给舜帝。传说在谁为正妃上起了争执，最后决定谁先到蒲坂谁为正。娥皇选骑马，女英选骡车，不料骡子生崽耽搁了行程，女英气愤之余，诅咒骡子以后不准生崽，自此骡子到今天也不能生后代。

川穹不解道：“我在什么地方？我不就在湘水边上吗？啊——不对！”川穹脑袋一热，读到了头发上记载的某条某目，醒悟过来，喝道：“现！”

什么湘水，什么河岸，什么湘妃竹……一刹那间全都消失了。川穹举目四望，才发现自己原来站在藐姑射的手掌之中。那浩荡北流的“湘水”，不过是藐姑射的一道掌纹而已。

川穹叹道：“我自以为逃出了千万里，原来根本就没有跳出你的手心。”

藐姑射道：“等你见到了至黑之地，你就会知道万里之宽广和巴掌之狭小，其实也没多大的区别。”祂的手心突然变成一个黑洞，川穹无立足之处，登时跌了进去，眼前一黑，通往华夏世界的通道关上了。

“我已经死了吗？”周围空荡荡的一无所有，然而就在这面对死亡的片刻，他却变得异常敏锐起来，“那是什么感应？是那样的熟悉，又是那样的陌生！”

那遥远的感应让他产生强烈的求生欲，本来已经消耗殆尽的灵力，突然汹涌地迸发出来。

川穹只觉脑袋一沉，几乎虚脱，在临近昏迷之际，一个声音点燃了他的精神之灯。

他慢慢醒转，神智渐渐清醒，跟着听到另一个声音。这个声音却比第一个声音苍老多了。不过这不重要，重要的是，这两个人显然都不是藐姑射！

“……冯夷得宗主感化，如今已经大彻大悟。从今日起重归镇都四门，虽然老朽，愿鞍前马后……”

川穹不知道那人在说些什么，但眼睛却渐渐看清楚了周围的环境：这是个好大的屋宇，屋宇中间耸立着一座祭台，一个人站在祭台上，一个人跪在祭台下，刚才说话的大概就是这两个人吧。

虽然祭台下那老者离得更近，但川穹的第一感觉却是向祭台上那人望去：“好漂亮的一个少年啊，他是我的兄弟吗？如果不是，为什么会给我这样奇特的感觉？”

那少年也同时向他望来，眼神中也带着诧异。

“……如今，四门独缺山鬼，不知宗主……”老者絮絮叨叨说着什么，突然发现氛围有异，蓦地转过身来，看见了川穹，大喝道，“什么人，竟敢擅闯九鼎宫！”

“九鼎宫？”川穹道，“这座屋子叫九鼎宫啊。”

老者神色狰狞，踏上一步就要动手，祭台上的少年却道：“且慢。”那老者的年纪比少年大得多，但对那少年的话却十分顺从，敛手退在一旁。

“你是谁？来这里干什么？”

“我叫川穹。我也不知道怎么会来到这个地方。”

“川穹……”少年喃喃道，“这名字好像在哪里听到过。啊，我想起来了，你是燕其羽的弟弟！”

川穹点了点头，那老者叫道：“燕其羽——不就是当日伤了宗主的那女人吗？宗主，这人是天山血池的余孽，待我把他拿下！”

那少年却没答应。

川穹道：“你和我姐姐有仇？”

“有些过节，也不算什么大仇。”

“那你要对付我吗？”川穹鼓了鼓真气，却觉得全身空荡荡的。

那少年却摇了摇头，对那老者道：“东郭门主，你且退下。”

那老者一愣，道：“宗主……”

那少年微笑道：“你怕他对我不利吗？”

“这……”老者一笑，道，“这小子能有多少斤两！谅他在宗主手底下玩不出什么花样来。不过这人能悄无声息地进入九鼎宫，只怕有些过人之能，宗主可得留心。”

那少年淡淡道：“知道了。”

老者不敢违拗停留，行了礼退出去了。

大门合上，偌大的宫殿里只剩下两个人，这种冰冷的氛围让川穹突然觉得有点熟悉，似乎在记忆的某处存在着相似的情景。

少年走下祭台，眨眼间便到了川穹面前。川穹心道：“来得好快，又走得这样从容，却不像是用了缩地法。”

两个俊美不相上下的年轻人同时打量着对方。这时近在咫尺，川穹对眼前这少年的感应更加强烈了。

“原来是他！”川穹心道，“师父说这世界上不会存在这样的人，可偏偏存在！可我为什么会对他有这么强烈的感应呢？难道他是季丹的传人？也不像啊。”

川穹默然无语，对面那少年也在沉思。

“我感觉你就像我的兄弟。”少年道，“你真的是燕其羽的弟弟？”

“嗯。”

“你的名字，我听羿令符提到过一次。他还交代过我，要我把一根羽毛交给你，可惜我没做到，真是对不起。”

“是这根吗？”川穹取了出来——这根羽毛从心幻大阵中取回以后，燕其羽仍坚持让川穹带在身上。

“对。”那少年道，“命运真是神奇，它最终还是回到了你身边。”

川穹嗯了一声，道：“你认识羿令符？”

“以前的一个朋友。”

“以前？现在不是朋友了吗？”

“我不知道。”少年说，“也许不久后我们会有一场冲突吧。你呢？你怎么认识羿令符的？”

川穹道：“我是感应着姐姐的羽毛去找寻她。谁知道姐姐没找到，先遇见了他们。”

“他们？”

“嗯，芈压、桑谷隽和羿令符他们。”

“在天山遇见的吗？”

“不是，在邰城。”

“邰城？是邰墟，还是西北邰人遗族建立的那座土城？”

“邰墟是什么？”

“是邰人走后留下的城池遗址，现在已经变成一座废墟了。”

"嗯，那里应该不是废墟，郃城里的人很多。"

"你什么时候遇到他们的？"

"前天。"

"前天？他们怎么走得这么慢！"那少年喃喃道，"莫非是受到什么阻滞不成？"

"喂，"川穹道，"我们以前是不是认识？"

那少年没有说话，川穹又道："见到桑谷隽他们，我总有点似曾相识的感觉，但却没你这么强烈。"

"我也一样。"少年道，"或许是上辈子结下的缘分吧。对了，我忘了告诉你我的名字了，我叫江离。"

人事全非

"哦，你就是江离！"

"你认识我？"

"嗯，有一个人和我初次见面的时候，就对我大叫一声'江离'！我一直以为自己和你很像……"川穹打量着江离，"原来不像啊，为什么他会认错人呢？"

"是谁这么鲁莽？"

"他叫有莘不破。"

江离登时呆住了。

川穹道："嗯，你认识羿令符他们，应该也认识他吧。"

"当然认识……"江离的眼睛仿佛看到了逝去的岁月，"一个幼稚的男人。"

"幼稚？"

"嗯，整天做着不切实际的梦想。"

"有梦想不好吗？"

"问题是他的妄想会害死很多人。"

川穹道："你刚才好像说过，你以前是羿令符的朋友，那应该也是有莘不破的朋友吧。"

"对。"江离道，"我认识有莘不破还在羿令符之前。嗯，可以说他是我踏入俗世后认识的第一个人。"

"那你怎么看起来对他很不满的样子。他做过对不起你的事情吗？"

"没有。"江离摇头道，"他对我很好。"

"那……"

"然而这个世界并不需要一个只懂得关心一两个人的君王。"

"君王？"

"他有帝王之相。"江离道，"有家世、有运气、有胆量、有魄力！甚至他并不像他外表看起来那么鲁莽——他其实是有智谋的，如果他愿意坐下来思考的话。"

"他有这么好吗？"川穹微笑道，"我原来只是觉得他很可爱而已。"

"可爱？一点都不可爱。在某些情况下，他是很残暴的。"

"每个人都有变得残暴的可能啊。"

"但是他不可以。"江离道，"天下间的好事都被他占尽了，可他偏偏又太过任性，自制力又差。若任他胡闹下去，只会弄得天下大乱。"

"真是这样吗？"和有莘不破接触的情景在川穹脑中一一闪过，"嗯，我和他也不熟，也许他真的像你说的那样吧。不过你说的那些东西，比如天下大乱什么的和我没什么关系，所以我想就算他真的像你说的那样，我也不会讨厌他吧。"

川穹似乎不想再讨论这个问题，绕着祭台走了一圈，道："这屋子好闷。"

"没错，是很闷——留着几百年积下来的无奈，哪能不闷呢。"江离道，"几天前，我一觉醒来，便发现自己躺在这个地方。历代祖师前辈留在这祭台上的记忆在眼前一一闪过，让我理解到他们的许多无奈与苦楚。这个地方一方面要维系太一宗的正统，一方面要辅佐夏王室的政统，两个担子都重似千斤，却又自相矛盾——我实在不知道自己能不能撑下去。”

川穹道：“撑不下去就别撑了。或者扔掉一个，不就轻松了。”

“扔掉一个？”江离喃喃道，“我身上流淌的是王族的血，心里挂怀的是太一宗的道——你叫我扔掉哪一个？”

“可你自己也说撑得很吃力，要是不扔掉一个的话，迟早两样都完蛋！”

“我知道。”江离叹了一声，说，“可是既然背负了这使命，就总得想法子撑下去。就算我将对抗的是天命，我也要尽力一搏！”

“江离，”川穹呼唤这个名字的时候有一种很奇怪的感觉，“或许我应该敬重你吧，可是我又觉得你这样子太累了。”

“不管怎么样，我可不像那不负责任的有莘不破！若他肯上心一点，做好自己分内的事情，那或许我会选择另外一条道路。”

“什么道路？”

“就像你所说的那样，卸掉其中一个担子，轻轻松松只理太一宗的事情。”江离道，“可惜他太让人失望了，长到这么大还在做那少年时就该做完的梦！”

川穹道：“你们真好，还有少年时的梦可以回忆，我却连少年的经历都没有。我的脑袋几乎是一片空白。好像我忘记了许多事情，或是说那些事情根本就不存在。江离，你有没有试过忘记一些事情的经历？”

“有。不过不是忘记了一些事情，而是找回了一些尘封的记忆。不过，在找回那些记忆以后我反而觉得自己好像失去了一些什么似的。我醒来后的这几天常常很彷徨，不过有一个念头一直支持我走下去。”

“什么念头？”

“一个很深刻的念头，这个念头告诉我：不要怕，勇往直前地走下去，就算撞个头破血流，也一定要了结心愿。”江离微笑道，“或许我曾经做过一些连自己也忘记了的事情吧。不过我怀有一种莫名其妙的信念，相信冥冥中有些安排会帮助我闯过最后的难关。”

“最后的难关？”川穹想起了藐姑射的话，“那我的难关呢？有没有人能告诉我该怎么闯过去？”他提了提真气，发现灵力已经恢复了些许，道：“我好像可以走了。这就告辞吧。”

“走？”

“嗯，难道你要留下我不成？”

江离道：“我不是这个意思。不过你能否答应我一个请求？”

“嗯，请说。”

江离道：“九鼎宫非外派所能擅入。你是洞天派的传人吧？”

“嗯。原来你早看出来了。”

“这九鼎宫里，对四大宗派的各种记载很多。”江离道，“四派虽然同源，但发展到今天却已经有了相当大的隔阂。你无缘无故闯进来，本来我是不应该轻易放你出去的。不过……我不想和你动手。”

川穹道：“我也不想和你动手。”

“但九鼎宫的事情，我却不想在我这一代泄漏出去——尽管我也不知道你在这片刻里探视到了多少东西。”

川穹道：“你的意思，是让我不要将九鼎宫的事情外传？”

“是。”江离道，“也不要跟人提起我接掌九鼎宫的事情。”

“嗯，好吧。虽然我也不太知道你为什么要这么做。”

“还有一件事情。”

“嗯？”

江离道：“你和有莘不破是朋友吧？”

“算是吧。”

江离道：“我想问你：如果有一天我和他起冲突，你会帮谁？”

川穹道：“有莘不破虽然也算是我朋友，但跟他吃顿饭，帮他一些小忙可以，但还不到要帮他打架杀人的分上。你们俩要是起冲突，我不会插手的。”他直视江离的眼睛：“你要对付他？”

“嗯。”江离道，“我要利用他来保持东西双方和平的局面，为大夏恢复元气争取时间。所以在有莘不破来到夏都这段时间，你能不能先在这里住下？我看得出你的身体也还没有恢复，需要有个地方静养。”

川穹沉思片刻，终于道：“好吧。”

燕其羽其实没有睡着。她根本就睡不着。北方杀伐之声时起时歇，但川穹出去以后就再没回来过，“他去哪里了呢？如果说是在外面守夜，为什么完全感觉不到他的气息？”

燕其羽抚摸着手中的白羽：“另一片白羽的气息变得好遥远，弟弟，你又跑到哪里去了？”

川穹跟在江离后面，在一个殿堂中停下。

“这里是四维殿。”江离道，“据记载，四派中的高人如来作客，一般都会在这里歇息。”他指着其中一个大门道：“心宗的前辈和血宗的前辈都曾入住，就只有洞天派的高手没来过。你是第一位。”

川穹扫了一下四道紧闭的大门，道：“为什么有四个门呢？你们太一宗是九鼎宫的主人，难道也住在这个地方？”

江离道：“太一馆是虚设的，用以陪衬三派，同时表示太一宗对其他三宗的尊重。不过，听说几十年前我师伯伊挚来夏都的时候曾住在这里。住进太一馆的，他是第一个。”

川穹道：“那他现在还住在里面吗？”

“当然没有。”

“那太一馆现在住着谁？”川穹道，“虽然大门紧闭着，但我可以感到里面有个惊天动地的人物在。”

江离望着那道用符咒紧紧封闭的大门，出了一会神，也不知过了多久，才道：“确实是一位惊天动地的大人物。他在这里已经住了好多年了。这个人原来在这里，我也是昨天才刚刚知道。不过，我们还是不要去打扰他吧。”

川穹也不追问，便向洞天馆走去。他走着走着突然停步，屏息闭目，似乎在感应着什么。

“怎么了？”

“有人打开了一个空间通道，通向一个好奇怪的地方。啊，那地方和至黑之地完全不同，那么缥缈，那么恍惚。”

“空间通道？”江离问道，“是贵门中人吗？”

“对，应该就是祂。”

“祂？”

“我的师父……那个叫藐姑射的人。”

第三章
刑天被黄帝斩首，成为无头战神的华夏史诗

国事私事

从傍晚开始，有莘不破和姬庆节开始轮番冲击北狄大营，虽然一时没把胡阵冲垮，却也令北狄方面士气大馁。

北狄之主始均厉始终没有出面，姬庆节推测始均厉正在休养，可能是打算再次召唤应龙。

此刻，有莘不破和姬庆节正处在发起下一轮攻击的休整期间。

此时，已近破晓，姬庆节看有莘不破突然神色间有些恍惚，怕他是在那心宗高手的阵法里面受了什么伤害，有些担心："打那心宗奇阵很费力气吧？是不是元气没有恢复？"

"不是。"有莘不破道，"我没费多少力气，估计是因为那老女人的元气被羿老大他们耗得见底，所以我才赢得那么容易。"

"可我看你精神好像不是很好。"

"只是想起了一些事情。"有莘不破道，"在那个古怪阵法里面，我看到了一些自己不愿意去想的事情。"

"别想太多，那里面的一切应该都是幻象。"

“我原来也以为是。”有莘不破道，“但现在想想，只怕没那么简单。如果只是幻象的话，不可能引起大家那么强烈的反应。只怕羿令符他们也遇到了同样的事情，所以才会那么萎顿。”

“希望他们早点恢复精神。”

有莘不破道：“你也不用太担心，我看他们应该没什么事了。桑谷隽能打起精神坐镇融父山十二连峰大阵，羿老大修为深厚，绝不会比桑小子差。我看他不肯出来，多半是发懒而已。”

姬庆节笑笑，不说什么，见有莘不破忽然又恍惚起来，劝道：“你到底在迷糊什么？现在这样无所谓，要是待会遇上始均厉，一个不留神就大难临头！要不这样，你把事情说出来看看会不会好些。我也常常犯迷糊，后来找到个说话的朋友，把苦水倒出来，心里就好多了。”

有莘不破犹豫了一下，道：“我的来历，你知道吧？”

姬庆节点了点头：“桑谷隽跟我提过。”

有莘不破道：“我怎么会到这里来，桑谷隽有没有跟你提过？”

“没有。他只是跟我说起你是东方那位伟人的孙子。”

“我跟你结交的时候，没有提起我父系的姓氏，倒不是刻意对你隐瞒，而是因为我不想提起。”有莘不破道，“其实，我是从家里逃出来的。”

姬庆节眼睛里闪过一丝惊讶的神色，但随即缓和下来。

有莘不破道：“我逃出来的原因很复杂，我自己一时半会也说不清楚，不过我想你我本是一路的人，应该可以理解。”

姬庆节笑道：“确实。”

有莘不破道：“我从家里一路逃出来，用我祖母本家的姓氏，改了姓名，学着江湖人物的言行举止，尽干一些和我原来身份很不搭调的事情——因为我以为这样可以让我忘掉过去。”

姬庆节道：“你在家里很不开心吗？为什么要忘掉？”

“也不是很不开心。唉，我小时候的生活，只怕和你差不多——嗯，可能比你舒服些。我想忘掉过去，倒不是因为那段生活不开心，而是想忘掉那个身份！”

“我明白了。”

有莘不破道：“然而并不是很成功。我尽量表现得粗鲁些，却常常露底——每次江离看破这一点都在偷笑。我想远离那个身份，可现在想想，我一路来干的事情全都……”

“全都怎样？”

有莘不破叹了一声，道：“全都是对东方政权有利的。”

姬庆节沉吟道：“那也没什么不好的。”

“嗯，本来是没什么不好的。如果我最终能摆脱这个身份的话，这些事情就算是我对父母之邦的回报。可是，可是……”有莘不破道，“可是那个老女人的阵法让我看到了另一种结果：冥冥之中，似乎有什么东西正牵引着我回去。这一点，我以前不是没有想到，只是不愿意去想而已。可是……”有莘不破叹了一口气。

姬庆节道：“可是那个阵法让你看到了这些？”

“不完全是。”有莘不破道，“雒灵是心宗的传人，和她相处了这么久，我多多少少对她们心宗有些理解。那个阵法让我们看到的，应该不全是幻象，而是潜藏在我们心里的某些想法。然后她们在里面再做点手脚——这样才能对我们造成最大的伤害。”

姬庆节道：“你在阵中看到了什么？”

“看到了我师父。”

姬庆节的眼睛亮了起来：“是伊挚前辈吗？”

“嗯。”

“有时候，我也蛮羡慕你的。”姬庆节道，“当世英雄，能让家父服气的寥寥无几，但对伊挚前辈，他老人家却推崇备至。”

“他确实很了不起。”有莘不破道，“爷爷遇上他，是一种缘分。我们父子叔侄两代都拜在他门下，也是一种缘分。不过正因如此我才更怕。”

“怕？”

“怕被他捉回去。我现在比刚离家的时候强很多了。但回想一下，我之所以能进步得这么快，说到底还是因为他帮我打的好根基。我面对仇皇都敢挥刀直进，但如果面对他……我想我没法对他动手，只能乖乖被他捉回去。”

姬庆节微笑道：“尊师重道，这是好事。”

有莘不破皱了皱眉头：“可我不想回去啊。不过，在那阵法中看到我师父以后，我才发现自己一直都是在骗自己。我隐隐约约感到，无论我怎么逃避，该来的始终会来。”

姬庆节一阵黯然：“你说的不错。”他仿佛不是在说有莘不破，而是在说他自己。

有莘不破道：“你好像已经接受现在这种生活了。”

“算是吧。”姬庆节道，“无论如何，习惯了就好。”

有莘不破皱眉道：“可你不觉得难受吗？”

“之前以为会，但进入这种生活状态之后就会发现没以前想的那么严重。至少不会过不下去。”

有莘不破摇头道：“我不懂。”

“简单来说，现在我的生活，就是在过日子。”姬庆节道，“每天把该做的事情做完，然后等着明天。”

有莘不破脸上有种难以形容的神色：“那不是很没劲？你不觉得这样过日子很……很不痛快吗？”

“嗯，有点。”姬庆节道，“可是我想……等过了这一阵，或许会好些。”

“过了这一阵？”

“也许是因为现在有始均厉压在前面，压得我喘不过气来，所以我才……”

“不对！始均厉不是原因！绝对不是！”有莘不破道，“当初我们在西陲遇到共工之后水族的‘无陆计划’，那是一个不小心整个世界就会被颠覆的大难。可我那时并不觉得郁闷，相反，跟水族打的时候我们可痛快了。”

“那你的意思是……”

“我也说不太清楚。”有莘不破道，“可离家这段时间里，是我一辈子最快活的日子。冒险、寻宝、见高人、杀贼寇……”说着他右手虚劈，大叫起来：“痛快啊！”

姬庆节想起桑谷隽酒后跟他说起的游历，心中一阵向往：“确实很痛快啊！”

“怎么样？”有莘不破按住了他的肩头，“等我们把始均厉解决掉，嗯，再把江离救出来，然后我们一起去流浪，怎么样？”

姬庆节骇然道：“流浪？”

“干吗？”

“可是……可是我……”

“你怎么了？”

姬庆节叹道：“爹爹不会答应的。”

“那就瞒着他。”

姬庆节踌躇道：“我是这部城的少主啊，怎么能说走就走？”

“桑谷隽还是巴国的王子呢！”有莘不破道，“去他妈的！什么王子世子，那些座位上有我们坐着，天下是闹哄哄的，少了我们几个也照样闹哄哄。”

姬庆节道：“等这件事情做完再说吧。”

“始均厉没什么了不起的。”

“那江离呢？”姬庆节道，“救出江离只怕没那么简单吧？”

有莘不破的心沉了下来：“我知道。但以前我们一样经历过很多难关……”

“这次不同的。”

“不同？有什么不同？不过是难一点而已。”

“你们的事情，我也听过一些。”姬庆节道，“以前你们可以凭借自身的力量解决事情，不过这次……大夏立国数百年，根基深固，只怕不是你们几个能对付得了的。”

“也许……总会有办法的。”

“你不会天真到要靠运气吧？”见有莘不破不说话，姬庆节道，“其实，要救出江离，只有一个办法。”

有莘不破眉毛扬了扬："什么办法？"

姬庆节道："就是寻找能和大夏匹敌的力量。"

有莘不破一听，脸色登时沉了下来。

姬庆节道："其实你自己也知道的，要想救出江离，你必须回亳都。"

"别说了。"

姬庆节却没有停下来："大夏王都不但盘踞着血宗和镇都四门，还有无数精兵强将。此外像登扶竟那样的高人，谁知道有多少。你要从那里把一个人救出来，要么强攻，要么暗偷，要么……"

"要么怎样？"

"要么交易。"姬庆节道，"如果你能说服你祖父，或者可以用一些政略利益把江离换出来。"

有莘不破仰天狂笑："交易？我凭什么去交易？"

姬庆节道："江离是你的私交，本来私人事情是不能妨碍家国利益的，但江离有个特殊身份在——他是太一宗的传人。把他换过来，相当于换回一个太一宗，所以应该可以用这个说服国人。"

"我想你是搞错了一件事情。"有莘不破一字字道，"别忘了我现在的名字是——有莘不破！有莘——不破！"

万古枯一念

羿令符抱着银环蛇闭目养神。龙爪秃鹰在他身旁的大树上假寐。

部国将领来报："桑首领说要去办点私事，但至今未回。"

羿令符睁开眼睛，淡淡道："知道了。"说完便又闭上了眼睛。

这时，左招财从地底浮了出来，惊声叫道："羿……羿首领！我们……我们找到了！"

羿令符鹰眼一闪，道："找到了什么？"

左招财叫道："我们找到了一个地底洞窟，里面传来十分可怕的气息，我们想那大概就是世子让我们寻找的东西了！”

“那个地底洞窟，位于何处？”

“位于常羊山千尺之下！”左招财说，“而且那个洞窟十分奇怪。”

“奇怪？”

“是，那个洞窟的所在，似乎就是整座常羊山加上千尺地层的聚力点！”

“聚力点？你是说？”

“就是说，处在那个点上，就相当于要承受整座常羊山与千尺地层加在一起的压力。”左招财道，“这个常人看不出来，但我们精通地行之人却一眼就看出来了。”

“常羊高峰，再加上千尺地层吗？”羿令符喃喃道，“以山镇压……果然是以山镇压……刑天，如果你灵识未灭，只怕会为这场持续千年的镇压而充满怒火吧……”

北狄军营之外，布下了一个十里冰界，正是这个强大的冰界，延缓了有莘不破和姬庆节的进攻。

这个晚上有莘不破不断地从各个角度进攻北狄阵营，北狄军营中除了始均厉之外没人能够抵挡他的攻击，但是始均厉一旦出现，有莘不破就跑，如此倏来倏走，不知杀了多少北狄将士。始均厉终于被激怒了，施展出强大的手段，布下这个巨大的冰封结界来。

有莘不破掣出鬼王刀，指着北狄大营道：“差不多是时候了。”

姬庆节见他不再提江离的事，也把注意力拉了回来：“你打算怎么对付始均厉？”

“哈。”有莘不破道，“你才是主人啊，怎么问我？”

姬庆节微笑道：“你早就喧宾夺主了，不是吗？按我的意思，只要守住融父山十二连峰便是了。”

有莘不破不屑地笑道：“那也太没出息了。虽说有这个融父山十二连峰大阵，但一味枯守的话，就算能守住一天，一月，一年……也终究守不到永远。”

“不用到永远。”姬庆节道，“守到爹爹出关就行了。”

“哦！”有莘不破来了点兴致，“令尊有什么大计吗？”

姬庆节道：“我爹爹在储备粮食。”

有莘不破奇道：“粮食？”

“嗯，我们搬家用的粮食。”

“搬家？搬什么家？”

姬庆节遥指东方道：“爹爹和我轮流到东方勘察过，那里有一块好大的平原，土质肥沃，物产丰庶……”

“等等！”有莘不破打断了他，“你什么意思？你们要干什么？”

“刚才不是说了吗？搬家。”

“搬家？我说你们是逃跑！”

“不是逃跑，是退让。”

“那有什么区别！”有莘不破几乎跳了起来，“这部城你们不要了？”

姬庆节道：“是。”

有莘不破怒道：“那我们在这边搞了半天，算什么？”

姬庆节道：“我们要保护的不是这片土地，而是土地上的人。”

有莘不破怔了：“那这片土地，就这样白白让给胡人？”

姬庆节道：“胡人怕我们，不是因为我们强横，而是因为他们怕被我们同化。爹爹说了，守住德业比守住功业更重要。”他指着眼前广袤的土地：“当有一天这些胡人也变成华族子民的时候，这个地方自然就回来了。”

有莘不破道：“那可能要等几百年！而且中间会有很多的变数。”

“一千年也等得。”姬庆节道，“爹爹说了，有耐心的民族才能活得更久——只要我们能不忘记祖宗。”

“可我等不得。”有莘不破道，“我有更直接的办法。”

姬庆节默然。

“你爹爹……”有莘不破道，“请原谅我不敬——他老了！我们是年轻人，办事应该更有锐气一点。”

“那你说怎么办？”

有莘不破指着那大营道：“在始均厉召出应龙之前，给胡人来个断根，就结了！”

姬庆节吃惊道：“断……断根？”

“对，全宰了。”

“可……可是……”

“你怕做不到？”

姬庆节愣了一下：“能不能做到是一回事啦，不过……爹爹说了，华夏和夷狄的区别并不是种族，而是……”

“行了行了！”有莘不破道，“我知道他会说什么。嘿！我可管不了那么多。”

见姬庆节还在迟疑，有莘不破道：“你快点决定。到底是听我的，还是要听你爹爹的。如果你不赞成我的做法，我也不勉强你。反正始均厉现在损兵折将，短时间内未必能振作起来发起攻击，你们只是要守住这融父山十二连峰大阵的话不会有多大问题。”

“你的意思是要走？”

“当然。”有莘不破道，“我们迟早要离开的。难道还能一直在这里陪你们不成？江离还等着我们去救呢！我是恨不得这里的事情赶快了结！”

姬庆节犹豫不决，经不起有莘不破连连催促，终于道：“好！反正现在爹爹闭关，一切后果由我负责！不过我们真要做成这件事可得赶在他出关之前。”

有莘不破笑道：“放心，就在今天。半天就解决了。”

姬庆节骇然道：“半天？”

“嗯。”有莘不破道，“我们一夜来连番冲击，不停地骚扰，北狄挡又挡不住，追又追不着，直到始均厉布下这个十里冰界，才勉强能全面防护。不过全面防守只能减少他们的伤亡而已，仍然没法把我们拦在界外。但我们怕被他的主力缠住，这样子来来回回骚扰，也没法对他们造成致命损伤。”

“这一晚我们能大占上风，靠的就是灵活，见到始均厉来就跑，然后换个地方攻击。”姬庆节道，“现在始均厉大概很希望我们能跟他正面对决吧。”

“他当然这么希望，听你说始均厉一年之内只能再召一次应龙，如果这次再召应龙出来而无功，那他在接下来的一年内便会丧失最大的依靠。再说，由于我呼唤过玄鸟所以我很明白，在短时间内要再次呼唤应龙这样强大的神兽，只怕他也大感吃力吧。不过，我本来以为他半个时辰下来就会疲惫不堪，谁知道到现在仍没有衰疲。真是奇怪，他怎么能维持这么久？”

姬庆节道：“胡人有种法术，可以集结众人的斗气来支撑施术者的大阵形。”

有莘不破惊道：“有这种事情！你怎么不早说。这么说来，他们是靠几十万人来支撑这个阵形了？天，那我们耗尽他真力的打算岂不是全盘落空？”

“难道你原来就是打算用这个法子耗尽他的真力？我看你一直想法子激怒他，还以为你就是要把他引出来伏击呢。”

“我是要把他引出来，但不是要伏击他，而是……”有莘不破道，“总之现在这个十里冰界没有他也能维持，那引他出来根本就没用。”

“难道你不是要对始均厉动手，而是要对军营动手？”

“嗯，原来是这么打算的。”

“我不知道你要用什么办法，”姬庆节道，“不过你的计划应该可以继续。”

“哦？你不是说……”

姬庆节道：“始均厉可以借助大军的斗气，但他本人则是一个不可缺少的媒介。如果没有他，大军之中没有第二个人能凝聚起这样散漫而强大的斗气。”

“我懂了。”有莘不破大喜道：“也就是说，如果始均厉不在大营之中，这个十里冰界就会散架？”

“残余力量应该可以继续维持一段时间。”姬庆节道，“你到底要干什么？”

“我要干的，当然是一战定乾坤的大事！”有莘不破道，“融父山十二连峰连绵百里……这个阵法当初你们是怎么弄出来的？”

“那是一块福地，聚拢着天地灵气。”姬庆节道：“当年还有几位前辈帮忙，才构建起来的。我懂得其中运转的奥秘，但当初究竟是如何造起来的，至今还没弄透。你这次的计划是要利用这个阵法吗？”

“不错。”有莘不破道：“这个阵法本身没有杀伤力，但里面的生克变化，却能让我们的绝招威力倍增，是吧？”

“不完全是这样。”

“唉，我一时也没完全弄懂啦，不过我昨天试了一下，我那记小旋风斩从巽位进去，竟然不需要我追加力量便在融父山十二连峰之间盘旋不息。如果是你的麒麟斩……”

“一样的道理。”姬庆节道：“那天我主持阵法没法亲自施为，要不然那两千巫骑兵，嘿嘿，几个来回就灭了。”

“如果由桑谷隽来主持阵法，你不就可以抽身动手了？”有莘不破道，“那批巫骑兵对玄术有很强的抵抗力，但你也说了，遇上你的麒麟斩也没辙。如果换作普通将士，而始均厉又不在的话……”

姬庆节道：“那还不是石头砸豆腐。嗯，难道你要把北狄大军全引进阵里去？那不可能。始均厉就是因为忌惮这个大阵才迟迟不肯动手，他没笨到会驱赶族人的血肉之躯来撞刀口。”

有莘不破笑道：“他不来，我们可以过去。”

“过去？”姬庆节道，“融父山十二连峰大阵又没腿，怎么过去？”

有莘不破笑道：“我也不知道，但桑谷隽说可以。”

姬庆节惊道：“什么？”

有莘不破笑道：“他说搬山本来是很麻烦的，但这融父山十二连峰与众不同，本身就具有强大的灵力，好像他能和融父山十二连峰融为一体，凭借融父山十二连峰吸取大地之力引为己用——其实我也听得不是很懂，但他既然这么说，那就一定能办到！”

姬庆节脸色刷地白了："我知道你要干什么了。"

有莘不破微笑道："如果我把始均厉引出来绊住，北狄大军群龙无首，反应一定不够果断。这个时候如果融父山十二连峰从天而降，或者突然从地底冒出来……哈哈，哈哈，只怕一场大乱就得死掉一半人。你再发出麒麟斩，在大阵中盘旋几下，那些族长啊、巫骑兵啊什么的，只怕也都在劫难逃了吧。"

姬庆节神色沉重起来："如果这样……说不定北狄真得灭族！"

有莘不破道："如果始均厉在，或者那个大祭师还有足够的力量，他们多半还另有办法来化解这场危机。不过……嘿嘿。那大祭师现在就算不死，短时间内也没法出来呼风唤雨了。何况我还有个羿令符没动呢！羿老大为人深沉果断，如果出了什么意外，他一出手，定能力挽狂澜！"

姬庆节沉吟道："真要这么做？"

有莘不破不悦道："你到底还在犹豫什么？"

"这场大战下来，只怕要尸积成山，血流盈河……"

"尸是蛮族的尸，血是异族的血！有什么要紧！"有莘不破冷笑道，"你现在倒博爱起来了啊，却不知道始均厉杀申屠大哥的时候，还有那队巫骑兵冲进邰城烧杀抢掠的时候，有没有你姬大人这么慈悲！"

姬庆节想起这些年来北狄对华族的残酷，想起申屠一族的悲惨下场，眼睛也红了："好！我们干吧！"

九死生疑

黎明前是一片难得的平静。

始均厉远望融父山十二连峰，眉头深锁。

"大王，"北狄四大族长之一拉婆门禀道，"还是没找到大祭师。而且，连四祭师也不知所踪。"

"嗯，"始均厉道，"大概都完了吧。"

拉婆门惊道："都……完了？怎么会，大祭师那样的神通……"

“那又如何！那个有莘不破来闯营，我们加在一起几十万人，哼，却让他自由来去！”

“那是这小子没胆，要是他敢正面和我们交锋……”

“说这些根本没用。”始均厉道，“公刘到现在都没出手，也不知道在搞什么鬼。嗯，拉婆门，你说这些年我们是不是错了？”

“错了？”拉婆门这一惊吃得不小。目空一切的大王竟然会说出这样的话来！

始均厉道：“我从来没怀疑过自己，因为我们从来没遭受过挫折。一直以来，我们都是凭着武力征服这片土地上的一切。就算那个被华族人称为人杰的公刘，在我们面前也一退再退。可今天看到那个有莘不破的气势，却让我想起，公刘其实未必是真软弱。”

拉婆门不敢搭腔，眼前这位大王的语气空前的温和，温和得让熟知他的人感到害怕。

“你为什么不搭话？”

“这……大王的意思，我不太懂。”

“嗯，不懂……”始均厉道，“那就算了吧。”他突然望向南方，道：“我们是浅显的民族，真正会用脑的人不多。不过正因为如此，我们比这些华族人来得更加直接、更加纯粹！来得更有力量！”

“那当然，我们万骑一冲，足以让大地也颤抖战栗！”

“可我们却拿不下一个有莘不破！”

拉婆门被说得羞耻心起：“大王，请准许我带一队巫骑兵出去向有莘不破挑战！”

始均厉冷笑道：“他若是肯和你一战，会等到现在？”

看拉婆门涨红了脸，始均厉道：“中原人的那些伎俩，你是想不通的。嗯，不得不承认，轩辕族人确实人才济济。可惜啊，他们却不齐心。我听大祭师说，他们中原像季丹洛明那样的人还有好几个——这简直是不可想象的事情！像季丹洛明那样的人，有一个便足以横行天下，如果有好几个的话，联起手来我们这些边远民族还有活路吗？”

拉婆门道：“听说他们中原人最喜欢自己人打自己人。”

“没错。”始均厉道，“当年我对此很不解，曾问过公刘，公刘说人民多了，历史久了，文化深了自然如此，因为族内的差别太大，不同的意见太多。我说那你们岂不是迟早要死在自己人手里？他却又说炎黄族裔千年不倒，其中自有言语不能说出的道理在。”

拉婆门怔怔地看着他，不理解大王在说什么。

始均厉似乎也没向他解释的意思，自顾自道：“这是很多年前的事情了。那时候我还能和公刘一起喝酒，一起吃肉。他坐在火堆边跟我说，他的国族面临几近灭绝的浩劫，其实那或许是个转机。他说如果能接续旧传统，创建新气象，或者将来能更胜从前也说不定。嘿嘿！你猜公刘当年对我说什么来着？”

“什么？”

“他说华夏不以种族分，而以文德立。问我愿不愿意和他一起干一番英雄事业。”

“大王和公刘联手……”拉婆门张大了嘴巴，那可是个令人惊讶的组合。如果真的那样的话，只怕方圆三千里的土地都要被这两个人踩在脚下吧。拉婆门想起了公刘初兴时华族的富裕，不禁有些向往：“那也不错啊……”

“你懂什么！”始均厉冷笑道，“我当初若是答应，现在我们早就灭族了！”

“灭族？”拉婆门惊道，“大王是说这是公刘的一个阴谋？他实际上是想引诱我们，然后把我们都杀了？”他突然想起当年占领公刘所兴建的那些祭台和宫室后，族中有人很羡慕那些精美的东西，便想占为己有，却被始均厉一把火烧光了，说那是拿来诱人堕落的邪恶事物。

“不是，”始均厉道，“人会活下来，可北狄这名字却会消失掉。”

“名字消失掉……”拉婆门大惑不解，“名字怎么会消失掉，就是消失掉了又有什么打紧？”

始均厉脸上突然泛起一阵寂寞的神色：“你不懂的。就像我不停跟你们解释如何聚拢斗气维持十里冰界，你们就是弄不懂一样。”他抚摸了一下身边的玄冰狮头斧，喃喃道：“这大西北，唯一能和我说得上话的人，却在融父山十二连峰的那一边。”

正说间，突然声声喧哗传来，打破了始均厉片刻的平静。他双眉聚拢，眉间杀气大盛：“又来了！这是第九次！”

拉婆门道：“我这就点齐人马，去把他拦住！”

“不！”始均厉冷冷道，“就让他冲进来。我要看看这男人能不能冲到我玄冰狮头斧跟前来！”

拉婆门忍住了不动，前方却不断来报：“那有莘不破已经突破冰界了！”“第一营地被挑了。”“狼头营巫骑兵被突然袭击，散乱不能聚成阵形，被那有莘不破弄了一场怪风盘旋上天，死伤惨重！”……“大王！那……”

最后一个小将跑到跟前，竟然没把话说完便倒地身亡。

拉婆门叫道：“大王！”

始均厉还是不动！

“吼——”不是胡将的呼喝，而是一声兽吼！第一声充满愤怒，第二声夹带痛苦，第三声竟如悲嚎！

始均厉突然笑了。

有莘不破不知道，这个时候羿令符和桑谷隽竟然都不在融父山十二连峰大阵了。

在左招财的带领下，羿令符来到了常羊山的深处，左招财指着脚下一块巨石说：“那个地底洞窟，就在这地下千尺。”他说着就沉了下去，然后又马上想起羿令符不会地行之术。

“哎哟，那可怎么办啊？”左招财说，“要是世子在的话，以他的能力多半能将羿首领带下去，但我们却没法带羿首领到达千尺地下。”

羿令符沉思半晌，道：“地下还有没有人？”

“有，右进宝在洞窟外的下面守着呢。只是里面传出来的气息太过可怕，所以我们都不敢进去。”

“让他们都撤走！”羿令符道，“全部撤走。”

他没有说明原因，但左招财对羿令符充满了敬畏，又得了桑谷隽要自己一切听从羿令符吩咐的命令，当即潜下地底，过了好久才与右进宝等一干巴国的地行兵一起浮出地面。

“全部走开，离开常羊山。”羿令符说，“马上就离开，如果路上遇到有人要来，也全部将他们劝走。”

“羿首领，究竟要发生什么事情？”右进宝摸不着头脑地问道。

“不必多问。”羿令符道，“因为我也不知道，待会儿会发生什么。”

怀着惴惴不安的心情，左招财、右进宝率领巴国地行兵都撤退出了常羊山地界。羿令符这才张弓搭箭，忽然跳起，弓箭垂直对准了地面，瞄准了左招财指出的那个点！

一箭射出，透入地底千尺！

地面出现了一个寸许小孔，片刻之后一股死亡气息从小孔中喷涌了出来，伴随死亡气息涌出来的，还有一个似乎来自远古的声音。

“是谁？是谁？是谁？是谁在打扰我的千年长梦？”

有莘不破踏在窫窳的尸体上，然而这头在血池诞生的怪物这次没能逃过有莘不破的眼睛，它的元婴被有莘不破盯住了。

“哼！”傲视千军的男人走上一步，对准窫窳的元婴，一脚踏下。

那团血肉避无可避，贴着地面瑟瑟发抖。然而那一脚竟然没有踏实，一股寒气袭来，警惕的有莘不破马上跳开。失去肉身的窫窳如获大赦，长出四条软趴趴的肉腿，在混乱中逃得无影无踪。

有莘不破却没有逃。他已经有些疲倦，然而和前八次不同，他居然面对着始均厉而毫不退缩。

“很好，你终于还算是个男人。”

有莘不破冷笑道：“有没有你的称赞，我都是华夏的好男儿。”

“是吗？”

玄冰狮头斧劈下，几个北狄的族长和将领怪叫一声带领将士纷纷逃开。没来得及逃到五十丈外的三千北狄将士，全被冻成冰雕。

有莘不破张开无明甲，手举鬼王刀抵挡，挡一斧，身子沉一沉，再挡一斧，身子再沉一沉。地面已经没到他的膝盖，但他还是不退。

“很好。”始均厉冷笑道，“再吃我一斧！”

刀斧第三次撞击，始均厉感到对方刀上凝聚的是一股至阳至刚的气息。“奇怪，他以前的刀风都是阴阳冲和的……”一念未已，一股旋风倒卷而起，始均厉心中一惊：“糟！”

有莘不破凝聚在鬼王刀上的全是至阳炽气，再利用始均厉斧头上的至阴寒气，阴阳相撞、龙虎对冲，发动了一次极不精纯、威力却远胜自己独力激发的旋风斩。

威力空前的旋风斩向西北肆虐而去，一路冲得北狄军营七零八落，凡卷入者无人得以幸免。

有莘不破和始均厉同处旋风斩的中心，这旋风斩有莘不破已经难以完全控制，因此也跟着始均厉承受那千刀剐万剑刺的苦楚。然而比起始均厉的惊怒交加，有莘不破却窃窃暗喜：“看来不等桑谷隽发动融父山十二连峰大阵，这场大风，就能要了北狄几万人的性命！”

始均厉以寒气打破了旋风斩内部阴阳平衡，两人落地时已在北狄军营十里之外的一个小山上。有莘不破攻入冰界，破巫骑，杀窫窳，此时锐气已尽，始均厉却气势未老，玄冰斧第四次劈下，鬼王刀竟差点给震飞了。

有莘不破稳一稳气势，忽见始均厉的玄冰狮头斧上，竟然盘绕着一股可怕的龙气，斧身伸出若隐若现的双翼——应龙！

“终于要出动了。”有莘不破笑道，“不过好像不是完全形态哦。”

始均厉冷笑道：“只如此，已足够取你性命！”

又是一斧击下，强大的罡风凝聚于一点，那是应龙之魄附体后的玄冰斧。鬼王刀迎上去的刹那，一股无可抵御的寒劲直透过来。

有莘不破全身一震，鬼王刀竟然脱手，虎口破裂，人也被震出十丈开外！

他素来以强横见长，江离他们用法术也许可以赢他，但说到正面对抗，除了季丹洛明和有莘羖之外，有莘不破却从来没被谁折服过。

但现在他却被这一震震得全身骨骼几欲散去。

可人还在半空，有莘不破却放声大笑了起来：“哈哈，哈哈，来得好！”他张开无明甲护体，指着远处的北狄大营，叫道：“发动吧，发动吧！桑谷隽！发动吧！将北狄一族来个断根！”

始均历吃了一惊，急回头时，却见北狄大营全无异状。

有莘不破一愣，随即大叫，呼声传出数十里外：“桑谷隽！快发动，快发动！”

但是按照计划本应该从北狄大营脚下猛然破土而出的融父山十二连峰却没有动静！

一切依旧平静。

始均历放声大笑了起来：“故弄玄虚！”

有莘不破则感到有一股寒意从背脊直透下来！

怎么会这样？怎么会这样！

“有莘不破！”始均历踏上了一步，凝聚着应龙无比霸道力量的玄冰狮头斧已经压到了有莘不破的头顶，“你完了，有莘不破！”

这次他却凝而不发，但寒气四透，跟着脚下的大地也都封冻了起来，竟将有莘不破四方上下全部封死。

“这一次，我要看看还有谁来救你！”

天亮了，然而连太阳也没给这小山带来任何温暖。整座山峰都已被冻成一个冰寒的地狱。一只甩着尾巴刚飞出林间的耳鼠[①]被封冻在半空，一匹刨着蹄子的足訾（zī）[②]被封死在巨石之上，一头山狎（huī）[③]刚抛出一颗石子，笑声突然被扼灭……这里已经成为被始均历彻底控制的领域，没有一丝热气能溜进来，没有任何生命能活着出去！

---

① 耳鼠：《山海经》中的怪兽，长着兔子脑袋麋鹿耳朵，可以甩着尾巴在半空中飞行。据《山海经·北山经》记载：“有兽焉，其状如鼠，而菟（兔）首麋耳，其音如獋犬，以其尾飞，名曰耳鼠，食之不眯，又可以御百毒。”

② 足訾：《山海经》中集猴、牛、马于一身的怪兽，样子像猿猴，长着牛的尾巴、马的蹄子，前腿有斑纹。据《山海经·北山经》记载：“有兽焉，其状如禺而有鬣，牛尾、文臂、马蹄，见人则呼，名曰足訾，其鸣自呼。”

③ 山狎：《山海经》中形状像普通的狗却长着人脸的怪兽，它擅长投掷，一看见人就哈哈大笑。据《山海经·北山经》记载：“有兽焉，其状如犬而人面，善投，见人则笑，其名山狎，其行如风，见则天下大风。”

有莘不破的心也凉了，不是因为那随时可能夺取他性命的阴寒，而是因为迟迟不见桑谷隽发动攻势。

“怎么回事！大旋风一起，应该马上行动才对，怎么到现在融父山十二连峰连一点动静都没有！”

融父山十二连峰一动，始均历一定会不顾一切赶回去救援，不能全心进攻，那样有莘不破就有时间选择逃走或拖住始均历的后腿不放。战场的主动权将落到自己手里。可是现在北狄的军营一片平静。

“桑谷隽！姬庆节！你们搞什么鬼！”有莘不破的心里第一次如此恐慌！即使当初面对更强大的都雄魁，他也没像今日这样害怕过！因为此刻令他置身死地的，不是始均历的强大，而是朋友的失信！

内心的恐惧令有莘不破连睫毛也颤抖起来。

始均历知道自己赢了。他的寒气已经瓦解了有莘不破的无明甲，开始侵袭他的身体——甚至意志！

“完了。”始均历没说，但却笑了。

“完了。”有莘不破没说，他已经什么也说不出来了。

刑天大战应龙

常羊山。

地底传来悠悠声响：“是谁？是谁？是谁？是谁在打扰我的长梦？是准备下来伴随我，渡过这千万年的地狱岁月吗？”声音仿佛来自地狱。

地面上，羿令符却丝毫不为所动，冷冷道：“你不是刑天……”

“刑天？哈哈，哈哈……我当然不是刑天，我是来自地狱深处的魔王，我是能带走任何人生命的死神！渺小的人类，这就是你打扰我长眠的代价！”

小孔中喷出来的死气更浓了，羿令符却冷笑起来：“魔王？死神？我看你什么都不是！你只是看守刑天坟墓的狱卒吧！”他举起了天心剑，往那个小孔一插。

地底登时传来了长长的痛苦呻吟，一股血气代替死气喷了出来，一个影子从地孔缝隙中蹿了出来，在日光下惊叫着。它兽身人面，一对大耳朵上挂着两条青蛇。羿令符道：“奢比尸[①]？”双眼猛地放出异光来。

那奢比尸在羿令符的威慑下竟然无法脱逃，只是求饶般叫道：“快让我走，快让我走！快让我走！”它似乎已经吓得连其他话都不会说了。

“你急什么！”羿令符道，“我不一定会杀你。”

这时大地一阵震动，奢比尸浑身颤抖，哭丧着呼唤：“他要出来了！他要出来了！你哪里弄来的这柄剑，竟然将他惊醒了！你知道将他惊醒的后果吗？”

“谁要醒了？”羿令符道，“是刑天吗？”

奢比尸发出一声惨呼：“不要呼唤那个名字！”

天心剑猛地一震，从那个地孔中脱出飞向空中，一个低沉而沙哑的声音传来：“谁人叫我？”

奢比尸发出一声惨嚎，整个身体软倒在地，再也不能动弹。

羿令符道：“将你惊醒的，是我，羿令符。”

“羿令符？没听说过。”

“你当然不可能听说过。”羿令符道，“我是你死后千年的人了，是你同时代某个英雄的子孙！”

“死后千年？死后千年？你这话是什么意思？你说我已经死了？”

羿令符道：“难道你不知道？”

地底传来了狂笑：“死？我不会死！我不死国人不会死！”

羿令符收回了天心剑，再次插入小孔，地底传来更加剧烈的震荡，羿令符道：“若你还没死，那就睁大眼睛看看，现在的天下已经成了谁人之天下！”

整座常羊山都摇晃了起来，巨大的震动让常羊山产生了崩裂，以羿

---

① 奢比尸：《山海经》中的神，长着人的头颅和野兽的身体，一对大耳朵上挂着两条青蛇。据《山海经·大荒东经》记载：“有神，人面、犬耳、兽身，珥两青蛇，名曰奢比尸。”

令符射出来的小孔为中心，一道道裂痕向四周扩散，终于轰然崩塌。这时龙爪秃鹰一把抓起了羿令符，羿令符原本落足之地已经变成了一个巨大的洞窟，洞窟深达千尺，黑幽幽的让人看不见最底层的情景。

一股死气从洞窟底传将出来，那个声音道："谁人之天下，谁人之天下？难道现在不是姬轩辕和他子孙的天下吗？"

"原来你也知道。"羿令符道，"看来你已完全被黄帝镇服了。"

洞窟底部的声音怒道："胡说！我刑天除了炎帝之外，不向任何人臣服，就算是姬轩辕也不！"

羿令符道："但是现在，轩辕黄帝的子孙仍然占有这个世界，他麾下的神兽仍然肆虐四方，而你呢，你只能沉睡在这黑暗的地底逐渐被人遗忘，你说你还未死，在我看来你却早已死去了！"

大地忽然震动了起来，那似乎是来自这位上古战神的愤怒！

这时远方传来了一股寒意，寒意之中带着一股可怕的龙气，羿令符心头一震，便知道应龙终于出现了！

"不破有危险！"他心道。

地底的刑天似乎也感应到了应龙的气息，常羊山的震动也越来越频繁，羿令符道："你也感应到了吧，那股气息，就是你们那个时代的最强者——应龙！"

刑天哈哈大笑："我们那个时代的最强者？应龙？它算得老几！当年涿鹿之战，蚩尤只是召来飞廉那头小鹿，商羊那只小鸟，就已经压得应龙无还手之力！如果不是旱魃[1]出手，姬轩辕就要被他累得一败涂地

---

① 旱魃：又叫女魃，她的故事是《山海经》里最惨烈动人的故事。《山海经》中多处记载：蚩尤经过长期准备，制造了大量兵器，纠集众多神灵，向炎帝发起攻击。炎帝不敌，不得不与黄帝结盟抵抗蚩尤，双方在冀州的涿鹿发生大战，黄帝派出应龙攻击蚩尤。应龙是长着翅膀的飞龙，立刻发动滔天洪水围困蚩尤。蚩尤请来风伯、雨师，纵大风雨打败了应龙，黄帝又召唤女魃参战。女魃身穿青衣，头上无发，能发出极强的光和热。她来到阵前施展神力，风雨迷雾顿时消散，大地一片干旱，黄帝终于擒杀了蚩尤。应龙和女魃建立了奇勋，但也因为过度消耗神力，再也不能回到天上。应龙留在人间的南方，从此南方多水多雨。女魃留居北方，从此北方多干旱，她无论走到哪里，都被人们诅咒驱逐，称为"旱魃"。

了！我们那个时代的最强者？呸！”

羿令符也知道应龙其实没有刑天口中说的那么不堪，不过听他竟然将飞廉、商羊两大始祖神兽藐为“小鹿”、“小鸟”，也不禁莞尔。

这时伴随着应龙之气传来的寒意越来越浓，羿令符怕有莘不破有危险，不敢耽搁，冷冷道：“你也就只能过过嘴瘾而已，但你再怎么夸口，也改变不了自己被镇压在千尺山峰之下，而你的敌人却在世间逍遥纵横的事实！我原本以为，你只是身体被镇压，现在看来，你却是连心也已经死了，千年以前那如狂狮、如猛鸷，那连轩辕黄帝也忌惮害怕的刑天，今日已经不复存在了。”

地底传来了长长的低吼，这次地面没有摇晃，但有一种微震遍布方圆百里的地底，似乎是一股怒火被激发了出来，随时可能会掀开地面而爆发！

羿令符道：“怎么？难道我说错了吗？看看天上吧，那一片片的乌云也都服从了应龙的使令；看看这片大地，这里都成了轩辕黄帝子孙的战场，而曾经号称战神的你却只能蜷缩在黑暗潮湿的地底看着与自己无关的这一切就这样发生。你的时代已经过去了，刑天，你还是震塌这常羊山将自己埋葬起来吧。不死族的传说，将永远成为传说了！”

千尺地窟终于传出了怒吼，这声怒吼十分低沉，但蕴含的力量却令常羊山崩成了数片，就连远处的融父山十二连峰也摇晃了起来。

有莘不破和始均厉也感应到了这震动，有莘不破大喜道：“小隽，小隽，快行动！”

他以为是桑谷隽终于要发动移山了，但等了好一会却没有任何动静，玄冰狮头斧中应龙的影子盘旋了出来，离开了狮头斧，成了独立的形态。

“怎么了？”始均厉问道。要对付有莘不破，他原本不打算请出完整形态的应龙，只是打算借助一些它的力量，但这时应龙却自己穿透空间游了出来，龙头的影子望向常羊山的方向，说道：“我有一个老朋友觉醒了。”

应龙的龙角忽然大放光芒，猛地一挣，蹿入云间，千里间的水汽渐渐凝聚，化作了铺天盖地的空中天湖。

有莘不破眼见应龙再次成形，忍不住破口狂骂道："小隽！姬庆节！羿老大！你们都死哪里去了！为什么到现在还不发动！那条长着翅膀的死爬虫又出来了！"

剧烈的地震使那个千尺洞窟越崩越大，地底的黑风呼啸而起，化作刑天的怒吼："后生小子，胡说八道！你懂得什么！"

羿令符道："难道我说错了吗？"

这时整个天空的光和云开始连接并形成双翼巨龙形状，那是应龙之魄牵引天地之力而形成的云气龙身。

羿令符道："看来，它已经感应到了你的存在。刑天，如果你害怕应龙就赶紧将常羊山整个儿震塌，将自己埋藏起来，我想应龙再怎么，也不见得会将你从千尺地底下挖出来鞭尸。"

这一次，地底传来的不再是怒吼，变成了大笑："哈哈哈，哈哈哈……"

羿令符道："你笑什么？"

刑天长笑不止："我笑什么？小子，你用我留给我后裔的遗物将我惊醒之后就不断激怒我，为的是让我去替你对付应龙吧？"

羿令符忽然沉默了下来。

在千年的传说当中，刑天乃是一个如同地火喷涌般易愤怒的无敌神将，然而看他在狂怒之下却还能转为冷静，并一下子就洞悉了自己的图谋，羿令符就知道自己错了。

神一般存在的千年英雄，岂是这么容易能被人玩弄的？

就在羿令符黯然之际，刑天却忽然说："小子，虽然你的激将法失败了，不过我仍然可以帮你，只是有个条件。"

"什么条件？"羿令符精神一振。

刑天道："你手中拿的那柄剑，是从我的后裔处得到的吧？"

羿令符道："是。"

刑天道："我虽然长眠地底，却也感应得到我不死族的血脉如今已经断绝。我自身长睡在这常羊山下，有我自己的选择，但不死之族的族统，却不能因我而断。小子，你，我想与你做个交易。"

"什么交易？"

刑天道："你的身躯雄壮中蕴藏暴烈，很对我的胃口。我可以帮你击退应龙，但你必须答应我，为我传衍不死族的族统。如果你在盛年之时死去，则你要交出你的身体，如果你年老寿终，那么就交出一个与你有同等体质的子孙！"

羿令符道："你要我为你传衍不死族的族统？但我既不是女人，可以为你生育儿子，身上又未曾流有不死族的血液，如何能为你传衍族统？"

"不需要那些。"刑天道，"我不死一族族统的传衍，不一定要通过男女生殖，只需要通过感染即可，常羊氏其实也不是我的后人，只是他们守墓既久，终于出现了与我能够产生共鸣之人，受我感染，便埋下了不死族的血因。"

"感染？"羿令符不大理解。

"你不需要懂得，你只需要答应。"刑天道，"应龙已将成形，你没有多少时间考虑了。"

一股上古元气从地底涌出，向羿令符卷来，羿令符心头一动，令龙爪秃鹰放开了自己，纵身投入那深不见底的黑暗洞窟之中。

在应龙冲天而起的刹那，有莘不破趁机脱离了始均厉的掌控，他感应到常羊山方向有一股巨大的力量在涌动，便迅即飞驰而去。始均厉见状从后赶去，这时应龙云体也正朝常羊山方向转移。

到达常羊山后，有莘不破和始均厉不由得都吃了一惊。巨大的山体这时候已经崩裂成七八块，中央有一个直径十余里、深不见底的黑洞，洞口卷来凛冽的罡风，那令人望而生畏的深邃黑色，就连有莘不破与始均厉这样的眼力也看不透。黑洞之上盘旋着一头龙爪秃鹰，有莘不破心道："这事果然与羿老大有关，只是不知道他哪里去了。"

应龙轰轰轰的声音从云间传来："刑天，你还没死吗？"

千尺深洞中传来刑天的狂笑："死？谁能杀得死我！就算是天崩了，地毁了，那造化的洪流也灭不了我的不死之身！"

一条雄壮的身影从黑洞中冉冉升起，任是有莘不破这种从小就听过刑天传说的人也忍不住吓了一跳：从地底中升起的这个男人没有头颅，他双乳暴睁，变成了双目，肚脐横裂，变成了血盆大口。他已经不知道在地底沉睡了多少年，腰间那一条黑漆漆的虎皮裙已经变成黑色，而且烂得只剩下一截，除此之外浑身赤裸，就连双手中的一对兵器——那对威震千古的干戚[①]似乎也破烂不堪了。

他似乎是刚刚从十八层地狱爬出来的饿鬼，然而双目寒光射处，却连神魔也要战栗！

"刑天！真的是刑天！"有莘不破一时间忘了抑郁，欢呼高叫了起来。他离家出走时就决定要会遍天下英雄，但也万万没想到有机会遇见千年前的战神。

刑天怪眼一横，道："小子，你是谁！"

有莘不破叫道："我是羿令符羿老大的小弟，从小就听你的传说长大的有莘不破，刑天大神，天上那只长着翅膀的爬虫可恶得很，你快挥干戚劈了它吧！"

刑天呵呵一笑，猛地一冲跃到了云间，抡起斧头就往应龙云体斩去！

应龙本非实体，但刑天的战斧却连云气都能斩断！应龙云体阔达百里，战斧不过数尺，但发出的威力却劈断了覆盖面最广的左翼。斧光到处，左翼云气风消云散，化作了一阵甘雨。刑天身形一转，盾牌横扫，又劈断了右翼，云气化成水倾泻下来，冲成了一个巨大的地面湖泊。云气没有疼痛神经，应龙虽未感到疼痛，却气得雷声更响。

刑天哈哈笑道："现在变成没翅膀的爬虫了。"

有莘不破叫道："大神你将它的头、角、爪子也劈了，那它就变成一条蚯蚓了！"

---

① 干戚：即盾牌与战斧，干是盾牌，戚是战斧。

刑天哈哈笑道：“好主意！”

应龙怒道：“刑天，你欺人太甚！”龙口一呼，一股云气喷出来，化作一条垂天瀑布，从千丈高空直冲下来，力道足以劈开山岳。

刑天以神盾护体向上冲去，巨大的冲击力将他反冲下来，冲到地面后连大地都承受不住形成一个巨坑，连岩石都被这水力冲得粉碎。

有莘不破见了这等威势吃了一惊。应龙两翼云气重新凝聚，龙口一呼，又是一道垂天瀑布从天而降，冲入那个巨坑之中。

应龙呼道：“厉！借给我你的寒气！”

始均厉将寒冰之气冲天发出，应龙借了这寒冰属性，再喷一口龙气，整个巨坑都冻成了万载不化的寒冰。

有莘不破怒道：“你不是号称无敌神兽吗？打架也要帮手，无耻！”

地底却传来了刑天的大笑：“不要紧，不要紧！”

冰面猛地破裂，斧光中刑天已经冲天而起。应龙双翼一动，形成了一场席卷百里的暴风雨，暴风如刀，寒雨如针，将刑天卷在了整场风雨的核心。

刑天仍然以神盾护住正面，背脊任他风雨冲刷，片片死皮在风刀雨针中卸下，却又很快就长出新的皮肉来。应龙鼓动下的暴风雨迟迟不歇，大风刮了半日有余，大雨下到夕阳西下，这才渐渐平缓下来。刑天在风雨中被冲刷得全身赤裸，但握干戚的双手却没有丝毫放松，在风雨转弱的刹那又一次跃到空中，战斧一抡将应龙云体劈成了两半，神盾一扫切落了那对龙角。

应龙发出了惊鸣，地面的水滴汇聚成流，接着逆天而上，云间电光闪闪，天雷滚滚。

一道道的雷光劈下，形成了一个狂雷天牢。太阳已经下山，星月都被厚厚的云层遮住，方圆数百里的大地漆黑无比，在这样的黑夜中，在云层与大地之间却有一团巨大的蓝光——那正是雷电汇聚之处。

每一刻都有上百道雷电在这个区域撞击，狂雷天牢的核心也不知道会达到什么样的热度，更不知道雷电互击会形成什么样的变异——在变异的电光球体中似乎连时空都被扭曲了。

千里之内的百姓，无论北狄还是华族都朝着这个地方顶礼膜拜，多么可怕的天地之威！

刑天却仍然以那个简单的姿势飘浮于天地之间，神盾护住了他的正面，背部任凭雷电击打，雷电将他的皮肉都电得焦黑糜烂，空间变异将他整个人都扭曲了起来，甚至连骨头都能看见了。

这个夜晚，西北的天空轰击了十万天雷，在这种密集的雷电攻击之下，就算是蛊雕之类的千年老妖也要灰飞烟灭！

但是，当朝阳初升，刑天又完好无损地出现在云层之下，右手战斧一抡，竟然劈开了狂雷天牢，接着一跃跳上云层，仍然是战斧一斩，又将应龙云体切成了两半，神盾横劈，切断了整个龙头。

应龙的神通千变万化，但刑天却永远只是神盾护体、战斧劈敌，来来去去就是几个简单到不能再简单的动作。但他的神盾能够抵消任何攻击的大部分威力，战斧又能劈斩任何物体，冰可以劈开，山可以劈塌，连雷都可以劈断！

这种在简单中潜藏无穷力量的战斗方式，正是有莘不破的最爱，他一瞬间从刑天的招式中领悟到了武道至简的道理，忍不住手舞足蹈起来。

但天地间感到兴奋的不只有他一个人，刑天此刻似乎也十分兴奋，他干戚狂舞，将整个天空搅成混沌，云层大乱，溃不成形。应龙发出了哀怒的狂啸："刑天！刑天！难道你真的不死吗？"

刑天的笑声紧接着响彻天地："难道你到现在才知道吗？"

应龙怒道："夸口！若不是我形体不在，只存魂魄，你休想支撑到现在！"

刑天哈哈笑道："若你是实体，现在早在我干戚之下死了七八遍了，还能在这里饶舌吗？"

一人一龙所发动的战争这时已经波及千里，别说农耕作物，连草原也支持不住。始均厉担心祸害会波及自己的部族，向应龙发出了呼唤，不想再持续这场势必两败俱伤的战争。

但应龙却已经彻底暴怒，根本不理会始均厉的呼唤，将天空中的水汽凝缩，越缩越是密集，形成了一滴千钧的可怕重水。将整个天湖变成只有数十丈厚的重水，其密度可想而知，在这样的重水压力下，就算是金刚石也经受不住，但刑天却仍然双目怒睁，这样的重水，竟仍然无法毁灭他！

可如果让刑天干戚舞动、重水破裂，云下的这片土地是否能够挡住重水的倾泻？

“龙祖，龙祖！”始均厉高叫道，“不要再战了，不要再战了！”

应龙却厉声喝道：“不杀刑天，我誓不回去！”

但重水之中竟然传来了笑声——那是刑天的冷笑，冷笑声中，数十丈的重水竟然出现了裂缝！

应龙发出通天彻地的长吟，长吟声中混沌形态的云层猛地收缩，千里方圆天地间的水汽都被吸引了过来，祁连山和昆仑山的冰皮都在弱化，自渭水以至于相柳泽，大地都因为丧失水汽而龟裂，至于花草、作物，更因失去了水分而干瘪！

“北荒之魔，千里冰界！”

这样可怕的威力一展现出来，邰城姬庆节大惊失色，满城百姓都痛哭了起来，就连始均厉也露出骇然之色。眼看应龙这一招施展出来，这片大地非遭遇持续经年的干旱不可，在可怕的干旱面前草原也可能沙化，游牧民族也将面临灭顶之灾。

这一场决战再继续下去，整个天地会被摧折成什么样子，谁也无法想象！

就在这时，东南方向突然泛起一道光华。那是阳光吗？阳光也没这般温暖。那是月光吗？月光也没这般温和。

应龙迟疑了一下，就这片刻间，一切都改变了。

那道光华所到之处，重水开始软化，被应龙强夺的水汽渐渐回归，干瘪的草木重新焕发生机，绿草吐籽，鲜花出蜜，散落在山野阡陌间的五谷果实瞬间成熟。

正在死斗的刑天和应龙同时低头，便见到踏云而来的那尊如梦如幻的始祖幻兽。

麒麟。

刑天不死的秘密

麒麟的出现打乱了整个战局。

在重水软化的瞬间，刑天劈开了重水，重新跳起，剁碎了龙角、龙筋、龙鳞，天空的云气越发混乱，应龙之魄也已到了承受的极限。可它还要拼尽最后的力量，杀刑天以维护它的尊严。

刑天可以劈砍它千百次，但云气却可以重构千百次，应龙可以困刑天千百次，却总是无法将他杀死，二者所迸发出来的力量余威，就连麒麟也无法靠近。可要是让他们这般不死不休地继续战斗下去，只怕这片大地也将无法承受他们那不死不绝的力量。

一个声音从暗黑的洞窟中蹿起，有莘不破认出那是羿令符，惊喜叫道：“羿老大！”

羿令符身上似乎凝聚着一股异样的气息，张弓瞄准了应龙，叫道：“刑天大人，让我用死灵诀来送它回去！”

刑天却已经被挑起了战意，杀得兴起，怒喝道：“滚开！别妨碍老子宰应龙！”战斧一带竟然劈向羿令符，羿令符吃惊闪开，死灵诀便无法发动。

应龙以云气聚成硕大无朋的龙口，叫道：“我吞了你这疯子！”一口将刑天吞灭，正要利用湿气腐蚀掉刑天的躯体，猛地整个云体破裂开来，却已是被刑天狂舞干戚，从内部斩成粉碎！

狂笑声随即传出，但见一尊无头天神傲然挺立在云层之上，将粉碎了的应龙云体踩在脚下，居高傲视整个大地，叫道：“杀，杀，杀！”

杀气所及，无论是始均厉还是姬庆节都战栗难安，唯有有莘不破跟着大叫道：“爽快，痛快！杀，杀，杀！”

部城之内，忽而传来了一个老者温和的声音：“刑天，千年前的承诺，你忘了吗？”

这个声音充满了一种谐和的韵律，麒麟跟着发出一声仁慈的鸣叫，刑天猛的全身一震，渐渐冷静了下来。

邰城那位老者道：“轩辕黄帝答应过你，会善待所有东方的子民，会将融入炎黄部落的东夷后人视如己出。千年以降，轩辕黄帝已经实现了这个承诺，当初正是这个承诺，让你的心脏停止了跳动。如今炎黄两族已经融为一体，姬姜两姓早已水乳交融，为什么你的心反而要重新不安起来？”

刑天“啊”的一声大叫，似乎想起了什么，不死的身体忽然瓦解，化作一团血气，瞬间夹带着干戚回缩到那黑暗的千尺地窟之中。

麒麟一踏脚，大地弥合，将千尺地窟填平，支离破碎的常羊山也块块飞起重构，一切似乎又恢复了平静。

有莘不破呆了一下子，羿令符却率先反应了过来，张弓对准了正试图再次聚拢的应龙云气，喝道：“回去吧！”

死灵诀发出了来自洪荒的召唤，应龙发出一声哀吟，消失在了空间扭曲中。

始均厉眼见功亏一篑，心下懊恼。他怕大营有失，当机立断，不再去顾麒麟和有莘不破，转身回营。

有莘不破叫道：“麒麟，快跟我追赶敌人！”

“放他去吧。”那平和的声音，也不知道是来自麒麟，还是来自邰城内的公刘。

“应龙被羿老大送回去了，敌人虚弱到了极点，现在正是斩草除根的大好机会！”

麒麟和公刘合声道：“草根是斩杀不尽的。正如刑天之尸，永远也不可能因为暴力镇压而死去。”

有莘不破道：“就算刑天不死，却不也被你用山镇压住了吗？”

麒麟和公刘合声道：“冰境困不住刑天，雷狱困不住刑天，重水困不住刑天，区区一座常羊山就能困住刑天？”

“那……那……”

“你还不明白吗？让刑天平静下来的，不是轩辕黄帝的镇压，而是他‘仁’的承诺。”麒麟和公刘合声道，“轩辕黄帝战功虽然煊赫，但奠定他万邦族祖地位的，却是他在战后的仁德，使邦内上下相亲，使民德归于淳厚，使炎黄、蚩尤合而为一。不是常羊山镇压住了刑天的千古战尸，而是一念之仁消解了刑天的杀伐之气。这是我们华族能鼎定中原的原因。若是一味暴虐，那我们和胡化了的始均厉又有什么区别？你别忘了，始均厉也曾是华族血脉。”

有莘不破“哼”了一声，也不知道是否已被说服。

这时始均厉已经退远，麒麟一个回旋，携带了有莘不破向邰城方向飞去。

有莘不破在麒麟的仁性祥光中真力渐复，向下俯望，只见麒麟祥光所到之处，万物皆欣欣向荣，心道：“这和江离的‘璇机浑天诀’完全不同，也不属于四大宗派任何一系，大概是姬家的祖神妙法吧，不知他是如何做到的。”

麒麟经过融父山十二连峰大阵时，也不停下，继续南飞，并将祥光撒下，邰人所种植的五谷作物加速生长，不过片刻就结穗待收。

“原来如此，”有莘不破心道，“姬庆节说他父亲在储备粮食，原来是这样储备的。”

麒麟飞得不快，但一口气飞了一天一夜，飞出三百里，脚下便是三百里的丰收。有莘不破借助麒麟的祥光，真力已经完全恢复。接着他感到周围的空间一阵扭曲，知道麒麟要回去了，纵身跳下，空中揖拜，以示敬意。

空中的祥光消失以后，有莘不破举目南望，只见还有一二百里的土地未曾受惠，向北走出一段路程，俯身摸了一下田中的麦穗，也只成熟了九成，心道：“这次催熟来得仓促了。”

一路北行，有莘不破竟是越走越慢。公刘既然已经出关，己方的实力明显已经胜过北狄，因此邰城的安危是无虑的了。然而他心中隐隐有些担心，总觉得这次回到邰城会发生不愉快的事情。

但是路再长，也是经不起走的。

邰城的南门，终于还是到了。城中到处是欢呼声，有莘不破不用问人，从人群中传出来的高声欢叫也明白了：北狄已经退军了。

“我还是没改变什么。”有莘不破心道，“部人大概还是会按照公刘的意思东迁吧。”

他也不去覆翼小筑了，直接前往有穷车阵。还没进辕门，一个人匆匆跑了出来，不是羿令符，不是雒灵，也不是芈压，而是姬庆节。

姬庆节挽住他的手，叫道：“没事吧？”

“没事。”

两人走着，姬庆节道：“我回到融父山十二连峰大阵，桑兄竟然不在。我当时就知道要坏事。看见旋风突起，赶紧请爹爹提前出关。”

有莘不破点了点头。回邰城这段路上，对这次的事情他早想了无数次，姬庆节所说和他所猜的相去不远，也不问别的，道：“桑谷隽回来了吗？”

“回来了。但一直不开口，要等你回来再说。”

“他没受什么伤吧？”

“看样子应该没有。”

“那就好。”

两人走到车阵中心，羿令符、燕其羽和芈压已经在那里等着了。有莘不破立定，桑谷隽才慢慢走过来，脸色很不好看。

有莘不破一直面无表情，见到桑谷隽突然冲了过去，揪住他就打：“你小子干什么去了！你知道我差点被你害死了吗？”

桑谷隽挨了他两拳，也不还手。

有莘不破怒道：“干吗不还手！”

桑谷隽道：“我连累你遇险，虽然不是有心的，但也该挨你两拳让你消气的。”

有莘不破放开了他，心中反而更加沉重。他是希望桑谷隽打还他的，那样吵吵闹闹一阵子，便什么事都丢开了，却没想到桑谷隽会这么认真。

芈压在旁边道：“不破哥哥，桑哥哥一定不是有意的。”

“这个我知道。”有莘不破问桑谷隽道，“你到底遇到什么事情了？如果不是大事你不会这么没个交代的。”

桑谷隽不回答他，反而说道：“雒灵呢？我有话问她。”

有莘不破一呆，看着羿令符，旁边芈压道：“雒灵姐姐在休息。”

有莘不破道：“她大概很累吧。有事发生，我们几个搞定就行了。”

“不。”桑谷隽摇头道，“我有事问她。你请她过来一下。”

“到底出了什么事情？”

“我只是有几句话问她。”

芈压道：“我去叫雒灵姐姐。”

“芈压你站住。”桑谷隽看了有莘不破一眼，“不破，你去吧。”

有莘不破见他这个样子，心下越发慌了，不得已，只好去找雒灵。其实车城才多大的地方，桑谷隽说话时又没故意把声音放低，以雒灵的灵敏，早该听到了。

有莘不破惴惴不安地敲松抱的门，门开后，起身开门的雒灵又躺了下来。

“灵儿……”有莘不破想起这次战斗九死一生，回来后见到情人，却是这样的场景，心中满不是滋味，“桑谷隽说有点事情问你，出去一下好吗？”

雒灵转了个身，闭上了眼睛。

“你累了？”见雒灵点头，有莘不破再次走到车城中心，道，“她好像精神很不好，要不……”

桑谷隽截口道：“她要是走不动，你抱她过来吧，我问几句话而已，不会让她费多少精神的。”

燕其羽见一向温柔斯文的桑谷隽突然变得这样执著，脸上尽是讶异的表情；姬庆节自觉和这些人的关系比较疏远，又不知发生了什么事情，不知如何介入，表情不免尴尬；芈压年纪小，遇上这些事情不知怎么处理，就拉了一下羿令符的袖子，羿令符却不理睬，似乎不想理这件事情。

有莘不破正左右为难，松抱响起了开门声，雒灵赤足走了过来。车城中心有一堆灰烬，是昨夜放篝火烧剩的，雒灵就在灰烬旁边坐下，对谁也不看一眼。

桑谷隽看着她，良久才道：“我二姐，你是见过的。”

雒灵迟疑了一会，终于点了点头。

桑谷隽道："我大姐的事，想必你也知道。"见雒灵再次点头，桑谷隽道："那我就不废话了，一句话：如果我找那女人报仇，你帮谁？"

雒灵看着没有半点火星的灰烬，不点头，也不摇头。

桑谷隽踏近一步，大声道："这就是你的回答吗？"

有莘不破一步跨过来，拦在两人之间道："你对女孩子说话，干吗这么大声？"

桑谷隽看看有莘不破，再看看雒灵，冷笑着也不说话。

有莘不破道："你今天吃错药了吗？还是在那大祭师的阵形里受了心伤还没好？"

"心伤？"桑谷隽笑得有些无奈，"我的心早就伤了，自从我大姐被你们川外人害死以后。"

有莘不破忍不住道："你胡说八道什么！以前你躲在巴国，对川外人有偏见我也不怪你。但我们相处这么久，你居然对我说这样的话！"

"这样的话就受不了啦？"桑谷隽冷冷道，"如果有一天我要杀雒灵，你帮谁？"

有莘不破脸色大变："你胡说什么！你……你到底遇上什么事？"

"我说了这么久，你还没听明白？"桑谷隽冷冷道，"我遇见仇人了，害死我大姐的仇人。"

芈压急叫道："在哪？是谁？"

桑谷隽冷冷道："在哪已不重要了。至于是谁，你们何不问雒灵？"

雒灵突然起身，谁也不理，径往松抱走去，然后开门进车。

有莘不破手足无措，忍不住望向羿令符，羿令符却低着头，似乎什么也没听见。有莘不破叫道："老大，你就不能说两句话？"

羿令符淡淡道："说了就有用吗？"

芈压道："羿哥哥，你就劝劝吧……你们不要都这样好不好？"

羿令符看看芈压难受得要哭的样子，叹了一口气，道："其实我也不知道发生了什么事情，不过……"他对桑谷隽道："杀害你姐姐的人，是雒灵的……师姐？"

桑谷隽斩钉截铁道："不错。"

有莘不破咬着嘴唇，不知如何开口。

羿令符道：“那你打算怎么办？”

“报仇！”桑谷隽道，“没什么打算，就是报仇！”

“如果雒灵……”

桑谷隽截断了他的话头：“谁拦我我就杀谁！或者……或者让那人把我杀了。”

芈压嗫嚅道：“会不会弄错了？”

桑谷隽冷笑，羿令符道：“应该不会。其实……这事情我们早该想到了。”

所有人都惊疑地望着他，羿令符道：“我曾听说，夏王最得宠的妃子，和心宗很有关系。”

有莘不破叫道：“那你又不早说！”

“早说又怎么样？”羿令符淡淡道，“这些事情，早在我们几个相遇之前就已经发生了。”

有莘不破手足无措，桑谷隽道：“行了，事实如此，我们也没什么好说的了。不破，我问你一句：我报仇，你是要帮我，还是要阻我？”

芈压道：“桑哥哥，你叫不破哥哥怎么答应你？”

“我也知道他为难。可事情到头，由不得我们回避。”桑谷隽道，“不破，这件事情，我也不盼你能帮手了。不过你最好置身事外，我可不希望对战那个女人之前和你拼个你死我活！”说着他转身迈步，有莘不破叫道：“你去哪里？”

“东方。”桑谷隽停下了脚步，道，“和你们一起的日子虽短，但很开心。可惜啊，日子回不去，也没法子停下来。”他望了燕其羽一眼，想说什么，却终于没有开口。

看着桑谷隽向无碍走去，有莘不破的心不住地往下沉。这一刻，他突然想到了另一个伙伴：“江离……要是你在就好了。”

知交半零落

雒灵取出小水之鉴，镜里是另一个雒灵。

雒灵道："我该怎么办？"她没有开口，用的是心语，然而镜子竟然能把这句话反弹回来。于是她又自己回答小水之鉴反弹回来的话。

"嗯。我也不知道该怎么办啊。桑谷隽要报仇不关你的事，但如果不破开口让你别管这件事，你真的就不管吗？"

雒灵道："一边是不破，一边是师姐……虽然我听出师姐的心声和小时候听到的很不一样，但她毕竟是我的亲人。师父，师姐，山鬼，刑鬼……她们都是我的亲人。不破，我遇到他才多久。"

"可你自己也知道的，这个男人对你来说，不是认识多久的问题。"

"嗯。"雒灵道，"就算只认识他一天，我大概也会很迷惘吧。可问题是，我总抓不到他的心。我不知道他在想什么，不知道他是不是真的紧张我。你说，如果我和桑谷隽打起来，他会怎么样？"

"你最好不要玩火。你知道的，桑谷隽是他的好朋友。就算不破为了你而和好朋友反目成仇，只怕事后他也很难再开开心心地陪着你了。"

雒灵叹道："我也知道的。可我多希望他能告诉我我对他有多么重要，比他的朋友重要，比他的儿子重要，比所有一切都重要。其实我也不是真的要他为我抛弃这些东西，我只是想听他这么跟我说。要是有一天我能听见他这样对我说……"

"可是他却一直没说。"

"嗯。"雒灵道，"男人的心都是这么难以捉摸的吗？我跟他之间一直太太平平的，没发生什么可以考验他对我如何的事情，唉，当初被燕其羽抓走的为什么不是我？我自己弄出些事情来，想看看他的反应，可惜血池那次被那个叫天狗的僵尸破坏了。而最近这次……你说他到底是紧张我，还是紧张他儿子？"

"这种事情，很难说吧。"

“嗯。”雒灵道，“他那么强健，那么富有，那么尊贵，那么年轻……男人该有的他全有了。可他却不能让我感到安全。唉，其实那些都不重要，我要的只是他的一句话而已。可他在我面前，却从来不谈我们两个人的事情，总是跟我谈他的朋友，谈外面的事情——那些和我又有什么关系？我宁可他……”

松抱的车门呀的一声，雒灵手一晃，把小水之鉴收了起来。

有莘不破走了进来，对着她半晌无话。

“我们……”有莘不破终于开口了，雒灵低着头，手心却抓紧了袖子。只听有莘不破说：“桑谷隽的事情，我们不要管了好不好。”

雒灵的眼神登时黯淡下来，有莘不破却没有察觉，继续道：“我知道让你不要帮你师姐，或许有点说不过去。但这一次从道义上来讲，怎么也是你师姐的错。对桑谷隽的姐姐抽丝剥茧，这么残酷的事情也做得出来！我……”他话没说完，雒灵已经躺下，翻了个身背着他。

见她这个样子，有莘不破也说不下去了。从天山千里跟踪而来，江离没救出来，却陷入和北狄的斗争中难以脱身。好不容易有大获全胜的机会，偏偏又因为桑谷隽的事情而功亏一篑。他喜欢自由，也喜欢热闹，眼见江离还没找回来，连桑谷隽也带着手下走了，心情恶劣到了极点。好不容易收拾心情，进来和雒灵好声好气地商量，谁知又碰了一鼻子的冷灰。

两个小情人一个望着对方越想越生气，一个背着对方越想越不安。雒灵正要回身，却听有莘不破叫嚷道：“好啦好啦！都不知道你们这些娘们的小心眼是怎么想的！”说完他一推车门跳出去了。

他心情烦躁，先想起江离，再想起桑谷隽，两人却都不在，不得已去找羿令符，鹰眼中竟也空无一人。他绕着有穷车城走了一圈，燕其羽也不在，只有芈压搂着驺吾睡着了。

有莘不破走出辕门，有穷之外却是一片繁忙的景象：邰人已经接到公刘旨意，只等五谷熟透便要动迁，此刻正纷纷准备着搬家的事宜。

有莘不破埋头乱走，光线昏暗中也没什么人注意他。一个不慎和某人撞个正着，两人同时道：“对不起。”抬起头后又同时一怔：“是你！”

燕其羽坐在东段的城墙上，抚摸着手中的白羽。

“在担心川穹？”

燕其羽没回头就知道是羿令符，心中一叹：“为什么又是他？”

羿令符在燕其羽身后立定，一双鹰眼仿佛能看破黑暗，直达东方。

“我感到我的白羽远在千里之外！”燕其羽道，“那晚离开之后，他就再没回来，怎么会突然出现在那么远的地方？”

羿令符道：“你不用担心。川穹是洞天派的传人，只怕天底下能害他的人没几个了。”

“没几个？”燕其羽道，“我听说，夏都就有好几个。”

“有好几个，却不见得会对他动手。”

“那为什么到现在还不回来？莫非生我的气？”

“生气？”羿令符奇道，“他为什么生你的气？”

燕其羽登时语塞，改口道：“没什么。”

“我看你还是跟我们一起东行吧。我有预感，跟着我们和川穹会再次遇上。”

“东行……”燕其羽道，“有莘不破的身份，我也是知道一些的。你们不转个方向吗？比如北方。”

“我想的。”羿令符道，“可是不破只怕不肯。”

有莘不破抬起头来，原来自己撞到的却是姬庆节，听他说：“你怎么走路这么不小心。”便反诘道：“你还不是一样。”

“我没走动。”姬庆节道，“我一直站在这里。”

有莘不破道：“你若不是也在走神，见我走来，就不会叫我一声？”

姬庆节笑道：“说的是。”

有莘不破道：“现在北狄已退，什么事搞得你心不在焉的？”

姬庆节一阵黯然，道：“别说我，你呢？”

“还不是为了朋友的事情。”有莘不破道，“我就是不明白，大家的心怎么老想不到一块去！”

“是啊。”姬庆节道，“听说心宗能看破别人的心事，甚至能左右别人的思维——要是我也能这样就好了。”

有莘不破奇道：“你要窥破谁、左右谁了？”

“没什么，胡说八道而已。”姬庆节脸上一热，岔开话题：“我们大概还要等个十天半月才能收割城外粮食，没意外的话，一个月后便举城东迁，你们呢？”

有莘不破道：“我们明天就走。”

“明天？这么快！”

“不快了。”有莘不破道，“我们虽然没能给北狄来个断根，但这次也重创了他们，你爹爹又已经出关，短时间内始均厉是不敢再来了。我们再逗留着不走，只是白消耗你们的粮食罢了。而且江离还等着我们去救呢。”

“本来我应该跟你一起去的。”姬庆节甚是愧疚，“但明天的话，只怕实在还走不开。”

“你的心意我领了。”有莘不破拍住他的肩膀，“就是你走得开，我也不能带你去夏都冒险。”

姬庆节道：“你有几成把握？”

“一成也没有。”

姬庆节大吃一惊：“一成也没有，那你还去？”

“我去，也只是去碰碰运气。”有莘不破笑道，“你知道，我这人运气一向很不错的。”

“可是……”

“我一定会成功的。”有莘不破笑道，“而且我一个单身汉，逃起来也容易。夏都高人不少，只怕胜过我的也有几个，但要想把我捉住，嘿嘿，只怕没那么容易。”

姬庆节惊讶道：“单身汉？你打算一个人去？那羿令符他们呢？”

“去夏都不是硬碰硬，人多了反而不好。”有莘不破道，“有穷的队伍必须有人带回去，而且雒灵怀着孩子，没有羿令符护送，我怎能放心？”

姬庆节踌躇道：“你能不能等等？”

“等什么？”

“等我把这边的事了了……”

有莘不破摇头道：“我在这里已经耽误太久了。再等下去，江离不知道会被都雄魁折磨成什么样子。再说，你们迁到豳（bīn）原[①]，马上要着手重建家园，怎么能腾得出手来！”

“可是……”

有莘不破笑道：“别再说了！再说你就是看不起我了！我停下帮忙，难道就是为了图你的回报？再说，万里山河都走过来了，就不信一个小小夏都便能困住我有莘不破！”

姬庆节听他说得豪迈，便不再说什么。

有莘不破道：“等我救回江离，再一起来豳原找你喝酒。”

“好，”姬庆节微笑道，“我也一直想见见你的这个朋友。他一定……”

突然远处百十人高呼欢叫，把姬庆节最后半句话盖住了。有莘不破道：“那些人在干什么？”

姬庆节眼中一阵黯然：“办喜事。”

“喜事？”

“嗯。”

“一个巫妓找到了一个好归宿。这可能是邰城最后一次办喜事，所以左邻右舍不管识与不识都去恭贺一番。现在大概在闹洞房了吧。”

“哦。”有莘不破没怎么注意姬庆节的眼神，呆呆望着那些灯火，道，“希望这是个好兆头。”

---

① 豳原：今天陕西旬邑一带。据历史文献记载，夏末的时候，周族的远祖公刘率族从邰（甘肃庆阳）迁豳，在这片陌生的土地上，公刘细致地考察了山川形势，为自己的族人在水土适宜之处规划营宅。公刘的这次勘查，也成为我国住宅阴阳学说的最早记述。豳原即公刘勘测选定的灵秀之地，在这里诞生了华夏民族新的文化基础。有了这里，才有后来周文王的祖父古公亶（dǎn）父迁都岐山，文王访贤，武王伐纣，周公制礼。

第四章
商国储君有莘不破独身闯夏都

英雄所谋

羿令符问燕其羽："桑谷隽走的时候，你有没有去送他？"

燕其羽摇了摇头。

羿令符道："他应该很希望你去送他的。"

燕其羽道："他也是到夏都去？"

"嗯。"羿令符道，"据说当初曾有高人在川口拦住了他，但这次，多半再难有什么人能挡他的驾了。"

燕其羽道："那他会不会很危险？"

羿令符微笑道："你蛮关心他的嘛，桑小子知道了一定很高兴。"

看着羿令符的笑容，燕其羽竟然怔住了。

"怎么了？我脸上沾什么东西了？"

"没……不是。"燕其羽道，"我好像从没见你笑过。"

"哦，是么。"羿令符道，"年纪大了，脸上的肌肉也僵硬了，就没年轻的时候笑得多了。"

"年纪大了？你今年多少岁？"

“忘了。”

燕其羽瞄了一眼他那乱糟糟的胡子：“如果你把脸刮干净……”

羿令符抢着道：“刮干净了，人家会不认得我的。”

燕其羽扑哧一声笑了，跟着又怔住了。

“怎么了？”

燕其羽道：“我好像也很久没笑过了。还是说我从来没笑过？”

“不会啊。”羿令符道，“在剑道那次，我就听你在天上笑得很大声。嘿，连有穷饶乌也不放在眼里，那时候的你，可狂妄得很呐！”

燕其羽双眉一扬，手中羽毛飞出，在城墙外刮起一阵旋风。

羿令符微微一笑，道：“你好像找回一点当初的锐气了。”

燕其羽摇头道：“找不回来的，过去了的，永远找不回来的。”她手一扬，白羽飞回，旋风止息：“不过，我至少要抓住现在的自己。”她顿了一顿，道：“你刚才好像邀我一起东行？”

“嗯。”

“好，我答应了。”

羿令符道：“虽然我很希望你能同行，但能知道为什么你会这样决定吗？你是想去救江离，还是想去帮桑谷隽？”

“都不是。”燕其羽的眼神也变得锋锐起来，“我只是想看看，那个威震九州的大夏王都究竟是个什么样的龙潭虎穴！”

羿令符静静地看着燕其羽，晚风虽劲，却拂不乱她的短发。

燕其羽忽然道：“你说川穹现在在想些什么呢？”

“不知道。”羿令符道，“不破和桑谷隽在想什么，我总能猜到大半，但你弟弟川穹，还有江离，他们的心思，我却总拿捏不准。”

“宗主，在想什么？”

听见河伯东郭冯夷的叫唤，江离回过神来，道：“哦，没什么。”

河伯不敢再问，只是禀道：“宫里的人传出话来，娘娘已经醒来了。这是娘娘让人交给宗主的书信。”接着手一呈，一道水莲花托着一截龙骨飞到江离面前。

江离接过龙骨，弹开一层香料，显出若干字迹来。

东郭冯夷道："娘娘有什么吩咐吗？"

"不是。"江离道，"她是给我带来了一些西陲的消息。"

"西陲的消息？娘娘怎么会知道？"

"这点我们无须知道。"

东郭冯夷忙应道："是。"

江离道："如果娘娘所传达的信息确切，那么有莘不破他们也该出发了。"

"出发？回亳都吗？"

江离面向西方，道："应该不是。我想，他大概会来王都。"

东郭冯夷惊道："他敢来？"

"他没什么不敢的。"江离叹道，"如果他能理智一些，也许一切都会不同吧。"

东郭冯夷不知道江离在感叹什么，却也不好问，只是道："既然如此，我们就在王都以逸待劳。"

"不行。"江离道，"我们必须在甸服边界截住他。"

"为什么？"

江离道："有莘不破要来王都是他自己的想法，不见得所有人都会同意他这么做。五百里甸服藏龙卧虎，不知隐匿了多少倾向于东方的高手。有莘不破做事不严密，多半没法在五百里的行程中藏好自己的身份。"

"他暴露了身份又怎么样？"

江离道："他一暴露身份，就会有人阻拦，会有人去通风报信。别人无所谓，如果是被我那师伯抢在前头，或者季丹洛明闻讯赶来干涉，都会令事情徒增变数。"

"我知道宗主的意思了。"东郭冯夷道，"咱们就在甸服边界把他抓了。我这就去传令。"

"传什么令？"

东郭冯夷道："到卿府请令。宗主，是要调动王师，还是直接从边境遣将？”

“调兵遣将干什么？”

“捉拿有莘不破啊。有穷商队人虽不多，但却是一支劲旅，怕要五千精兵才能压制住。寻常兵卒，一万人也未必能困死他们。各处隘口严防密守，估计要动用六万到八万人。”

江离淡淡道：“捉一个莽夫，何必这么大费周章？再说，他也不是动用军队便捉得住的。”

“那宗主的意思是……”

江离喃喃道：“桑谷隽知道了仇人的踪迹，多半再难在有穷商队待下去。燕其羽不会主动介入这件事情。雒灵……以她的性格多半也不会出面拦他，最多和他一起来。羿令符……羿令符……这个男人会怎么做呢？”他沉思半晌，又道：“嗯，以有莘不破的执拗，羿令符多半也拦不住他。如果明知拦不住，这个男人多半就不会拦他了。虽然他会有什么后招暂时难以猜测，但这些后招大概也会安排在有莘不破进入甸服之后。”江离一拍手掌，道：“只要我们能在甸服边境拿住有莘不破，大事可定。”

东郭冯夷道：“那要出动多少人？”

“人多没用。”

“甸服西境南北千里，各处隘口总要布置人把守。”

“不必。他只有一个人，守也守不住。”

东郭冯夷惊道：“一个人？”

“嗯。”江离点头道，“他又不是不知道王都之行的危险，难道你认为他会让朋友属下跟着他来王都送死？以他的性格，一定会一个人来王都碰运气。我猜他的安排，就是让羿令符率领商队，护送雒灵回亳城，而他自己则一个人来闯王都。”

“如果是这样，我们如何拦截他？”

江离道：“从邰城往东，有两条路。第一条是转而向北，经过北荒，兜个大圈进入朝鲜，再转而向商国地界。若他从这条路走，我们拦不住他。不过，有莘不破不会从这里回去，虽然他多半会安排人带领有穷人众从这条路回国，但这批人我们不用理会；第二条是向东，渡过大河进入甸服，只要我们在大路两旁安下眼线，多半就能发现他的行踪。”

“大路？”东郭冯夷讶然道，“他会走大路？”

江离道：“这家伙大大咧咧惯了，有时候想事情不会太过仔细。再说他又是个迷路王，这一点他自己也是知道的。所以在甸服之外，他一定不会走小路，而是沿着大路东进，等进了甸服他才会小心地匿藏行踪。所以，在甸服之外找他反而比在甸服之内容易，这也是我决定在甸服边关拦住他的一个原因。”

东郭冯夷道：“他如果只是一个人，那可就好办了。”

“不好办。”江离道，“他若是拖家带口的，就得被迫和我们正面决战。但孤身一人，逃起来没有牵挂，反而容易得多。再说，这家伙宁折不屈，逼得急了，只怕同归于尽的事情也干得出来。有莘不破若是死了，商人定会倾国前来报仇——这可不是我的初衷。”

“宗主的意思，是要生擒？”

“这个擒字，说得太剑拔弩张了。如今虽然战火已起，但我认为双方尚有转圜的余地，这一次，能不动手最好。”江离道，“如果我们赤裸裸地把他抓回来当人质，一来东人在面子上挂不住，二来成汤行事素以公事为先，很难预料他会就此屈服于我们的威胁之下。我是希望有莘不破以方伯质子的身份，风风光光地进王都来。只要商人觉得还有可能救回他们的储君，就会小心翼翼地保持对我朝的表面臣服。如果我们处理得好的话，可以在一段时间内令东西双方处在一种微妙的和平中。”

“和平？”

“嗯，和平。”江离道，“如今天下大势，已经倾向于成汤。若非如此，他敢在昆吾边境磨刀擦盾吗？现在决战于我朝不利。我希望用有莘不破的一条性命，来换取几年时光。多一天的缓冲，我们便能多恢复一分元气。若能拖到成汤老死，归附他的诸侯离心，那我们便有机会重新收拾天下。”

东郭冯夷道：“我没和有莘不破交过手，不过正如宗主所说，此人性格刚强，宁折不屈，既然如此，要生擒他已经不易，要在不动手的情况下把他带回王都，只怕难以办到吧。”

“确实很难。”江离道，“但他这次到王都是有所为而来，也许这个理由能让他行事之时慎重三分。所以，假如我们布下的局面能有足够的威慑力令他丧失斗志，那还是有可能令他不战而降的。”

东郭冯夷道：“既然如此，待我会齐东君[①]和云中君[②]，三人一齐出手。”

江离微笑道：“只有你们三个，只怕还困不住他，更别说能震慑得他失去战意。”

河伯眉毛扬起：“宗主认为我们三个老家伙也困不住他？”

“你认为你们三个能否困住我？”

“这……”东郭冯夷道，“宗主天纵之才，岂是他人能比！”

江离淡淡道：“我和有莘不破也有一段时间没见面了。不过我相信他不会比我差到哪里去。”

“那宗主的意思是……”

江离道：“拿我的令帖去长生殿，请都雄魁大人出手吧。”

目标，夏都！

前方已经是岔口，一条路向东，一条路向北。

苍长老执意向北，这次他打定主意，无论如何也不顺着台侯的性子东行了。“假如台侯固执己见，我便……”他想了许多说辞和方法，出乎他意料的是，有莘不破却没说出向东走的话来。苍长老暗暗高兴，以为有莘不破终于开窍了。不过有莘不破也没有说让商队向北而行，这又让苍长老暗暗担心。于是他找到羿令符，希望他能说服有莘不破。

---

① 东君：日神。

② 云中君：中华云神，叫丰隆，又名屏翳。

“放心吧。”羿令符道，“这件事我有分寸。”这便塞住了苍长老的话头。

商队在歧路上停留了两天，有莘不破白天爬到高处东望发呆，天黑了就钻入松抱陪雒灵，跟谁也不说话。羿令符则和他相反，白天在鹰眼的车顶上睡觉，谁也不搭理，入夜之后便跑到有莘不破白天站过的地方，谁也不知道他在想什么。

苍长老跑去探口风，话还没说完就被羿令符堵住了：“你把商队的秩序弄好，其他事情用不着你担心。”

芈压上去问“羿哥哥，你这两天在这里干什么？”却被一句“小孩子家管这么多事情干什么”给气走了。

这时春意已淡，这晚白月半圆。燕其羽按下风头，落在羿令符身边，劈头就问道：“我们大概还要在这里耽搁多久？”

“你很急？”羿令符的语气很淡，看不出半点情感起伏变化。

“当然，川穹走了这么久还没消息，我能不担心吗？”

“放心吧。我看不破也快忍不住了。”羿令符道，“大概也就这两天里，他会下定决心的。”

“东行就东行啊，下什么决心？他不像这么婆婆妈妈的人。”

羿令符道：“如果只是东行，他大概不会有什么犹豫，但要和雒灵分别，总有些儿女情长的。”

“分别？”燕其羽奇道，“难道他打算把雒灵留下？”

“不是把雒灵留下，而是想单独上路——如果我猜得不错的话。”

“单独？他想一个人去闯夏王都？”

“是。”

燕其羽忍不住道：“大家一起去，力量不是大很多吗？”

羿令符道：“没用的，就算雒灵没有怀孕，就算桑谷隽没走，我们这几个人也没法撼动夏都五百年的根基。所以还是一个人去好，至少目标小一些。”

“那岂不是很危险？”

羿令符道：“如果不破进了夏都，估计连逃出来的机会都不大。”

“逃出来也不行？以他的本事，如果下定决心要逃的话，就算是血池也未必能困住他。”

羿令符淡淡道：“夏都不是血池。”

燕其羽怔了一下，道：“如果是这么危险的话，作为朋友，你也不劝他一声？”

“没用的。”羿令符道，“就算我绑住他，甚至把他的脚打断也没用。只要他一天不死心，就是用手爬也要到夏都走一遭。”

燕其羽冷笑道：“冒这么大的风险，最后却可能一点用处也没有——难道他不知道这一点吗？”

“知道了他也会去碰碰运气。”羿令符叹道，“所以，我只能让他去了。希望经过这一次，他能长大。”

“长大？他都快当爹了！”

“是快当爹了，可惜到现在还存着许多不切实际的想法。”羿令符道，“其实江离未必需要他去救，可这一点他是无论如何也想不通的。就算要救，最妥当的办法其实是回亳都，一面探听好有关江离的消息，一面广通声气——如果能由江离的师父出面解决问题自然最好；如果行不通，则由不破的师父、江离的师父邀请四方高人，如季丹大侠，甚至雒灵的师父等一起向血祖施压，如果是夏王不肯放人，则由不破的祖父用国力去做交涉！”

燕其羽道：“这样能成功吗？”

“有七八成的机会。”

“既然如此，他为什么不这样做？”

“大概因为他觉得还没走到这一步。”羿令符冷笑道，“不到大事临头，他大概还会继续这么妄想下去！”

“幼稚！”

羿令符淡淡一笑，道：“其实我们也好不了多少。我们说他幼稚，只不过我们是旁观者罢了。”

燕其羽愣住了，细细咀嚼这句话，一时竟然无语。

羿令符道：“他会有清醒的时候的，等他碰了一鼻子灰，疼了，流血了，懂得人生有很多东西不是自己想怎么样就怎么样的，嘿！就会清醒过来。”

“如果是别的事情，也许有这个机会让他清醒。”燕其羽道，“可是这次……你认为他去了夏都还能活着出来？”

“不能。”

“那就算他到时清醒了又有什么用？”

羿令符沉吟道：“如果我是夏都方面的决策人，我不会杀掉有莘不破，甚至会给予表面的礼遇。”

燕其羽奇道：“礼遇？夏商不是已经势成水火了吗？”

羿令符道：“国与国之间的事情，很多时候大家都知道是怎么一回事，可偏偏都装作不知道。夏人现在跟商人撕破脸皮没有好处，最好是利用有莘不破让商人暂时不敢挑衅，并承认夏王共主的地位。”

燕其羽摇头道：“你说的这些，我听着怎么那么别扭。算了，你别跟我谈这个，我弄不明白，也不想弄明白。总之，你是说夏人就算捉到有莘不破也不会杀他，是吧？”

“是。”羿令符道，“所以在这中间我们应该还有机会把他从夏都救出来。”

“一定要从夏都救出来？”燕其羽道，“就不能在他进入夏都之前截住他？”

羿令符冷冷道：“不让他去走一遭，不让他知道自己有多渺小，他不会死心的。嘿，经过这次，他大概会想通很多问题，定下心来去做他该做的事情！”

“可是……”燕其羽道，“你认为你能把他救出来？”

“有可能。”羿令符道，“我刚才说过，夏人可能会给不破以表面的礼遇，在进入夏都之后、不破遭到彻底软禁之前，还有一点空隙可以钻的。不过，具体该怎么做，还有些环节需要推敲。”

燕其羽道：“看你的样子，倒像是一切都考虑好了。”

“只是想了个大概。只可惜我一个人孤掌难鸣。”羿令符道，“桑谷隽离开我们，比我预想中提前了。有些事情，我本来想请他帮忙的。

现在……”他顿了顿：“我只能求你了。”

燕其羽默然半晌，道：“求我什么？”

“求你帮我把不破送出夏都。”

“送出夏都？”燕其羽笑道，“你认为我有这么大的本事？”

“我会安排的，如果你肯答应的话。”

“你呢？你为什么不亲自送他？”

羿令符淡淡道：“你们走时，我正应付另一件事情，难以分身。”

燕其羽逼视着眼前这个男人：“莫非你想用自己的命，来换有莘不破的命？”

羿令符大笑道：“你别想歪了。换？哈哈，我的命在夏人眼里一文不值！再说，你认为我会为了一个非亲非故、只相处了一年的朋友去送死？”

“会！”

羿令符没想到燕其羽会回答得这样断然，狂笑一室，随即又笑道：“好吧，就算我这么伟大，可是要杀我也不容易啊。我出师以来，可从没人能让我吃亏。”

“但你也说了，那里是夏都。”

“虽然是夏都，可对不同的人危险性是不一样的。”羿令符道，“对有莘不破，他们会倾尽全力，但对我或者桑谷隽，他们可就没什么兴趣了。所以我和桑谷隽就算身处夏都，活下来的机会仍然很大。更何况我还有一个大靠山在。”

“大靠山？在夏都？”

“对。”羿令符道，“就是传我箭法的那个男人。现在就在夏都的某个地方。有他在，我不会吃亏的。”

有莘不破踌躇着走出松抱，竟然看见姬庆节。

“怎么是你！”他一阵惊喜，随即冷静下来，“你不会是抛家出来的吧。回去回去！我说过，这件事情我自有主张，你不用进来掺和。”

姬庆节微微一笑，道：“我不是抛家出走，其实是我父亲让我来的。而且惭愧得很，我也实在不够朋友，因为我还是决定在豳原等你们的好消息。”

有莘不破怔了一下道：“那你今天来……”

姬庆节道：“爹爹为你占了一卦，说你此行有惊无险。他的卦象向来万无一失，所以我也放心得很。”

有莘不破大喜道：“真的吗？那太好了。我师父说起你们姬家的占卜向来赞不绝口。有你给我带来这个好预言，我便能大大安心了。”

姬庆节微笑道：“还有第二件礼物。”

“哦？”

姬庆节双手捧着一个包，立在西边，面向有莘不破道：“这是我爹爹献给你爷爷的，请你代为收下。”说着他单膝跪地，交给有莘不破。

有莘不破接过来，触手松软，似乎是泥土，打开来一看，还真是泥土。泥土上面，撒着粟、黍、稻、麦、菽。看着这抔泥土和数十颗谷粒，有莘不破连心也为之一沉。他知道，自己没法再迟疑下去了。

分崩离析

姬庆节来访的第二天，有莘不破就失踪了。有穷上下不免一场大乱。看着芈压、四长老那一张张急切的脸，羿令符却镇定如恒。

“雒灵呢？”羿令符问。

“雒灵姐姐还在松抱睡觉，她……她只怕还不知道。”

“不知道？”羿令符冷笑道，“嘿，她倒沉得住气。”他取出一片竹篾对苍长老道：“按照这个单子，把铜车和货物分成两拨。”再取出一片竹篾，对昊长老道：“把这上面的人叫齐，中午之前到那个小谷去，我有话要说。”跟着对旻长老和上长老道：“让其他人整装待命，随时出发。”

“出发？”

“对，北上。”

四长老都现出喜色，羿令符淡淡道：“去办事吧，其他事情我自有安排。”

四长老离开之后，鹰眼的车顶上只剩下燕其羽和芈压。芈压嘟着嘴道：“羿哥哥，不破哥哥往北边去了吗？只怕不是吧。”

“嗯，他应该是往东边去了。”

芈压站了起来：“那我们还不赶快追上去！不破哥哥一个人去夏都，很危险的。”

“我们这里的人，全涌去夏都也没多大作用。”

“那……”

羿令符取出一块龙骨，道：“不破的意思，是要我们护送雒灵回亳都。”

“雒灵姐姐有身孕，是该护送她回去，可是不破哥哥那边我们就不管了吗？”

“当然要管。”羿令符道，“可是单单凭我们的力量，未必能把他从夏都救出来。就算出了夏都，只怕也出不了甸服。”

“那怎么办？”

“怎么办？只能搬救兵了。”

“好！”芈压叫道，“我去请我爹爹来。”他随即又摇头：“不行，只怕来不及。”

羿令符道：“我们得兵分三路。第一路，护送雒灵回亳都。雒灵怀孕不久，还能自己照顾自己。这件事情四长老便做得。第二路，支援不破。一来拖延时间以待救援，二来尽量把他从夏都抢出来。这一路人马由我亲自率领。第三路就是横过甸服去亳都求援了。”他叹了一口气道：“可惜桑谷隽不在，燕姑娘又要到夏都寻川穹，我竟想不出有谁能越过重重险阻到亳都报信。”

芈压大怒道：“羿哥哥，你当我芈压是死人吗？”

羿令符道：“要穿越甸服去亳都求援，一路上险阻重重，需要独当一面的魄力、智慧和冷静。你年纪太轻，还是留在我身边的好。”

芈压呼地跳下鹰眼，叫道：“羿令符，你别看不起我，下来和我单打一场，你赢了我，我就服你。”

羿令符淡淡道：“你这么冲动，叫我怎么把求援的重任交给你。”

芈压怔了一下，心想自己这样确实不堪委以重任，当下收敛脾气，跳上车来道：“驺吾长途奔驰，一日千里，现在再没比我更合适的人了。羿哥哥，我一路上一定小心谨慎，不会出错的。”

羿令符再三不许，道：“你不认得道路，如何去得？”芈压不住地表决心，几乎把鹰眼的车顶都给踩破了，羿令符才道：“好吧。”说完取箭张弓，朝着东南天空斜斜射出。跟着取出另外一支较短的羽箭，对芈压道：“这是子母箭。我射出去的是母箭，横跨千里，当落在亳都附近。你一路向东南行走，多走荒野小道，莫走大路。如果迷失了方向，这支子箭会给你提示。”

芈压见羿令符答应让自己去求援，心下大喜，把子箭收好了。羿令符道：“到了亳都，你直接去闯王宫。若有人拦你，就把毕方召唤出来。你应该可以召唤毕方了吧？”

“毕方？如果遇到一个小卫兵也召唤毕方吗？”

羿令符道：“召唤毕方不是要帮你打架，是要表明身份。毕方出现后，伊尹大人一定会亲自见你，这支子箭，你要亲手交给他。”

“可我怎么知道那人是伊尹大人呢？”

“你知道的。”羿令符笑道，“不破不过偷了点皮毛，就用那篇什么《至味之论》把你哄得一愣一愣的。若是伊尹大人亲临，嘿嘿……”

芈压笑道：“我知道了，到时我煮道菜考考他就知道他是不是真的了。”

羿令符微微一笑，不置与否，只是淡淡道：“你吃点东西，准备一下就上路吧。”

“还吃什么东西！”芈压道，“我这就走。”说着跳上驺吾，飞跃而去。

见芈压远去，燕其羽道：“干吗不让他用七香车？”

羿令符道：“若乘七香车，只怕进甸服没多远就会被发现。驺吾善走山道，芈压年纪虽小，人却聪明机警，只要能小心些，应该不会出什么意外。”

“可是现在才让他去找救兵，来得及吗？”

“或许来得及。”羿令符道，“我会想办法拖延时间的。”

燕其羽疑惑道：“可就算亳都的援兵及时赶到，就能把夏都压制住？”

“应该还不能。但或许能把离开夏都的不破带出甸服。”

燕其羽默然半晌，忽然道：“如果现在我反悔不帮你了，你怎么办？”

羿令符淡然道：“无论你帮不帮我，我还是要往夏都走一遭。”

“没有我你也有把握？”

“没有。”

燕其羽咬着嘴唇道：“徒劳无功你也要去？”

“是。”

“我懂了。”燕其羽突然大声道，“你骂有莘不破幼稚，其实你还不是一样！”

“不一样的。”羿令符还是那么平静，“不破还在妄想，而我却早知道自己有什么样的结局了。”

雒灵坐在七香车上，手抚天心剑。

“他还是走了。”雒灵很不高兴，“为什么不带上我？”

有莘不破走的时候，并没能瞒过雒灵，她一直躲在车里，希望心上人进来叫上她一起走。但有莘不破最终把她留下了。“让羿令符护送我回亳都？”雒灵看着有莘不破刻在贝壳上的字，心中一阵冷笑，“那个男人会听你的话才怪！”

江离在夏都，师姐在夏都，桑谷隽和不破一前一后，应该也都会去夏都……那个地方，可真热闹啊。“我要不要也去凑凑热闹呢？”

“夏都的这趟浑水，你最好别去。”

雒灵抬起头来，看见了羿令符。有时候她不禁想，这个男人的眼睛是不是也能看破别人的内心呢？

“我知道，如果你要去，没人能拦得住你。”羿令符道，“可是无论如何，你总得替你怀着的孩子考虑。”

雒灵冷笑。

羿令符却视若无睹：“不破的事情，我会想办法。不过我也没有十分的把握。”他沉默了一会，终于道：“我对你们心宗没什么好感，你的死活本来不关我的事，不过，假如我这次失败了，而你又能为不破生下一个儿子的话，那不破作为质子的价值就会大大降低。那时候，你就有第二次救他出来的机会。”

雒灵眉毛尾梢微微动了动，就像被轻风拂过。

羿令符道：“我至今不知令师倾向于哪方，你师姐长伴夏王枕边，你又笼住了不破的心。可墙头草是不能永远做下去的，还是早点选择的好。”说完这句话，羿令符掉头就走。

雒灵突然开口道：“等等！”

羿令符微微一震，回头讶然道：“原来你早过了闭口界了。”

雒灵不接他的话，眼睛里仿佛盛着一池秋水，注视着眼前这个男人，道：“听你刚才所说的话，倒像你是一个满脑子只有利害关系的男人，可真的是这样吗？”

羿令符移开了眼光，雒灵道：“你为什么不敢看我？怕泄漏心底的秘密吗？”

羿令符冷冷道：“我有没有秘密都不关你的事。再说，我应该不是你所关心的男人吧。如果不是因为不破，我们之间没必要有任何关联。”

“既然这样，你来找我干什么呢？”雒灵悠悠道，“商王族血脉能否延续，关我何事？”

“那不破的性命呢？”

“性命？我要他的性命干什么？我只是想知道他的心意。”

羿令符道：“他的人若死了，你知道他的心意又有何用？”

谁知雒灵却道：“若彼此真心，是生是死又有什么关系？”

羿令符默然良久，道：“你的心思，我不懂，也不想费精神去想。

我只想问你，眼前的路你打算怎么走？向东，还是向北？”

“我不知道。”雒灵道，“总之，你的事我不想管，我的事，你也少管。”

“不破的事呢？”

“他的事……”雒灵轻轻叹息一声道，“谁知道呢。”

夏王都，九鼎宫，四维殿。

镇都三门的掌门出发之后，九鼎宫更显冷寂。江离来四维殿访川穹，但见洞天阁大门紧闭，微一迟疑，转身回了主殿。

“他大概是想置身事外吧。那样最好。”

四下无人，江离跳上巨鼎，躺在鼎沿，头枕双臂，哼着小曲望着屋顶。这象征着神州权柄的神器，仿佛就是他家的一件寻常家具。如果大夏六卿看到这景象非勃然大怒不可，但江离却不觉有什么不该。

“有穷商队的旅途，也该结束了吧。”

龙门山围杀

大河已在眼前。滔滔河水从北向南奔流而去。宽阔的河面中漂着一叶扁舟，一个渔翁在河水湍急处撒网，几次捞空，他却依然不肯放弃。

有莘不破立在岸边，高声叫道：“这位老丈，劳烦渡我过河。”那渔翁似乎有些耳背，有莘不破连叫了三次才听见，他摇橹移舟，靠近岸边，笑道：“小哥好大的嗓门，可是要过河？”

“没错。”

渔翁笑道：“这河水可阔哩，水流又急，若不是遇到我，只怕小哥三年也过不去。”

有莘不破笑笑，道：“是，是，有劳。”说着便跳上了船。

渔翁摇橹向东，河水湍急，每向东面进得一尺，先被河水往南面冲出一丈。

有莘不破指着河边门一样的高山道：“好山！老丈，这山可有名头？”

“有！有！这是龙门山！”

有莘不破惊道：“龙门山？就是大禹劈开的龙门山吗？”

“没错！当年九州洪水滔天，天降禹王理水，沟通天下水脉。这条大河走到此处却被这座龙门山阻住，禹王奋起神威，化作巨熊，把这龙门山拱作两半，这大河才得以通畅！”

“这传说我也听过。”有莘不破笑道，“还听说每隔十年，便有无数鲤鱼逆流而来跳龙门，跳过了便成龙。”

渔翁哈哈大笑：“没错没错。不过鱼就是鱼，龙就是龙。那些逆流而来的鱼儿，都是心存侥幸。跳过了自然是一步登天，若是跳不过，不免在龙门山上晒成鱼干！老朽这把年纪了，成龙的鲤鱼还没见过一尾，倒是龙门山上的鱼干见得多了。”

有莘不破心中一动，道：“老丈，这里的水可急得很啊，你怎么选这里撒网？只怕难有收获吧？”

渔翁道：“不在急流险滩之上，哪里等得来大鱼！”

有莘不破哈哈大笑道：“不错！有理，有理！”眼见走了这么久也没到河心，有莘不破道：“似这样走法，要走到几时？风来，风来！”他此刻修为已臻化境，不必动刀，气随心动，氤氲之气冲天而起，阴阳对冲，在西边的河面激成一阵小旋风，风力把小舟向东岸荡来，不过片刻便撞上了岸边礁石。有莘不破一跃上岸，那渔翁抱着木橹叫道：“你这小哥好没道理，我好心渡你过河，你竟然弄什么妖法起风，可把我的船给撞坏了！”

有莘不破笑道：“别装了，我才上船，你两句话就露底了。老头子你到底是谁，报上姓名来！若是无名之辈，小爷我还懒得动刀呢。”

渔翁哈哈大笑，整条大河好像活了一样，大浪翻涌，一股巨浪把他托起。他居高临下指着有莘不破道：“小儿辈现在才发现吗？可太晚了！”

有莘不破恍然大悟，叫道：“我知道你是谁了，你是河伯东郭冯夷！老头，怎么你还没死吗？”

东郭冯夷“哼”了一声，激起滔天巨浪，向岸边逼来。

有莘不破笑道：“你要在河心就动手，还占着几分地利。现在才和我破脸，哈哈，没你的好果子吃。不过小爷有事，不陪你玩了。”转身往东南跑去，没跑出几步，突然感到口干舌燥，再跑出几步，连眉毛也焦了，心中一惊：“这东郭冯夷不是一个人来的！”抬头一看，东南方向上竟然多了一个太阳！“东君！”

东郭冯夷笑道：“小子还算有点见识。”

有莘不破脚下停了一停，转向东北方向掠去，结果热气未散，湿气却瞬间大盛，只见空中一片乌云滚滚而来，片刻间把晴朗的天空遮住了一半。

有莘不破一见，便知多半是镇都四门中的云中君到了。以一敌三，有莘不破自忖不敌，但身陷重围，反而激起他的斗志。他手按鬼王刀，立定当场，环顾左右，见正东方那座山甚是突兀，心念一转，大声叫道：“山鬼也来了吗？现身吧！”

前后左右四个声音闻言一齐大笑，前方那声音竟然十分熟悉！听到这个声音，有莘不破手心竟然沁出冷汗：“难道是他！”

东面那山一阵扭曲，就像一口鼓满气的布袋漏了气一般，慢慢平扁下来，摊在地上，原来是龙门山的影子。影子中走出一人，双目炯炯，不怒自威。

看见这人，有莘不破不禁倒吸一口冷气：“原来是都雄魁大人。”

都雄魁赞道：“不错不错，上次我们见面的时候，你连站也站不稳，现在居然还能在气势上和我抗上一抗，进步好快啊。”

有莘不破背上已经湿透了，勉强提声叫道：“能劳都雄魁大人三番两次来为难我这个小辈，有莘不破的面子可真不小！”

都雄魁笑道：“小王孙啊，你也不用跟我耍嘴皮子了。没想到你进步这么快，要是只有我一个人来，说不定你还有逃跑的机会，现在却说什么也没用了。你还是乖乖跟我回夏都去吧。看在你舅公的分上，我绝不为难你。”

有莘不破奇道：“你和我舅公不是死敌吗？”

“是啊，还是不死不休的死敌。”都雄魁叹道，“但你要知道，修为到了我这份上，要找一个死敌可有多难。”

有莘不破点头道：“那倒也是。”

都雄魁叹息说：“更何况，我和有莘羖是从少年时代就互相看不顺眼的，从小到老，几十年的恩怨，何其刻骨铭心！听到他故去，我可难过得好几天坐立不安。放眼天下，英雄又弱一个。唉……”

有莘不破想起舅公——那个有莘氏故事中的绝代英雄，那个奶奶成天念叨的骨肉亲人，心中不由一阵黯然。

都雄魁道：“小王孙啊，跟我回去吧。你不想到夏都看看吗？放心，我保证你在夏都不会掉一根毫毛，就是大王要为难你，我也绝不答应。”

有莘不破心中一动：“要不要先顺着他，等到了夏都再设法联系江离……”但他随即看到南方幻日、北方乌云步步进逼，心中犟气发作，不愿低头。他按紧鬼王刀大声道：“都雄魁大人，我自知打不过你，不过要我不战而降，有莘羖没这么窝囊的外孙！”

都雄魁眉头一皱，道：“小孩子家怎么这么不知进退！”

东郭冯夷眼见占尽优势下有莘不破也不肯投降，不耐烦道：“宗主，这小子既然不识好歹，我们……”

突然天际一声鹰鸣，打断了东郭冯夷的话。一头雄鹰凌空飞近，一个盘旋，冲出了乌云的围堵，飞临有莘不破头顶。东郭冯夷心中一惊：“宗主这次可失算了！”都雄魁却连连冷笑，背负双手，半点也不着急。

有莘不破眼见龙爪秃鹰突然出现，不喜反惊：“羿令符没收到留下的书信吗？怎么还是跟来了，不知道来了几个人。”

天高云阔，河水汹涌，却不见羿令符的身影。东郭冯夷等正自疑惑，猛地见龙爪秃鹰爪子上抓着一物，却是有穷至宝“有穷之海”！秃鹰一声鸣叫，丢下有穷之海，放出一道光华，十八辆铜车、三十七匹风马冲了出来。铜车、风马落地，马上绕着有莘不破围成圆圈，把有莘不破团团护住。为首一人腰盘巨蛇，背负双弓，胯下马蹄铮铮，绕着刚刚布下的阵势走了一圈，鹰眼睥睨，竟不把幻日、乌云、巨浪放在眼里。

风马经过有莘不破身边时，他冷冷地看着马上男子，怒道：“你来也就算了，带他们来干什么？”

羿令符也不理他，竟纵马向都雄魁走来，朗声道：“大夏东方方霸、商王座下偏将羿令符护送我国王孙前往夏都朝见天子，前面挡路的是何人？有何贵干？”

都雄魁一怔，随即笑道：“天子听说小王孙游历东归，恐怕地方上诸多怠慢，特令老夫前来迎接。”

羿令符点头道：“既如此，还请在前引路。”他又回头下令道：“整顿行伍，随天使东行。”说完马上向有莘不破施礼：“储君，请上车吧。”

有莘不破盯着他，双眼通红，仿佛要把他吃了。

车队中走出两个老者，竟是苍、昊两长老，一齐施礼道：“储君，请上车吧。”

有莘不破突然放声大笑，笑声中带着哭音，指着羿令符道：“你……你好！”说完一拂衣袖，步入主车。

车行辚辚，径向东南。

旧时相识

大夏王都是九州枢纽，天下货物，一入城门就要涨三成价钱。

小无赖马蹄在巴国拒绝有莘不破之后，带着哥哥马尾到处浪荡，寻找出人头地的机会。一个月前来到王都，还没站稳脚跟，兄弟俩便把西南道上积攒下来的钱财全花光了。

“哥，我看我们还是出城吧。这里不好混。”

“嗯。”马尾啃着最后一个麦饼，含含糊糊地应了一声。

兄弟俩就要出城，谁知城门口的盘查突然比平时严厉十倍。一些地痞流氓还没出城就被莫名其妙地扣了起来，在王都干过几次偷窃的马蹄心虚，拉了马尾就往回走。“奇怪，莫非王都发生了什么事情不成？”

走不多远，蓦地听见一个人嘟哝了一句什么，声音有些耳熟，急忙转头看时，却瞥见两个背影匆匆离去。马蹄喃喃道：“奇怪，这两个人的背影好熟。”他来王都日浅，放眼过去全是陌生脸孔，遇到熟人反而是第一次，当即叮嘱马尾道：“你到烂口巷子等着，我有点事情办。”

马尾哦了一声，也不问什么，转身就走。马蹄远远跟着那两个人，跟了一会儿，前面两个人脚步加快，几个转弯，突然消失。

马蹄正自疑惑，突然拐角处有人出手扣向他的咽喉。马蹄没受过什么正规的武技训练，靖歆虽然收了他做徒弟，却一点功夫也不传给他。倒是从祝融火巫那里偷学到一些扎基的功夫，还有那块半懂不懂的秘籍，这一年练下来，倒也有了几分本事。他临危一闪躲开，跟着脚向偷袭的人踢去。那人身形一避，跟着反扑，手法十分娴熟。两人近身扭打，一个照面同时看清了对方的样貌，一齐叫道：“是你！”

原来这人真是马蹄的熟人，竟是有穷商队松抱车的车长阿三。角落里闪出另外一个人，老得像一只熟虾，却是有穷在寿华城收留的百岁老人、年纪大得连本名都忘记了的老不死。

马蹄轻声叫道：“你怎么在这里！”然后松开了手。

阿三也问：“你呢，你怎么在这里？”脸上神色也缓和了很多。马蹄待在有穷商队的时间很短，虽然最后没有加入，但在向有莘不破求情时阿三却帮过他大忙。阿三也喜欢马蹄做事的拼劲，一来二往，两人算是有几分香火之情。

“我一路做生意，没想到在夏都蚀了本，正要出城，没想到城门对外地人的盘查突然严了起来。”马蹄把自己的经历说得十分堂皇，又道，“你呢？你怎么到这里来了？听说东人不久就要造反，现在王都对和东方有关的人——特别是商人非常小心呢。你们怎么在这个时候来王都？”

阿三看看老不死，一时决断不下是否该说实话。

马蹄察言观色，故意惊道：“城门突然查得那么严，不会就冲着你们俩吧？”

阿三道：“不会，我们这两个小人物，也值得夏都的人这样大动干戈？”

“你们两个？怎么你们不是和商队在一起的吗？难道……难道阿三哥你也脱离商队了？”

阿三怒道：“你胡说什么！我阿三生是商队的人，死是商队的鬼。”

马蹄没想到他会这么激动，怔了一下，赔笑道：“对不起，对不起，是小弟我乱说话。这么说，商队也来王都了，藏得可真好，我一点儿消息也没收到。”

“商队还没来，不过……”阿三脸上有些颓然，“不过可能也快了。”

听到这个消息，马蹄心头乱跳。有穷商队到了哪里，哪里就免不了一场混乱。虽然那个让自己又害怕又妒忌的有莘不破好像无论面对什么人都能占尽上风，但这里是大夏都城，藏龙卧虎，高手如云，他有莘不破再想独冠群雄，只怕没那么容易。听到有穷要来的消息，马蹄已经把出城的事情完全丢在脑后，满心想着怎么在这件事情上浑水摸鱼，于是忙问阿三：“那你这次来，是探路？”

阿三哪里猜得到他的心思，摇头说：“不是。唉，马蹄兄弟，你虽然是朋友，但终究不是商队的人，有些事情我不方便说。”

马蹄忙道：“这个兄弟理解，理解。不过现在这形势，你们俩要在这王都落脚，只怕有些麻烦吧。”

阿三叹了一口气，点头说：“我们昨天刚来，在客店住了一晚，但后来才知道那个客店离卫所太近，想另外找个下脚处，谁知道城中各处突然戒严了起来，那些人听了我们的东方口音，都不大敢收住。那些人那副样子，我们也不敢住他们的店，正想先出城避避风头，谁知道城门也查得严了。”他又想了想，说道：“马蹄兄弟，你来夏都做生意也有些日子了吧，在夏都应该有些门路，哥哥我现在是举目无亲，你无论如何得帮这个忙。”

马蹄心念一转，道：“阿三哥，你的事就是我的事。不过我生意蚀了本，就是找到房子也没钱帮阿三哥你……”

阿三截口道：“钱的事你不用担心。你哥哥我好歹也是有穷的车长，一点积蓄是有的。就是王都第一流的客店，我也能让我们三个住上一年半载。”在有莘不破接掌有穷商队之前，阿三并没多少积蓄，但这一年走下来，有穷商队早已富得流油。有莘不破对属下十分厚待，阿三是松抱的车长，加上他掌管的是台侯的座车，是有莘不破面前说得上话的人，因此又比其他车长不同。他现在的身家，就是到了富甲天下的亳都也能做个小富翁了。

马蹄笑道：“那就好，那就好。”他心里还是认为阿三多半来是给有穷公干，花的是有穷商队的公款，决心在摸到大鱼之前先捞点小钱，便道：“阿三哥，如果你钱财上没什么问题，那我建议你别住客店了，就租一处房子住下，买好柴米油盐，把门一关，就是个把月不和人打交道也没问题。不用每天跟客店老板小二打交道，省下许多费用不说，而且也安全得多。”

阿三大喜道：“好主意！老叔，你觉得呢？”

老不死朝马蹄打量了两眼，嘟哝着道：“也只能这样了。不过马蹄小弟你可知道哪里能租到安全清静的房子吗？”

马蹄笑道：“我刚好知道有个好地方，东南坊间有个地带十分清静，没什么人走动。一年前那里有几间房子转手，那新屋主是刚进城的一对年轻夫妇，买下房子后改成一所带阁楼的院子。后来住了半年，觉得两个人霸了那么大的地方浪费，就要把其中两间腾出来租出去。不过这夫妇两个听说有些怪癖，要的房价又高，还有人说那里闹鬼，所以到现在也没租出去。”

老不死瞪眼道：“你怎么知道得那么清楚？”

“我踩过点啊……哦，我的意思是，我曾想把那两间房租下来，不过后来因为对方要价太高且不肯松口，所以没租成。不过之前还是在邻居那里打听了不少消息。”

阿三道：“多花点钱倒没问题，只要安全清静。”

马蹄拍胸口保证说：“那里绝对安全。一来地方僻静，二来周围的人都不喜欢管别人家的事情。我猜测这对年轻夫妇只怕也是心里有鬼，才挑这样的地方、有这样的行止。”

阿三一听有点不放心了：“心里有鬼？你是说他们不是正经人家？”

老不死却道："那样更好。心里有鬼，多半便不会来向我们问东问西。就算看出我们些蹊跷来，也不敢贸贸然跑去官府告我们。"

马蹄忙道："对！对！老叔这话对极了！"

当下三人把事情议定，马蹄在阿三那里支了钱，便跑去求租。他原来是和屋主通过气的，当初虽然决定不租，也没把话说死，这次愿意照屋主的价给钱，又答应入住之后决不问东问西，便当场敲定了。从头到尾，阿三连屋主的面都没见过，马蹄过手抽了四成租金，跟着又说要帮阿三、老不死买些铺盖食物，又支了一笔小钱走了。

老不死关上门，对阿三道："你真相信这家伙？"

"马蹄兄弟应该信得过。这人做事实在。再说，我们现在也没其他办法。"

老不死道："我看这样，我们一共租了两间房，他来的时候，我们在左屋一起挤挤；他一走，我们就在右屋睡，万一这小子有什么歹心，缓急之间也有个应付的余暇。"

"有必要吗？"

"还是小心一点好。现在不比在商队的时候，要真遇到高手，我们可应付不来。"

阿三听到他提起商队，脸上一阵黯然。

老不死道："我说，那天在小谷到底发生了什么事情？"

"那天被叫去的都是上没老下没小的自了汉。羿首领跟我们说这次要去做一件很危险的事情，可能有命去没命回来，所以大家一定要想清楚。"阿三哭丧着脸，道，"他还想了几个办法，一个个测试我们的胆子和决心。我当时一个害怕，脚退了半步，就被羿首领勒令出谷，我再怎么求他也不肯把我划到往东边来的队伍里。"说到这里，阿三连连咬牙："我从小就被人看作窝囊废，这次……这次我说什么也不能窝囊！"

"所以你偷偷离开商队，到夏都来？"

"嗯。所有进小谷的人里面，只有我一个被刷了下来，要真的随大队回亳都，我这一辈子就再也别想抬起头来做人，连我自己也看不起自己。"

“可是就凭我们两个，能帮上什么忙吗？”

“这个我也不知道。”阿三道，“我只知道我无论如何得来。如果到时发生战斗，说不定我能赶上。虽然帮不上什么忙，但至少要和兄弟们死在一起。倒是你，明知道有危险还跟我来。”

老不死笑道：“说实在的，当时我正在撒尿，看见你鬼鬼祟祟的还真吓了一跳，再听你说要来夏都更是大吃一惊。不过老头子我也不后悔，我可不是彭铿[①]，人家那是神仙，我一个俗人反正活了这么久，就是把命送在这里，我也赚了。”

阿三静静看着他，有些感动：“老叔，你和刚来商队的时候不一样了。”

“是啊。商队的首领个个都是英雄，我们有幸能做他们的跟班，再怎么差，也不能让人看做窝囊废啊。”老不死一挺腰，“我当时头脑一热，决定要和你一起来夏都的当口，突然觉得自己年轻时候的勇气回来了。嘿嘿，就好像找回了一百年前的自己。那种热血沸腾的感觉，真过瘾啊。”

密室神奇夫妇

马蹄别了阿三和老不死，揣着钱到烂口巷找哥哥马尾。路上买了一大堆吃的，交给马尾之后说：“你别到处乱跑，我办完事之后就来找你。”

他安置好了哥哥，便到市集购买日用诸物，然后向东南坊间走去，路上寻思着：“这两人不知道来夏都干什么，阿三人老实，老不死又是一副半死不活的样子，都不是干探子的料。把这两人交给夏都官家，只怕

① 彭铿：即彭祖，今天彭姓人的祖先，是幸福长寿的象征，也是中国第一位养生专家，被道教奉为先驱。一生活了八百八十岁，娶妻四十九，生子五十四。自尧起，历夏商两朝。他的封地是今天的徐州，徐州有很多他的遗迹。

也不是什么大功劳，最多捞点赏钱。”想想这些天来听到的传闻，又寻思着：“如果我把这两人卖了，跟有莘不破的梁子可就结定了。这有莘不破不知是什么身份，总之是东方的大人物。要是东方人造反成功，那有穷商队的势力只怕就更大了，还是不要得罪他们的好，先从阿三手上捞点钱花，该怎么处置，看看情况再说。”他心念已定，就换上一脸笑容，来敲阿三的门。

开门的是老不死，他和阿三商量过之后，觉得马蹄应该还可以信任，脸上也和颜悦色得多了。马蹄取出酒肉道：“这一顿，算是我请阿三哥和老叔的。”于是，三人放开了吃，阿三坚持着不肯饮酒，马蹄却没什么忌惮，一瓶酒全给他倒进肚子里去了，竟当场醉了。

阿三对老不死说：“我说马蹄兄弟是可以信任的，他要有个二心，敢在我们这里喝醉？”老不死也点头称是。这时天色已晚，两人也一起歇了。

这两间房子颇为简陋，屋内没什么家什，几乎是空屋。三人席地而睡，幸好此时是春夏之交，夜间凉快，三人都是在外浪荡惯了的人，有个遮头的屋子便能睡得安稳。睡到半夜，耳朵贴着地面的阿三仿佛听见地底传来哀号，首先醒转，身边有人动了动，原来马蹄也醒了过来，说：“半夜三更的，谁在那里鬼叫！”

阿三道：“马蹄兄弟，你醒酒了？”

“哈！我的酒量大着呢，就这点酒还醉不了，不过头有点痛，阿三哥你睡着，我出去看看附近哪家人半夜里在鬼叫。”

阿三道：“只怕不是左邻右舍。你听，现在没什么声音，要把耳朵贴在地上才听得到。”

“说起来，还真的没什么声音。”马蹄俯身把耳朵贴在地面，才隐隐听到有些奇怪的人声。阿三摇醒老不死，这老人的耳力可比有些功夫在身的马蹄和阿三差得多了，贴紧地面也没听见什么。

“可我还是能听见啊。”

“我也能。”

老不死听得心中发毛：“你们说，这房子不会是不干净吧？”

阿三胆子也不大，背脊发冷："是啊，马蹄兄弟，你不是说过，这房子闹过鬼吗？"这鬼字从自己口里说出来，心里又怕了几分。

马蹄的酒已经醒了八九分，他的胆子比其他两人大得多，冷笑道："别人怕鬼也就算了，你们可是有穷商队的人，也怕这东西？"

阿三道："要是和首领们在一起，我什么也不怕。妖魔望见羿首领老远就吓跑了，鬼怪见到江离首领都得低头做奴才。可现在只有我们三个。"

马蹄嘿了一声说："强将手下无弱兵。你们是商队的健将，我是你们商队的朋友。嘿，我看这鬼叫也没起多大的祸患，多半只是小鬼，我们对付得了。你们等着，我这就去看看。"

老不死嗫嚅道："要不，我们别理他们就算了，反正他们也没来招惹我们。我连鬼叫都听不见。"阿三也说是。

马蹄仗着酒胆逞强："那不行，这房子是我给阿三哥找的，这几个小鬼让你们睡不好觉，那不是存心落我面子吗？我这就去把他们抓出来！"说着就要开门出去，阿三壮着胆子说："我和你一起去。"

马蹄道："不用，阿三哥你回去睡吧，人多了，我还怕让那几个鬼怪逃了呢。"

阿三其实还是怕，也不勉强，道："那好吧，不过你小心些。对了，这把刀你拿着。这是长老加持过的破邪刀，鬼也能杀得死。"

马蹄接过，挥手道："行了，你先睡觉去吧。只要耳朵不贴地面应该就不会被鬼哭吵到。"说着带上门，一路贴着地面寻那地底鬼哭的来源。马蹄此刻已经是有几分本事的了，虽然在有莘不破、江离等眼里依然不值一哂，但跟常人相比不但耳聪目明，而且手脚灵便。他一路寻着寻着，竟发现那地底鬼哭是从房东的阁楼方向传来的，当下翻过那不高不矮的围墙，进了院子再贴紧地面听，果然更明显了。他爬上窗户溜进阁楼，屋内静悄悄的全无人声，床上也没人睡觉，心想那声音多半不是鬼哭，而是那对年轻夫妇搞的鬼。

"是了！地下室！这房子一定有地下密室！"祝融火巫精擅机关，马蹄居然也偷学到一点皮毛，再加上有那时而传来的声音做引导，不多时就找到了地道的入口。他小心拉开作为掩饰的橱柜，一步步走进地道，走下了几十步，一路却无机关。

进了地道之后，那“鬼叫”声更加明显了，一声“鬼叫”之前，必然有一下鞭打声响。马蹄此刻已经全无酒意了，细心察辨，听出痛叫的是个男人：“看来是房东私设刑罚，在折磨什么人。”

他好奇心起，继续摸进去，终于看到了灯光从一个拐角处折射过来，那男人的呻吟声甚至呼吸声都已如在耳边。马蹄知道那地下密室应该就在前面了。他悄悄走过去，露半边脸偷看，只见室内共有两人：一个男人赤条条被绑在一个柱子上，身上横七竖八的全是鞭痕；持鞭鞭打他的人背着马蹄，看那体形应该是个女子，看那身形，很可能就是那总蒙着脸的女房东。

马蹄看那女子挥鞭的姿势和落鞭的力度，心道：“这女人就是会功夫，本事也有限得很！”认定自己应付得来，马上大为放心：“看这阁楼的摆设，这女人有钱得很。她行事又这么藏头藏尾，多半有不可告人之事。现在被小爷我抓住了痛脚，还不敲你一笔大的！”于是他吹了声口哨，现身走了出来。

那一男一女看见他都惊呆了，女人回过头来，马蹄一见她的脸也惊呆了：他没想到一直包得密密实实的女房东这么年轻漂亮。他财心未歇，色心又起：“看来我最近运道不错，这一趟说不定能财色双收。”当即眯着眼笑道：“房东太太，原来你这么年轻漂亮啊，早知道我就该叫你声姐姐。”

那女人看清楚是他之后竟不害怕，冷冷道：“原来是你，闯到我家来干什么？”

马蹄笑道：“没办法啊，姐姐你在这里私设刑罚，搞得我兄弟睡不着觉，我还以为闹鬼呢，进来一看，原来是姐姐在这里私设公堂。嘿嘿，要是传出去，不知官府会怎么处置。”

那女人冷笑道：“我在家里打我老公，官府管得着我？”

马蹄听得愣了：“老公？”向绑在柱子上的男人看去，这时离得近了，发现他十分年轻，容貌颇为英俊，若非全身都是伤痕，和眼前这女人倒也算得上郎才女貌。

那男人看见马蹄，脸上恶狠狠的全是凶色，臂上肌肉坟起，看样子就要把绳子挣断。那女人却突然说："等等。"转向马蹄道："你刚才以为是闹鬼，现在知道了真相，打算怎么做？"

马蹄见那男人的样子多半不好惹，那把柄也变成子虚乌有，没法威胁人家，坏心眼打消了七八分，笑道："原来是姐姐在打自家老公，那我自然不好多管闲事。嘿嘿，姐姐你放心，我出去后不会乱说话的。"

那女人嫣然笑道："我也不怕你乱说话，不过，你既然来了，不如就帮我个忙吧。"

"帮姐姐的忙？不知是什么忙？"

那女人扬了扬手中的鞭子："帮我打他！"

"啊！"马蹄几乎以为自己听错了，"打他？"

"对，我打得没力气了，但他似乎还觉得不过瘾。你就帮帮我的忙，少不了你的好处。"说着她把鞭子甩给了马蹄。

马蹄扬了扬鞭子，鞭上点点斑斑全是血迹："姐姐的意思，是要我帮你打老公？这好像不大好吧？"

"有什么不好？"

马蹄笑道："你是他老婆，打是情，骂是爱，打完之后他也不会把你怎么样。但我和他可什么都不是，只怕今天我奉姐姐的命打完了他，明天他一松绑，就要来找我算账。"

那女人咯咯笑道："你放心，你打他，他高兴还来不及呢，怎么会怪你！"

"高兴？"

"是啊，他喜欢人打他，你打得他越痛他越过瘾。"

马蹄讶然笑道："有这种事？"

"要不信，你打一鞭试试。"

马蹄第一次遇见这种奇事，心中蠢蠢欲动，走上两步，对那男人道："这位大哥，我这可是奉命行事，你要是不乐意，可随时开口，我马上住手。"

那男人却只是冷冷地盯着他，什么话也不说。

马蹄笑道：“既然大哥没什么意见，那我就动手了。”他手腕挥动，往男人的胸膛上抽了一鞭，这一鞭只用了三分劲力，但力道已经比那女人大得多。被绑住的年轻男子又没运气抵抗，结结实实地吃了这一鞭，皮肤上登时泛起一道血痕。

那男人大叫一声，声音里果然带着三分痛快。

马蹄大笑道：“原来这世界上还真有这样的贱骨头啊。”

第五章
饕餮之胃：贪吃果的奇妙传说

女色

马蹄一口气抽了七八十鞭，那男人惨叫一声，竟痛晕了过去。他妻子这才有点慌了。

马蹄道：“哎哟，打过头了。”

“没什么，”女人道，“不过，今天就到此为止吧。这位小兄弟，请你先回去吧。”

马蹄笑道：“你要我就这么走？”

“你还想怎样？”女人抬头，灯光下看见马蹄直直地盯着自己的胸部，她也是风尘堆里滚出来的人，马上醒悟，笑道，“你人不大，心眼却坏到了家。刚才打人，一鞭比一鞭狠，竟然半点也不手软。才把人打晕了，这会儿还想把我也给吃了不成？”

马蹄嘻嘻笑道：“好姐姐，这可是他自愿的啊。你没见他被我打得多高兴吗？”又瞄了一眼她丈夫的胯间，道，“好姐姐……”

那女人竟然也不生气：“你该不会想在这里……”

马蹄笑道：“姐姐喜欢就好，我无所谓。”

那女人一脸的平静："唉，小兄弟，其实我也无所谓。不过今天实在没心情，改天有机会再说吧。今天你就先回去吧。"

马蹄笑道："可姐姐你刚才说，要给我些好处的。"

那女人似乎也没想到他会这么无赖，怔了一下道："这样吧，我给你指点一条明路：我隔壁这个院子，另外住着一个绝色佳人，最近她丈夫不在家，这女人便天天坐在院子里的古井边发呆，十有八九是想男人了。你乘虚而入，用些手段，多半就能做成一段露水姻缘。"

马蹄笑道："有多绝色啊，比得上姐姐吗？"

那女人笑道："你见到了她，只怕马上就把我抛在脑后了。"

马蹄却摇了摇头："听起来不错，不过树上的桃子再惹眼，也不如手上的饼热乎。姐姐你说是吗？"

那女人的脸登时就拉下来了："小兄弟，你看看我们夫妻俩的行止就知道我们不是普通人。有些事情，还是不要扯破脸的好！"说着不知从哪里取来一钵水，悬在那丈夫头上，几滴水落在她丈夫脸上，那年轻男人受到冷水刺激，脸皮动了动，似乎有醒转的迹象。

"这饼热是热，可惜里面包的是块硬骨头！"马蹄心念转了一下，笑道："姐姐说这话就生分了。既然姐姐今天没兴致，那我改天等姐姐有心情了再来陪姐姐解闷。嗯，要不要我帮姐姐把姐夫背上去？"

那女人淡淡道："用不着。"

"既然这样，那我先告退了。您让姐夫好好休息啊。等养好了伤势，他要是乐意，我再来抽他。"他说完转身走了两步，想起一件事情，回头问道："还不知道姐姐的芳名呢。"

那女人犹豫了一下，道："我叫石雁。"

"石雁，好名字。我叫马蹄。"

马蹄回到阿三所住的屋子，看到他和老不死早急得像热锅上的蚂蚁，一见他就问："怎么去那么久？"

马蹄道："哈哈，没事，是两个小妖怪，被我打跑了，可惜没抓住，以后应该会安静很多。"

老不死道：“要是再回来怎么办？”

“没关系。阿三哥的本事和我差不多，那两个小妖怪就是找上门他也能对付得了。不过我估计他们没这么大的胆子。”

阿三也松了口气：“那就好，就怕他们又来吵闹，扰了我的好梦。”

马蹄说：“阿三哥，你弄个东西作枕头，只要耳朵不贴着地面便听不见。”

阿三道：“那说的也是。”

马蹄别了阿三出来，天才蒙蒙亮。路上他想道：“这阿三没什么才干。有莘不破那人虽然讨厌，但能耐很不小，应该不会派这样的人来干大事。有穷商队在夏都多半另有接应的人。”

他本来想回去找哥哥马尾，但走着走着，突然想起石雁来：“那女人好骚。她丈夫又怪，可惜没勾搭上她。嗯，她说的那个邻居不知道是不是像她说的那样绝色。”他前走几步，回身几步，心道：“要不先去看看？”想着也不回烂口巷了，沿着来路到石雁的小院，翻过围墙，潜入阁楼，只见石雁正给她丈夫清理伤口。她蓦一抬头，看见窗口上马蹄的人影，停下手中的活，走过来小声笑道：“不怕贼来访，就怕贼惦记。小兄弟，你可真会惦记你姐姐啊。不过我告诉你，你姐夫已经醒了。就算他身上带伤，像你这样的小混混，他一拳能打死十个。”

马蹄笑道：“哎哟，姐姐啊，才一会儿没见，你怎么就变得这么凶，我这趟回来，一来是问问姐夫的伤势，二来是想问清楚那口古井的位置。”

石雁笑道：“原来如此。也罢，算是我允诺给你的好处吧。你沿着阁楼楼道往右走，西边那小院子就是了。她家院子围墙比我这阁楼矮，你从楼上往下望，她家的后院全在你眼皮底下。不过现在早了些，那绝色佳人要是习惯不改的话，要黄昏才会出现。你先去转悠一圈，黄昏再来也不迟。去吧，别在这里扰你姐夫养伤了。”说着她把房门窗门都关上了。

马蹄依言到西边的楼道上一望，下边那院子里果然有口古井。他色胆包天，竟然当场就跳了下去，那院子不大，茵茵绿绿长满了野草。通往前边的房门从里面锁上了，门窗也都关得严紧。马蹄虽有心做采花贼，终究不是强盗，还没有破门而入那么猖狂，转了一圈，看无机可乘，就要离开，突然一个声音道："哪里来的小贼，大清早的敢来我院子里踩点？"一扇窗推了开来，露出一个女子的上半身。

马蹄心中一喜，抬头一望，不禁有些失望："什么绝色美女，不过尔尔罢了，比起有莘不破的那个哑女人，还有那个姓桑的女人都颇有不如。"再看一眼，又多了两分不满："看样子怕有三十岁了，做我姐姐都嫌大，也没石雁那么娇俏风骚。"眼光下移，落在那女人的胸脯上："这对瓜倒是熟透了。"眼光再次上移，发现这个女人无论眉目耳鼻、肢体皮肤、神情气质都成熟得恰到好处，惹得欲念大动，心道："绝色佳人说不上，可这女人身上有种特殊的气质。"

那女人给马蹄看得有些愠色，怒道："好大胆的小贼！你偷偷潜入我家后院也就算了，被我发现，还对我看了又看，真是胆大包天。这夏都可还有王法在！"

马蹄可怜兮兮道："哎呀，这位姐姐，你可冤枉我了。我不是偷偷潜入你家，我……我是不得已。"

那女人奇道："不得已？"

马蹄道："是啊，其实我是石雁的弟弟。"

"石雁是谁？"

马蹄心想她怎么连邻居的姓名也不知道，指着石雁的阁楼道："就是这座阁楼的女主人。"

那女人道："你是我邻居的弟弟，就能擅自跑到我后院来吗？"

马蹄叹息道："不是啊，我，其实我是得罪了我姐夫，被我姐夫给扔下来的。"

那女人道："你干吗得罪你姐夫？"

马蹄道："因为他对我姐姐不好，常暗地里打她。我看不惯，就打还了他，谁知道打他不过，就被扔下来了。姐姐，你能不能开一下门，让我出去。我怕翻墙出去让人看见还以为我是个贼呢。"

那女人沉吟了一会，道："你等等。"窗户合上，不久通往后院的木门就打开了。近距离一看，这女人的体态更诱人了。

“你干吗这么直愣愣地盯着我看？”

“姐姐你好看嘛。我在夏都这么久，没见过比你更好看的女人了。”

那女人一怔，抿嘴笑道：“你父母怎么就生了你这双贼眼睛，到处乱看；还有这条贼舌头，就会胡说八道！”

马蹄忙道：“哪有！我哪里胡说八道了？我要是胡说八道，姐姐你撕了我的嘴！”

那女人笑道：“我撕你的嘴干吗？不过你确实是在胡说八道。夏都我也没常出去走动，但比我漂亮的女孩子，也见过好几个。”

马蹄似乎急了，忙道：“比姐姐你长得漂亮的有，但她们都没你好看。真的，姐姐你这种好看不是漂亮那种，唉，我也不知道怎么形容，总之很好看就是了。”

那女人笑了，骂道：“少给我贫嘴了，门我是开了，趁早走吧。”

“哦。”马蹄一脚踏进门槛，肚子里便暗自鼓气。他功夫不到家，连鼓三次才勉强成功，肚子里咕的一声。那女人道：“干吗？”

“我……我饿。我被我姐夫困在姐姐的后院一夜了。”

那女人随手扔给他一个小钱：“出去买东西吃吧。”

“姐姐你真好，你简直就是我的恩人。恩人姐姐，恩人姐姐。”

“行了吧你，恩人姐姐，难听死了。”

“那……姐姐能告诉我该怎么叫你吗？对了，我叫马蹄。”

“马蹄……哦，我……”那女人随口应道，“我叫阿芝。”

大人物

阿芝来夏都有一段日子了。在验明都雄魁给她的信物后，血门的人安排她暂时住在这个小院。都雄魁从西北回来以后，把她接入长生殿，专宠了她三天三夜。

但阿芝却不喜欢长生殿那样的大屋宇，求都雄魁让她搬出来，刚好都雄魁正打算换换口味，便允了她。

搬回这座小院之后，都雄魁隔三差五会过来一次，其他时间她就静静在这小院子里待着，生活很平静，也有些寂寞。最近都雄魁有好长时间没来了，阿芝也不知道他是出城去办事，只以为这男人找到了新欢。她倒也不怎么痛苦，因为本来就没对这个男人寄有多大的希望。不管怎么样，都雄魁留给她的财物和这所房子，已经足够她平平静静地过完下半生了。她甘于这样的生活，只是偶尔会在小院子里的古井旁边，想想曾经遭际过的那几个男人。

这天早上，阿芝梳洗罢，突然发现一个小伙子在自家的后院踱圈，一开始以为是个小贼，开窗想把他赶走，两人说了几句话，阿芝发现这小伙子虽然长得没有桑谷隽那么帅气，身体也没都雄魁那么雄壮，但言语间却很讨人喜欢。

和石雁不同，阿芝和人打交道的经验很贫乏，因此一开始还真被马蹄哄得一愣一愣的。但她也不是傻子，说了一阵子话之后便知道这小伙子是在扮可怜。她想起都雄魁在床笫间和她说起的一些风流故事，故事里那些勾引良家妇女的风流手段，有一些倒也和眼前的事情暗合。阿芝马上醒悟过来："他在勾引我！"

想到这点，她再一次很仔细地打量眼前这个小伙子：他的脸不算很俊，但眉毛很浓，鼻子嘴巴都很大，也算颇有男子气；他的体魄虽然没有都雄魁那么强横，可也健康得很，举手投足间充满了力量；最要紧的，这小混混的嘴够甜。

马蹄见这全身上下熟透了的女人含笑打量着自己，便知道有戏了，说话也大胆起来："阿芝姐姐，外面卖的东西我实在吃不惯，能不能劳烦你帮我弄些吃的来？"

阿芝笑道："你胆子倒挺大的，不过进来前你可曾打听过这是谁家的寓所？"

马蹄笑道："我见到阿芝姐姐，魂都没了，还管这宅子姓什名谁。"

阿芝笑道："好，你有胆子最好。姐姐今天高兴，就给你整顿好的来。你先到客厅等着吧。"

马蹄道："我不喜欢在大屋子里吃饭。姐姐，能到房里吃吗？"

阿芝骂道：“小子，你也太急了。”骂完了又笑。

马蹄眉毛都花了：“我这叫直接。要不，姐姐，我不吃东西也行。”

阿芝一听笑了：“干吗不吃？还是吃点好。吃饱了才有力气。”

这天上午，马蹄在阿芝房里吃得酒足饭饱，神魂颠倒。直过了午时，他才被阿芝推了起来，吩咐他去市集买些东西回来。

听完阿芝的交代，马蹄道：“怎么光买肉食谷粮，却不买酒？”

阿芝道：“外间的酒哪里比得上我这里的？你说你在外面混了这么久，可喝过刚才那样的好酒吗？”

“确实不曾喝过。”马蹄道，“这酒是你酿的？”

阿芝道：“我自认酿酒也不错的，不过我在这里安家的时间不长，还没心情去酿。你刚才喝的这酒是贡酒。”

马蹄大惊道：“贡酒，你怎么会有贡酒？”

阿芝笑道：“你说呢？”

马蹄想了想道：“莫非我那位……那位便宜姐夫还是个大官不成？”

“差不多。嗯，他的事情我以后再跟你说，快买东西去，要等市集散了，我们今晚得吃西北风。”

马蹄揣着阿芝给的钱，买齐了阿芝交代的东西。正往回走，突然前方哄闹，有人清道，似乎有什么大人物进城来了。他性喜热闹，跟着人流挤过去看。和他一样心思的人里三层，外三层，把大道两旁围了个水泄不通。马蹄力大人凶，一步步地挤过去，一边问人：“出了什么事情了？什么大人物进城来了？”

“听说是商国的储君来朝拜大王。”

“商国的储君？商国不是要造反吗？”

“嘘——这话怎么说得！”

马蹄拼命挤到最前面一层，但却被一列卫兵拦住了。不多时，便见八百重骑兵蹬蹬而至，骑兵过后是三百战车。战车过后，一头犀渠[①]背

---

① 犀渠：《山海经》中一种样子像牛、叫声像婴儿的怪兽，它以人为食，极为凶恶。据《山海经·中山经》记载：“有兽焉，其状如牛，苍身，其音如婴儿，是食人，其名曰犀渠。”

着一座十丈高台把地面踩得震响，台上一个青石雕成的宝座，上面稳稳坐着一个男人。隔得远了，大多数人都瞧不清楚那男人的面目，只听周围有人道：“天！是国师亲自引路。这商国储君的架子可真不小！”

马蹄眼尖，只见台上那人神色萧索，仿佛完全不把脚下这千千万万人放在眼里。马蹄经过这一年游历，见识比当初广了十倍。这时听见别人的呼喊，便知道这就是当今天子钦定的国师、威震天下的血祖都雄魁了。他把高台上那伟男子的样貌神情牢牢记在脑子里，心中热血沸腾：“妈的！总有一天老子也要这么风光！这辈子才不算白活！”

高台过后，无数骑士拥着一列铜车走来。外围是大夏王师的三千风马骑，内围的三十六位东方骑士错落在十八辆铜车之间。十八辆铜车车顶摆满了黄金白银、珊瑚珍珠、北海鲲翅、南溟水晶、上古灵兽、尸方奇鱼……更有九小一大十颗宝珠，悬浮在车队上空，放出万丈光芒，虽然在白天，太阳的光芒竟也掩盖不了这宝珠的神采。

这无数奇珍异宝，据说都是商国储君要进献给天子的。

马蹄看着车队的威势和车顶的珍宝，看得两眼发直、口干舌燥。突然，他看见了一张熟悉的脸孔：羿令符！

“怎么会是他？”

羿令符还是和留在马蹄心中的印象一样，没有半点变化：尽管万众瞩目，他却一副淡淡的表情，仿佛是走在树林中，而不是被包围在人群里；那成千上万仰视着他的人，在他眼中等如根根的木头。

周围有消息灵通的人说，这腰盘巨蛇、肩停雄鹰的男人，乃是商国的一位大将军。

“他是大将军？那有莘不破是谁？江离又是什么身份？”想起以芈压祝融少城主之尊，在商队中的位子依然排在其他首领之后，马蹄心下更是震撼，“难道那几个人的身份个个都比芈压更加尊贵吗？”

马蹄突然发现自己离他们好远好远，无论自己有多大的雄心壮志，在这些人面前永远都是那么卑微。“为什么！为什么！大家都是这样的年纪，为什么他们就能这么风光？我却要靠坑蒙拐骗来过活，甚至还要吃女人的软饭！”这个问题他以前不是没想过，但从来没像今天这样震撼他的心房。

车马过尽，人群渐散，马蹄失魂落魄地随着人流乱走，蓦一抬头，发现自己在不知不觉中已经回到了阿芝的门前。

“你怎么到现在才回来？”木门半开，阿芝向马蹄招手道，“快进来啊！”

马蹄进门之后，一个方士打扮的人从暗处现身，喃喃道：“奇怪，这小子怎么进了这道门？难道……”

马蹄并没有注意到自己被人跟踪，他依然沉浸在刚才见到的场面里。直到阿芝关上门用力地摇晃他才醒过来，叫道：“阿芝姐姐。”

“你怎么了？”

“没什么。”

“没什么？那干吗失魂落魄的？”

马蹄道：“刚才，我看见了一个比我大不了几岁的年轻人。他好威风！”

阿芝笑道：“你妒忌他？”

“嗯。不过我更妒忌另一个人。”

“另一个人？”

“对，他也很威风，一直都很威风。有钱，有漂亮女人，有厉害的朋友，到了哪里大家都众星捧月一般围着他。他和我差不多大，为什么他就什么都有，而我，却什么都没有！”

阿芝跟眼前这个年轻人好上，本来也是抱着玩玩的念头，这时听他说得忘情，也不禁自失起来：“其实这样的人也没什么好羡慕的，他说不定也活得很痛苦。”

“很痛苦？那怎么会！”

“我也不知道为什么会有这种感觉。不过和他比起来，你毕竟自由得多。虽然你没什么钱，可是想去哪就去哪，想干吗就干吗。权势大了，有很多事情便不能随心所欲了；朋友多了，有时候也是一种压力。”

马蹄见眼前这个女人突然变得比自己还认真，忍不住笑道：“阿芝姐姐，你好像很有感触。”

阿芝微笑道：“因为你有感触，所以我就陪你一起感触。”

马蹄道：“其实，阿芝姐姐，我那个便宜姐夫应该是个大人物吧？你跟着他，应该也见过许多大人物。”

阿芝点了点头：“他确实是个大人物。”心中道：“我也确实见过许多了不起的人，但却不是因为跟着他。”这句话却没说出来。

马蹄问道：“好姐姐，能让我知道姐夫是谁吗？”

“姐夫？”阿芝笑道，“你真想知道？”

“嗯。”

“告诉你无妨，不过我怕吓着你。”

马蹄大笑道：“吓着我？哈哈，这里就算是六卿、元帅的外宅，我也不怕！姐姐你要真能吓到我，嘿！我今晚给你端水洗脚，做你的奴才。”

“真的吗？你可记住你这句话才好。”阿芝微微一笑，道，“他叫葫芦。”

“葫芦？没听夏都有这么一号大人物。”

“你当然没听说过。这是他的小名，知道的人寥寥无几。但他的大名，却真是威震寰宇，霸绝天下。”

马蹄冷笑道：“什么大名啊？能让你吹得这么响！”

阿芝听他质疑，也不生气，只是淡淡道：“血祖都雄魁！”

拖延之计

马蹄所妒忌的那个男人，此刻正喝着闷酒。

羿令符一言不发地看了他很久，终于转身要走，却被有莘不破突然叫住：“别走！羿将军，过来陪我喝酒！”

羿令符走回来立定，有莘不破把酒杯递过去，他却摇头道：“我现在喝不得酒，怕坏事。”

有莘不破冷笑道："坏事？坏什么事？现在还有什么事情可以坏？你就是不喝酒又能干得了什么？这别馆前后左右，至少围了八千大夏精锐。嘿，暗处还不知埋伏了多少术师方士，把这方圆百丈搞得死气沉沉，只怕我连大旋风斩也弄不起来了。羿将军，你的修为比我厉害，可有什么好办法可以冲出去吗？"

"你在怪我？"

"怪你……"有莘不破的声音低了三分，随即怒吼道，"我当然怪你！你不听我的话，我不怪你。你要跟着来，我也不怪你。可你干吗把这伙兄弟也带上？他们虽然个个都是百里挑一的勇士，可在都雄魁面前，他们根本就像一群婴儿，一群等待宰割的婴儿！要是只有你，只有我，联手一冲，兴许还能逃出去。可有他们在，你叫我怎么逃？"

"你有想过逃？"

"当然！好汉不吃眼前亏！在夏都跟人硬碰硬，我还没那么傻！"

"既然你知道夏都是硬碰不得的，为什么还来？"

"我知道危险，所以我才一个人来。如果成功，我可以把江离救出去。如果失败，我就把命留在这里，是生是死都是我一个人的事情！"

"一个人……你的性命真是你一个人的吗？好，我不问你家国父祖，我只问你，若是你死了，雒灵怎么办？"

"她、她、她……我对不起她。可我不能放着朋友不管，有些事情我必须去做。"

羿令符淡淡道："可是你还没做，我就已经知道你一定会失败。龙门山下发生的事情，已经证明我是对的。"

有莘不破冷笑道："好啊，就算你对，你神机妙算，可是现在……你告诉我现在你到底打算干什么？除了把这一百多个兄弟拖来给我们垫背之外，你告诉我你还能干什么？"

羿令符并没有跟着他的思维走："从龙门山到这里，我尽量拖延时间。两天前，我感应到那对子母箭被重黎之火所焚灭，这是我和芈压的约定——也就是说，芈压已经把我要他传达的信息送到伊尹大人手里了。"

有莘不破怒道：“你招惹我师父来干什么？”

“来救你。”

“我什么时候让你请他来救我了？”

“你没让，不过……”羿令符淡淡道，“请不请救兵是我的决定，你凭什么不让我行动？你有资格命令我？”

有莘不破呆在当场，羿令符继续道：“这次你离开之后，我召集商队长老会议，因为你不顾商队，私自出走，大家一致决定，不再奉你为商队台首。现在我才是有穷商队的台首，你没资格命令我了。”

有莘不破盯着他，突然觉得很好笑却笑不出来：“也就是说，你……你废掉我了？”

“是。不过对于你的另一个身份，我没有权力干涉。也就是说，假如你以储君的身份来命令我，我也许会听你的。”

有莘不破冷笑道：“也许？”

“也许。”羿令符道：“将在外，君命有所不受——特别是乱命。何况你还只是储君。而我，其实也不是真将军。”

“可你这个假将军比真将军还要威风得多！”有莘不破冷笑道，“其实你一直很想我回家去坐那个位置，是不是？”

“我不知道自己想不想。”羿令符道，“不过我知道我父亲很想。我一直不是个好儿子，可在这件事情上，我想孝顺一回。”

提起羿之斯，有莘不破也不知道自己该生气还是感动：“你父亲……你父亲……我不知道他在天之灵看见你亲自把我送进夏都，把我逼入死境是不是会很欣慰！”

羿令符淡淡道：“我还不知道自己能不能成功，如果成功了，我想他会欣慰的。”

“成功？你想做什么？”有莘不破道，“今天夏朝的卿相来迎我去觐见共主，你推说我要斋戒沐浴。东郭冯夷要接我进九鼎宫居住，你又说这别馆是祖父住过的（据历史记载，成汤也曾被召唤到夏桀身边遭受软禁），说什么我要遵行祖父行迹以表孝思。话是说得冠冕堂皇，可谁都知道你在拖时间。我只是不明白，你到底在等什么？就算我师父真的赶来了，你认为他一个人就能横行夏都不成？”

“当然不能。”羿令符道，“夏都的城墙、城门、地面、水道都施加过禁制。有都雄魁这样的人主持，这个夏都就像是一座巨大的阵势。这里是大夏数百年根基所系，固若金汤，就是能入地飞天的桑谷隽和燕其羽，只怕也难以在这里来去自如。甚至伊尹大人亲自来了也难有用武之地。总之在城里我们是不能轻举妄动的。”

“在城里不能轻举妄动，亏你也知道！现在我们就在城里，像一百多只被人扣在陶瓮中的鱼鳖，等着人家来杀呢。”有莘不破冷笑道，“难道你还希望夏人会放我们出去不成？”

“夏人自然不会主动放了我们。不过到目前为止，他们对我们也还很优容，大概是因为有绝对把握能压制住我们吧。”羿令符沉吟道，“只是不知道夏人下一步会怎么做。”

“羿令符下一步会怎么做呢？”江离沉吟着，他当然不相信这个鹰眼男人当真会束手就缚。

都雄魁坐在客座上一语不发。这里是九鼎宫，江离接掌太一宗门户之后，在夏都的地位和他持平。对此都雄魁倒没有二话，因为这种局势本来就是他故意造就的，就算江离成为九鼎宫之主，他也有把握控制这个年轻人。

镇都三门中，东君和云中君仍然倾向于他，只不过表面上服从江离的指挥，对眼前这个年轻人并未服膺，只有河伯这个重新归附者才真正效忠于江离。

在捉拿有莘不破的行动上，都雄魁对江离的策划没有半点异议。实际上这个年轻人这段时间以来的表现远远超出了他的意料，在龙门山围住有莘不破之后他便想：“能把对方的行动料得这样准确，果然只有昔日的朋友才能做到。”

东君和云中君唯血祖马首是瞻，默然无语，河伯却肯耿直而言：“宗主，我看那羿令符推三阻四，多半另有图谋。还是趁早把有莘不破拿进九鼎宫囚禁起来，免得夜长梦多！”

江离道："若要动粗，何必等到现在？你说羿令符另有图谋，可知他图谋的是什么吗？"

河伯道："多半是要把有莘不破救出去。"

江离道："如何救？"

"这……"

江离问都雄魁道："大人有何看法？"

都雄魁笑道："我也觉得暂时不用动武。只要展示压倒性的实力让这几个小子自知必败，想来他们多半会就范。不过那个鹰眼小子的想法我却有些猜不透。如果说他的目的就是为了把有莘不破带回亳都去，那就该赶在我们之前动手！以他的能耐，还有他和有莘不破的关系，应该能做到这一点才对。"

"他确实能做到，不过，他想的应该更加深远。"江离道，"他不但要把有莘不破的人带回去，而且还要把他的心也带回去。"

"心？"都雄魁道，"你这么一说，可连我也听不懂了。"

江离道："他要有莘不破向命运低头，不敢不回亳都去履行他作为储君的职责。"

"不敢？连国家都可以抛弃的人，还有什么不敢的？"

江离道："不破的任性迟早会让很多人受到伤害。可他自己却不知道这一点——或者说，他拒绝去想这件事情。羿令符这次亲自把他送来夏都有两个目的：第一，自然是要把他送进城来之后再救出去。"

镇都三老连连冷笑："痴心妄想！"

都雄魁也嘿了一声，道："第二呢？"

江离道："第二，就是让有莘不破不想看见的事情提前发生。"

"不想看到的事情？"

"是啊。"江离道，"先师曾和我讲过尸积成山、血流成河的事情，但在眼见之前，我实际上并不能真正体验杀戮原来是那么惨。我对世事热心起来，肇端其实是在寿华城。不破的情形其实和我很像。什么天下兴亡，现在对他来说不过是个很模糊的概念罢了。可要是和他有关系的人在他面前死去，那种震撼就完全不同了。"

河伯惊道："宗主的意思是……"

"现在进城的这支队伍，只有有穷商队总人数的一半不到。这些人在夏都对整个战局根本起不到半点作用。他们唯一的作用，就是死。"江离道，"这一百个人，是羿令符故意带来送死的——要让不破亲身体验到下属为他死亡的滋味。"

河伯听得毛骨悚然："这些人不是他家商队的子弟兵吗？"

"是。"

"那他……疯子！疯子！"

都雄魁却面露欣赏之色："妙极！有穷饶乌的关门弟子，果然没有令我失望。"

九鼎宫主人

羿令符扔下越喝越迷糊的有莘不破，走出两进门，坐在滴水檐前，画了一个棋盘——这是常羊季守教他的西方棋弈，当时那一局尚未下完，便被来犯的燕其羽扰乱了。

他细细回想当初的棋路，想把那残局复盘出来。

远在九鼎宫的江离沉默良久，道："现在羿令符最大的问题，是如何把有莘不破救回去。否则他之前的努力便会白白浪费，他带来的那些人也会白死。但他要一路把人带回亳城估计是不可能的，所以我猜他的计划，应该是由他把有莘不破带出夏都，然后由埋伏在城外的人手把他接回去。"

河伯道："我现在就到城外去搜查！"

"不急。"江离道，"就是搜也未必能搜到。现在甸服还是朝廷的势力范围，敢来夏都、又有可能把有莘不破带出甸服的，人数不可能多，但一定是绝顶高人。这样的人就算来了藏在城外，你也未必能发现。"

都雄魁突然道："如果真的如你所说，那来的一定是伊挚！"

听到这个名字，镇都三老均是全身一震。

却听江离道："不错。多半会是我那位师伯亲来。羿令符在龙门山东来的路上拖延了不短的时间，现在亳都那边应该已经收到消息了。不过，就算是伊挚师伯，在夏都也未必能来去自如。所以，把有莘不破送出城外的事情，羿令符应该会揽到自己身上。"

一直没开口说话的云中君突然冷笑道："那他打算怎么办呢？飞天？还是遁地？"

"遁地术没用，就算桑谷隽和有莘不破关系破裂是装出来的，他也别想用地行之术带有莘不破跨越有三千重禁制的王都城墙。"江离道，"但是，有莘不破身边还有另外两个要注意的人，一个是雒灵，她的动向我一直没搞明白。另一个是风神飞廉之后燕其羽——这女人是天上的霸王。也不知她现在和有莘不破的关系如何，若她被羿令符说动，带了有莘不破飞上高空，或许有逃走的机会。"

云中君道："什么风之子！有我和东君在，她休想得逞！"

江离点头道："有你们俩在，燕其羽要逃出去的机会大概只有三成。"

都雄魁道："别说三成，就是只有半分的破绽也不能留给他们。"

江离点头道："这个自然。不过都大人放心，我已经劳烦登扶竟大人去走一趟了。"

有莘不破有点醉了。

迷蒙中他想起了许多往事、许多故人，突然耳边似乎听到一丝若有若无的瑟动。

"师韶兄，是你来了吗？"

滴水檐下，羿令符听到乐音后右手一颤，竟把棋局弄乱了。

天地间飘扬着无以名状的韵律，似乎正把别院中上百人都拥抱住，让所有的人都感到一种难以言喻的平静和温馨，轻轻一曲，竟让上百个单身汉仿佛用耳朵聆听到了家的感觉。连羿令符也忍不住想起三千里外的家园。

“我想起了天山。”燕其羽不知什么时候来到羿令符身后，轻轻叹息着。这个令江离有所忌惮的风神之后一直没有现身：进城前她一直藏在铜车之内，进城后则一直躲在房里不出来。

羿令符哼了一声，无箭拉弦，一股劲风射出，没射出十几丈便被天际一股力量消弭于无形。燕其羽道：“我来试试。”却被羿令符按住：“没用。这一曲暗含‘天罗咒’，这天罗一成，就算我们撕破了脸横来，一时半会也冲不破的。再说，我们现在还不宜和他们蛮来。”

燕其羽道：“现在连天上的路也被他们封住了，你还打算怎么办？还是趁他们未动手，先发制人吧。”

羿令符盘算了一会儿，道：“不行，这天罗多半是大夏乐正登扶竟亲自施为，那盲老头是足以媲美四大宗师的高人，他布下的阵势非同小可，只怕还没等我们破了天罗，都雄魁就闻讯赶来了。在城内跟夏人动手，那是自寻死路，怎么着也得先逃出城去才行。嗯，你容我再想想。”

远在九鼎宫的江离听到乐声，微笑道：“羿令符没有后路了。不过这个男人没那么容易认输。我不清楚他和雒灵可有什么协议，或者和伊挚师伯有何默契，不过无论他有什么样的计划都会显露征兆。我猜他第一步应该是把有莘不破放倒。”

“放倒？”河伯奇道，“有莘不破实力不弱，有他联手，逃跑的机会应该大很多，为什么要放倒他？”

江离道：“不破还太年轻，还不够容忍。他不会舍弃属下逃跑的，让属下为了自己去送死的事情他也还做不出来。所以羿令符要把他带出夏都，第一个要对付的不是我们，而是会竭力反对的有莘不破！我估计羿令符会对有莘不破用毒。以不破现在的修为，天下万毒只怕都难以奏效了，但若加上有穷饶乌独有的禁制之术，多半能令有莘不破在一段时间内无法行动。”

顿了一顿，江离接着道：“制住有莘不破后，羿令符多半会把他托付给某人，然后由他亲自来和我们周旋。虽然他未必知道我在这里，但就算我不在他的计算之内，他也应该知道这是一件要拼上性命的事。”江离手掌一拍，道：“现在整件事情明朗了，关键只在羿令符行动的时间。他最好是别动，那大家面子上都好看。他若妄动，只要我们掌握了他行动的征兆，便先发制人把他杀了，把所有罪名栽在他身上，然后把不破堂而皇之地接入九鼎宫。只要不破一入九鼎宫，便是伊挚师伯能会合季丹洛明，甚至连藐姑射和独苏儿两位一齐请来也无济于事了！”

都雄魁笑道：“可你如何能预先知道那鹰眼小子要行动呢？”

江离淡淡一笑，道：“羿令符也是有破绽的。这个男人的心是块刀扎不进、水泼不入的铜胚，可惜……”他转头对河伯道：“让盯羿令符的人留神！什么时候他腰间的巨蛇不在了，就是他要动手的时候了！”

“巨蛇？”

“对。他来送死之前，一定会把那条巨蛇赶走的。”

感受着那若有若无的“天罗”，燕其羽问羿令符道：“你刚才说，用一曲音乐就把我们的上空全封死的，是一个盲老头？”

羿令符嗯了一声，道：“是。在大相柳湖决战的时候，你可曾听见鼓声？”

“你是说把大相柳湖底整个水晶宫都震塌的那鼓声？”

“对。”

“我怎么可能没听见？”燕其羽道，“我当时就很疑惑能发出那种声音的究竟是何方神圣。你突然提起，莫非布下这‘天罗’的就是那人？”

羿令符道：“不是。那是我们的朋友，叫师韶。布下这天罗的是师韶的师父——大夏的乐正登扶竟。”

燕其羽沉吟道：“你刚才说，这个叫登扶竟的人修为能与仇皇大人媲美？”

“老一辈都这么说，应该错不了。别说登扶竟，就是师韶现在也已经直追乃师。他曾悄悄去过天山，撞破仇皇的秘密——这事你知道吗？”

燕其羽惊道："有这样的事？那仇皇大人怎么能容他活着离开？"

"当时仇皇不是不想杀他，而是奈何不了他！"

燕其羽沉默半晌，道："像登扶竟这样的人，夏都还有几个？"

羿令符叹道："几个？有一两个就已经很可怕了。不过大夏根源深远，就是王室或士卿里面再有一两个无名高手也不奇怪。"

燕其羽叹息了一声，道："我在天山自尊自大，以为天下间除了仇皇大人再没我的对手了。直到遇上你们才知道天外有天的道理。那日藏在有穷之海中感应到都雄魁的气势，再加上今日亲见这连我也没把握破解的天罗，更让我明白了这座繁华的都城为何可怕。"

"现在算好的了。"羿令符道，"若是三十多年前……"

"那时怎样？"

羿令符悠然神往："那时候，夏都才算真正的群雄荟萃！有穷在这里，血剑宗在这里，江离的师父祝宗人还没离开，伊挚大人也还在夏都供职。再加上血祖都雄魁、乐正登扶竟、太卜连山子……嘿，若我早生一代，能与这些人同城而立，较一日之雄长，那才真是不枉此生！"

燕其羽闻言笑道："其实你也不必妄自菲薄，就算你看轻了你自己，也莫看轻了你的同辈！要我说，三十年后，我们的威名未必就输给了那群老头子！"说到这里她豪气迸发，昂然道："你们中原人总是婆婆妈妈！他们既然有必胜的把握，干吗不直接冲进来，把我们押到那个什么九鼎宫，事情不就结了？"

"也许就是因为他们太自信了。"羿令符道，"大概夏人认为凭我们几个无论做什么小动作都没用了吧。"

捉奸

九鼎宫的会议散了以后，东君私下问都雄魁道："宗主，这小子说得头头是道，我只怕他是纸上谈兵。"

都雄魁笑道："我倒挺看好他的。我们按照他的谋划，不是把成汤的孙子拿回来了吗？现在到了夏都，防范比龙门山下严密十倍，地下有祝宗人和太一宗历代高手植下的‘错结盘根’禁制，空中有登扶竟的天罗。就是我和那鹰眼小子易地而处，最多也只能自己硬闯出去，要想再带上一个人走，那是绝无可能。”

东君又道：“但这件事情若是成功，只怕那小子的声望会因此大进。他和大王又有父子之亲，宗主你就不怕他日后独揽大权吗？”

都雄魁笑道：“祝宗人还是大王的叔父呢！不是照样灰溜溜走了。哼！放心吧，要想独操权柄，江离这小子还不够火候。只要局势稍稳，到时候不用我们打头阵，妺喜娘娘那边就容他不下。”

东君点头道：“大王那边我不担心，不过这小子也不知有何德何能，东郭冯夷那老儿竟然会对他死心塌地。这也就算了，连云中君最近也动摇起来。宗主，对下面的人，您还是用点心的好。”

都雄魁点头称是。东君离开以后，他又冷笑一声，心道：“看来大夏果然气数已尽，出了一个昏君也就罢了，下面的人心也早已离散。眼见大敌当前，却个个还在这里勾心斗角！江离这小伙子竟想力挽狂澜，真是痴人做梦！”又想：“夏朝将倾，但却绝不能便宜了成汤。若让成汤得了天下，伊尹执政，我可就抬不起头来了！最好想办法让夏商斗个两败俱伤，把天下搅成一个群雄争霸的局面，那时我再从中挑选一个人主做傀儡，世事便依然能任我所为！”

他想有莘不破的事情有江离去操心，便暂时不去理会，径回长生殿，走到半路突然想起阿芝来：“这娘们的窝好久没去了，也不知她长胖了没有。”阿芝的姿色也只是中上，但都雄魁眼光独到，自能发现这女人身上许多与众不同的好处来。这时天色已黑，都雄魁撇了从人，脱了正服，独自一个人穿着便衣，穿过小半个夏都夜市，买了些肉食来到阿芝门前。不认识的人看到他这样子还以为是一个半夜归家的市井男子呢。

都雄魁拎着东西敲打大门，好一会儿，阿芝的声音才从里面传来：“谁啊？”

都雄魁笑道：“老公回家了，还不快来迎接。”

门内突然没了声音，又过了好一会儿，门内一阵慌张的脚步声渐近，门打开，先见到一柄昏黄的灯笼，跟着才见到云鬓松散的阿芝。都雄魁笑道："怎么弄得这么狼狈？"

阿芝抹了抹脸，笑道："我怎么知道你会突然过来，又这么晚了，早睡下了。"

都雄魁也不以为意，道："我今天才回王都，办完了公事就到你这里来了。"说着抬手把东西交给她："今晚我兴致好，弄几个小菜，把尸方辗转献上来的那瓶好酒端上来，我们一边赏月，一边玩耍。"他一边说一边走，直入卧室，回头见阿芝也跟了来，笑道："你睡糊涂了你！去厨房啊，跟来干什么？"

阿芝忙应了一声，然后转身出门，突然背后都雄魁道："等等！"阿芝心头狂跳，脸色大变，却听都雄魁道："不要把菜做得太王都味，就用你们水族的旧法整治。"阿芝如蒙大赦，应道："知道了。"来到厨房，才拿起刀，手却抖个不停，过了一会儿没听见什么大响动，才渐渐放下心来："大概已经逃走了。好险！"

阿芝走后，都雄魁施施然坐下，见床上乱得太不像话，笑道："这娘们想男人想得厉害了，刚才多半是在做春梦。"突然瞥见摆着残羹剩菜的桌面上竟然有两副碗筷！心头一动，来到床边，鼻子连嗅，心道："这床上全是男人的味儿！这娘们偷人！"

他是血宗的绝代高手，六感通灵，那微温的床铺上弥散着的异常味道普通人留心一些也能察觉，何况是他！都雄魁心道："被子还有些温，是了，刚才是被我撞破了奸情，这男人多半没走远。"

要是别人遇到这事情多半会羞愤交加，但都雄魁的女人实在太多了，对床笫之事又向来看得如同吃饭睡觉般轻巧，因此阿芝虽然这段时间得宠，得悉她偷人都雄魁竟然也不动气，反而心道："她经历过我的手段，别的男人居然还看得上眼？却不知是个什么样的男人。"想着暗运玄功，把"血宗玄影"延伸开去。

血宗的功夫，第一步是把身体练得坚强无比，第二步是练得肉身变化万方，但练成元婴之后，由实返虚，精玄所在反而是那若有若无的影子。此刻那延伸开去的影子越来越大，也越来越淡，一弹指间便遍及整个院落。影子所到之处，不但能感应到任何微弱的生命气息，甚至能让都雄魁借助影子听到、看到、闻到、触到。

几不可见的血影一延伸到后院，都雄魁便发现了那个奸夫的行迹。他也不张扬，身子融化了一般沉入血影之中，跟着从后院的血影中浮现出来。他的突然出现让眼前这个年轻人大吃一惊，连站也站不稳，扑通一声跪在都雄魁面前。

都雄魁笑骂道："没出息的东西！既然有胆子偷食，就不该怕成这个样子。"

那年轻人没想到他竟会说出这样的话来，待在地上怔怔地看着他。

都雄魁问道："你叫什么名字？"

"马、马、马蹄。"

"马蹄？连姓氏也没有吧？原来是个下贱之人。"

马蹄不敢开口，都雄魁道："跟我来。"他也不敢不从，心中懊悔刚才怎么不快点逃走。

原来今天下午他听说阿芝竟然是血祖都雄魁的禁脔之后，一开始吓了个半死，但后来想想都雄魁刚刚进城，多半不会连夜来光顾他的外室。又听阿芝说都雄魁最近好像开始冷落她了，终于色胆压倒了害怕，竟然决定留下。两人用完了晚膳，从傍晚开始一直缠绵到都雄魁敲门，马蹄又是害怕又是兴奋，越害怕就越兴奋。到后来阿芝受到感染，也忘情起来。两人颠鸾倒凤，尽兴一场，才相拥而眠。没睡多久，突然有人敲门。马蹄是如鸟惊弓，先醒了过来。再听说是都雄魁，连脸都吓白了，胡乱抢了东西翻出窗户。逃入后院后心中稍定，他知道都雄魁这个"便宜姐夫"是个绝顶高手，不敢弄出太大的动静，只是一步步地向石雁的阁楼那边挪去。正要跳过围墙，突然眼前一花，白日里雄踞猛兽高台之上的那个男人已出现在自己面前。

马蹄见自己的行踪被发现，原以为必死无疑，谁知道这个传说中的大魔头竟没有将自己立毙于掌下。他曾见过有莘羖等高人，之后经历过几次出生入死，也算历练出了一点胆量。跟着都雄魁回到卧室的一个心七上八下，脑子转得飞快，来来去去只有一个念头："如何才能保住性命？如何才能保住性命？”

都雄魁在卧室中坐下，打量了马蹄两眼，笑道：“身架子不错。阿芝倒是有点眼光。”

马蹄听得怔了，不知道这个大魔头这么说是什么意思，只听都雄魁问道：“你跟阿芝来往多久了？”

马蹄不敢扯谎，讷讷道：“昨天才认识。”

都雄魁又问：“怎么认识的？”

马蹄一咬牙，把如何偷入石雁家，如何得她指点的事情一一说了。阿三的事情他不敢说出来，怕对自己不利，只说是想入屋行窃。都雄魁竟然听得津津有味，道：“原来我隔壁住了这么对有趣的邻居，哪天我也扮扮小偷，去抽她丈夫几鞭。”

两人正说着话，阿芝听到声响跑了进来，一见到马蹄在房间里，登时吓得魂飞天外。都雄魁扫了她一眼，道：“酒菜准备好了吗？”

阿芝脸色苍白，冷汗浃背，好久才勉强说出话来：“没……还没。”

都雄魁不悦道：“那跑过来干什么，做饭去。”

阿芝哆哆嗦嗦回厨房去了，都雄魁也不理她，继续问马蹄如何勾引阿芝。马蹄一开始哪敢说起，但转念一想：“这些高手好像个个都不太正常，罢了，我豁出去！赌上一把！”于是他鼓起勇气，说起自己如何跳进院子，阿芝如何开窗，自己如何挑逗，阿芝如何应对——说的比事实还多了两分轻薄。

都雄魁饶有兴趣地听着，还不停地插上一两句：“唉，你这句话可就说得没水平了。应该这么说……”“呵呵，这娘们是自己动情了。”“小子，你这次是蒙到了。要不是阿芝肚子里烧着一把柴火，你这点三脚猫功夫，早就被扫地出门了。”

拜师血祖

马蹄对都雄魁原本是怕得要命，但两人一席话说下来，讲的又全是荤话，马蹄惧心渐去，胆子越来越大，慢慢的五句话里便夹上一句嘲谑，一句吹捧，都雄魁哪里会将他这样的小角色放在心上？对都雄魁来说，马蹄的存在犹如蝼蚁，生死存杀都在他一念之间，若要杀他时，手指都不用动一下。此刻听马蹄言语有趣，奉承得体，很对自己的胃口，也便有点喜欢他了。

阿芝整治了消夜端上来，见两人竟谈得欢快异常，松了一口气之余不由得暗暗称奇。马蹄帮忙收拾好桌子，请阿芝入座，又哈腰恭请都雄魁动筷。

都雄魁道："添一双筷子，你也吃。"

马蹄一边斟酒一边道："前辈在座，哪有我坐着的份儿。"

都雄魁嘻嘻笑道："什么前辈，小崽子胡说八道。"

马蹄道："您啊，是风流场上的祖师爷，我才刚刚入门哩，以后要请前辈多多指导。"

都雄魁笑道："指导了你，好来偷我的女人！"

阿芝的脸登时热了起来，心下又羞又怕。马蹄却若无其事地笑道："小崽子我就是想，也不够那本事啊。"

都雄魁指着阿芝笑道："你这不是偷到了吗？"

"哪有？阿芝姐姐只是把我当弟弟。她连人带心都在爷爷这里呢。"

都雄魁明知他胡扯，也不深究。马蹄在旁劝饮，他也是酒到杯干。以都雄魁的修为，若有意不醉，便是把天下间的酒都灌进肚子里也没事。但此刻是玩乐，图的是痛快，便没有催运玄功散发酒气。一瓶酒下肚，醉意已浓，指着阿芝又说开了一顿荤话。

马蹄得都雄魁赏他几大杯酒，借醉意壮胆气，竟然接口，两人你一言，我一语，都拿阿芝的身体私密来开玩笑。

阿芝听得捂起了耳朵，满脸通红，都雄魁笑道："你这淫荡是从娘胎里带出来的，也怕人家说。"阿芝抓起酒瓶道："酒没了，我添酒去。"也没等两个男人说话，慌忙逃了。她逃入酒窖后，都雄魁和马蹄笑得大声时还是能隐隐听见。每听见一次大笑，她心中便多一分羞耻，她倒好了酒，又等了好久，估计两人把荤话讲完了，才捧了酒瓶出来。

都雄魁骂道："怎么去了那么久！刚才小马蹄可说得精彩哩！可惜你错过了。"

阿芝道："我是供你们爷们玩弄的女人，平时作践得我不够，现在嘴上还要再作践一番。"

马蹄吐了吐舌头道："糟糕，阿芝姐姐生气了。"

都雄魁笑道："别理她。嗯，你刚才说了她五种好处，这第六种，现在可想出来了？"

马蹄面有难色："这……实在想不出来。"

都雄魁扬扬得意道："小崽子啊，你毕竟还太年轻。"

马蹄忙接口道："爷爷能教教我吗？"

都雄魁笑吟吟看着阿芝，把她从头看到脚，又从脚看到头，看得阿芝掩面不敢回看他，才笑道："附耳过来。"

马蹄忙凑了过去，阿芝偷眼看去，只见都雄魁嘴唇微动，说得眉飞色舞；马蹄耳朵竖直，满脸的心痒难搔。一席话说完，都雄魁放声大笑，马蹄伏倒在地，叫道："服了，服了！我真是服了！师父！师父！你收我做徒弟吧！"

都雄魁自神通大成、权柄在手之后，怕的、恨他的人都不可胜数，他的徒弟和属下在他面前个个坐立难安，和他身份相当的人又个个端正自持，谁会和他说这些疯话！难得今晚遇到马蹄，这年轻人和自己年轻时一样，是个脱不了粗俗的坯子，但言语还算得体，难得的是敢放肆胡说，他本来想玩弄一会猫捉老鼠的游戏后把他宰掉的，到后来竟有些不舍得了。但这时突然听见马蹄叫他师父，这实是他内心最忌讳的事情，脸上便冷了三分："拜师？你要跟我学什么？"

马蹄磕着头，却没看到他的脸色，口中道："跟师父您学风流手段啊！将来做个纵横花场的好汉。"

都雄魁怔了一下，随即又大笑起来："你要学这个啊，那有什么难的。"脚一抬，把马蹄的头给踩住了，心道："我这一脚下去，这小子就是有十条命也完了。不过这小子这样有趣，现在杀他也太早了。"又想："我当年能背叛那死鬼老头，乃是因为我学全了他的本事，且又更胜于他！哼，这小子根基浅薄，只要我不传他真功夫，难道还会被他一句师父就给叫死了不成。"这些想法在都雄魁脑中只是一闪而过，马蹄不知这一瞬间他已经在鬼门关口走了几个来回。都雄魁道："起来吧，小崽子。"他便快手快脚地爬了起来，说道："可惜我这个徒弟太穷，今天拜师这么重要的日子，也拿不出什么像样的东西来孝敬你老人家。"

这句话触动了都雄魁童年的记忆，心中竟不禁涌起一股同病相怜之感："出身不好怕什么！年轻人只要敢拼，以后总有出头之日。"

方才都雄魁眼神闪烁全被阿芝看在眼里，眼见都雄魁暂时没有杀人的意思，忙帮上一句："你可是有钱的师父，怎么不赏他点见面礼？"

"见面礼啊……"都雄魁随手一摸，摸出一个干果来，正是天山上在徒弟尸体旁边随手捡起的贪吃果。他位高权重，天下间的奇珍异宝在他眼里和瓦砾也差不了多少，这时酒意涌起，一时也想不起这贪吃果是个什么东西，只是隐隐觉得颇有灵气，也算是一件拿得出手的东西，随手摸出来，随手扔出去，道："这个给你。"

马蹄也不知道是个什么东西，但想国师赏赐的一定是件宝贝，于是牢牢抓紧，跪下谢赐。见都雄魁打了个酒嗝，脸上似有倦色，忙爬起来服侍他上床。

阿芝道："你先出去吧，桌子上的东西，明天再收拾。"

马蹄点头退了出去，在厅堂里闷坐了一会儿，拿起贪吃果来把玩，心道："这不知道是个什么宝贝。"他原本颇有慧根，在祝融火巫那里又学过一点门道，隐隐感到这枚干果里面藏着一股灵气，心想："我这个便宜姐夫是个大人物，这东西多半非同小可。只是不知道怎么用，难道是拿来吃，吃完之后长生不老？算了，明天便宜姐夫醒了再问他。"

他靠着墙根想睡，偏偏一点睡意也没有，脑袋里只是想着：“我今晚一个不小心，竟然拜了血祖做师父。嘿嘿，他可是天下四大宗师之一……不！他现在是国师了，应该是四大宗师之首！哼！有莘不破！江离！你们不是看不起我吗？我现在也是名门弟子了！跟你们平起平坐了。等便宜姐夫醒了之后，我再拍拍他的马屁，让他传授我一点真功夫，总有一天，我要把你有莘不破打趴下，再抢你那个不会说话的女人做老婆！”他越想越得意，越想越精神。没多久东方渐白，马蹄心道：“不如先去早市买些东西回来做早点，我今后是龙是蛇，可全看能不能哄得我这便宜姐夫高兴了。”

他怕扰了都雄魁的梦，当下悄悄推门出去，再轻轻带上，一路上哼着小曲，越走越是轻快，突然一只手按住了他，冷笑道：“马蹄啊马蹄，你好大的胆子！”

马蹄回过头来，只见按住自己的那人长着三缕长须，飘飘然有出世之姿，正是在有穷地界上骗自己做徒弟的靖歆。当初在毒火雀池边上若木重伤、桑谷秀惨死，桑鏖望和有莘羖反目成仇，这一切固是因为局中各人均有自己的死结，但九尾狐的奸猾、靖歆的助恶也是导致事件难以收拾的原因。

后来有莘羖和桑鏖望两败俱伤，局势渐渐明朗之际，靖歆却趁着群雄自顾不暇的空隙逃走，连马蹄马尾两兄弟也抛下了。马蹄回想起这个挂名师父的无耻，每次都恨得牙痒痒的。但真见到了靖歆却又害怕。此时此刻，他更暗下决心：“实力！我一定要拥有实力！没有实力，什么都是假的！这靖歆连我那便宜姐夫的半根指头也比不上，可他伸出一根手指就能弄死我。”又想：“这里离阿芝的小院有段路程了，我抬高了声音便宜姐夫也听不见，就算听见了，会不会来救我也难说。”

马蹄年纪不大，但从小在江湖上爬滚，脸皮久经历练；平日里常骂靖歆无耻，可他自己的无耻却也不差——心里咒骂，面上却堆满了欢容：“师父！你怎么也来夏都了。这些日子来，可想死我了！”

兄弟

靖歆眯眼盯着马蹄，笑道："乖徒儿，这两天你的艳福可不浅啊。"

马蹄哈腰道："哪来的艳福？弟子和师父失散，好不容易从有穷商队逃了出来，这些天来历尽千辛万苦，只盼着能早日找到师父您老人家。这下可好，皇天不负有心人，终于让徒儿见到师父了。唉，师父啊，见到你老人家，你可不知道我有多高兴。"说着眼皮挤了两挤，掉出两滴眼泪来。

靖歆笑道："行了行了，你的底细我还不知道吗？不用跟我装孙子。放心，为师我徒弟收过几个，没一个像你这么聪明的。现在还舍不得对你怎么样。"

马蹄点了点头，脸上一派纯真："这个自然，师父是最疼我不过的了。嗯，师父，夏都好像要发生大事了，你也是冲着这个来的？"

靖歆听他轻轻一转便点到了重点，心道："在巴国的时候这小子还什么都不懂，现在却已能看出这件大事的端倪来，嘿，假以时日，还不知道会变成什么样！"于是他淡淡一笑，道："也是，也不是。"

马蹄心道："这牛鼻子跟我装蒜，说什么'也是也不是'，其实以他的能耐地位，在边远地方还能叫得响，来到夏都却屁也不是！在这件事情上根本插不上手！"眼中却充满敬畏："师父，您这句话高深莫测，我可听不懂。"

"你不必懂。"靖歆道，"我只问你，你和屋里那人是什么关系？"

"屋里？哪个屋里？"

靖歆冷笑道："你刚才从哪个屋子出来啊？"

马蹄恍然大悟："你是说我姐姐家啊！"

"姐姐？你这小子的底细我比谁都清楚！和你那白痴老大是一对天生天养的孤儿，哪来的姐姐！"

“真是什么都瞒不过师父。”马蹄道，“那当然不是我亲姐姐。其实是这样的……唉，说来丢脸，有一天我到姐姐邻居家行窃，被屋主发现，差点连腿也打断了，跌进姐姐的后院，姐姐见到我的样子可怜，便把我藏在屋里疗伤，后来见我老实，说话又投契，便认了我这个干弟弟。”

靖歆失笑道：“老实？你这小子老实？哈哈哈……罢了，听你的话倒也不像撒谎。嘿！小子，你可知道你这姐姐是什么人吗？”

“什么人？她叫阿芝，做得一手好菜，酿得一手好酒，以前是个开饭馆的吧。”

“开饭馆？”靖歆笑道，“其实她什么来历并不打紧，可是你那个姐夫啊，呵呵！你可知道是谁？”

“姐夫？好像是个官吧。”马蹄道，“他威严得很，不过对我很好，让我一起吃饭，还送我东西。”

靖歆脸色微变，道：“你见过他了？”

马蹄若无其事地道：“他？你是说我姐夫吧？见过啊，今晚刚刚见的面。”心中却想：“看他截住我的情景，应该是埋伏在门外才对啊，怎么没见我那便宜姐夫进门？是了，要不就是我那便宜姐夫有些什么神通这牛鼻子看不见，要不就是便宜姐夫进门的时候牛鼻子刚好不在。”

马蹄真猜对了，靖歆所在的小招摇山是血宗旁枝，常有事没事地找机会奉承血宗宗门的人。阿芝的来历他不甚了了，但这女人是都雄魁的外室他碰巧知道。昨日瞥见马蹄，一路跟着，竟发现这挂名徒弟进了阿芝的门，这一惊非同小可。

他地位虽然远不能和都雄魁相比，究竟也算一方豪雄，还不到为了监视一个小混混而一刻不歇地埋伏在一旁，只是想法子在位于路口的客店上要了一间靠街的客房。因此都雄魁进门的情景他恰巧没有留意到。

马蹄看他的反应，心想：“我那便宜姐夫的威名比这挂名师父大十倍。看他这副表情，对便宜姐夫可怕得紧呢。等我狐假虎威一番。”口中道：“师父，我那姐夫一见我就很喜欢我，说要收我做徒弟呢。可我想我毕竟是拜过师的，因此只磕了头，还没完全应承他。这下可好，师父你不如和我去见见姐夫，亲自把我的情况跟姐夫说说吧。”

靖歆脸色又变了一下：“你跟他提起我了？”

“嗯，还没。”

靖歆一听松了一口气，但眼珠子一转，冷笑道：“臭小子，你这可露马脚了，你那姐夫何等人，会主动收你做徒弟？”

马蹄吐了一下舌头笑道：“真是什么都瞒不过师父你。其实我是很想拜师，可是磕了十几个头，他才答应。”见靖歆冷笑，马蹄又道：“要是师父不信，这样吧，我们一起回去三面六耳说清楚。”说着就要往回路走，却被靖歆拦住。

靖歆压根儿不信都雄魁会收马蹄做徒弟，但他怕极了都雄魁，哪怕都雄魁在阿芝家的机会只有万分之一，他也不愿去冒这个风险。

马蹄道：“师父，你不想见见我姐夫吗？”

“不了，我还是先见见你哥哥吧。”

马蹄心道：“看来他终究不敢去见便宜姐夫，可他见我哥哥干什么？”却不敢违拗他，道声“是”，便向烂口巷而去。

其时天色未明，正是一天中最冷的时候。偏偏这两日又是回春寒，霜风砭骨，马尾为人蠢钝，争不过烂口巷的贫儿乞丐，被赶到最挡风口的地方睡觉，整个人蜷成一团，不住地哆嗦，不过他也真有能耐，这种情形下居然还能睡着。

马蹄道：“我叫醒他。”

靖歆道：“不必，天色还没大亮，让他再睡一会儿吧。”说着找了个干净地方坐下，闭目养神。

马蹄心中越发生疑：“他干吗要来找我哥哥？”想了一会儿没头绪，又想起该怎么逃脱靖歆的控制：“我不能表现得太窝囊，便宜姐夫会对我怎么样还实在难说，无端端跑去求救，说不定他不但不肯援手，反而变脸要杀人。最好先想个什么法子摆脱了他，再躲进阿芝姐姐的院子里，谅这挂名的师父不敢进去！只是我一个人要逃跑容易，身边若跟着哥哥，可就没那么顺便了……啊！难道……”他脑中灵光一闪：“是了！这家伙也知道我难收拾，因此才要我带他来找我哥哥！他分明是把我哥当成一把大枷锁，让我无法自由行动。”

想到这里，马蹄已有主张。他脱下破袍子替马尾盖上，马尾早被冷风吹得有些僵了，陡然间有件带着体温的袍子包住自己，身体自然而然地舒展了一下，却打了个喷嚏。马蹄喃喃道：“这里这么冷，你怎么挑这种地方睡觉！”说着掀起袍子钻了进去，抱住了满身肥肉的马尾，用自己的体温来暖和哥哥僵硬的身体。马尾没醒，睡梦中却自然而然地把弟弟也抱住了。

靖歆貌似入定，其实把这一切都看在眼里，心道：“这小子卑鄙无耻，就是对他哥还不错！”他嘴角难以察觉地笑了一笑，却不知道马蹄也和他一般，笑得很得意。

马尾给弟弟抱住，做了一个多时辰的好梦才被太阳晒醒。他睁开眼睛看见马蹄很高兴，也不吃惊，坐起来捏捏肚子，从背包里摸出半个麦饼对马蹄说：“吃。”

马蹄道：“师父来了，今天我们得吃点好的。我们到王恩楼去吧。”又回头对靖歆道：“师父，怎么样？”

靖歆却道：“那里品流太杂，我这两天不想太过张扬。”

马蹄道：“那我让我哥去买点吃的回来吧。”说着吩咐马尾去哪里，买什么东西，他一副很尽心的样子，故意说了很多东西，每样东西又要到不同的店铺去买，但马尾哪里记得住，于是马蹄道：“师父，我哥记性不好。我和他一起去一趟吧，您先坐会儿。”

靖歆冷冷道：“买份早点要两个人去干什么？你去，你哥留下。”

“这……”马蹄看看靖歆，再看看马尾，终于道，“好吧。”然后有些丧气地向市集走去。

他不知道靖歆是不是跟着他，不敢逃，真到市集去买了许多东西，买完了东西已近辰时，他在人群里七弯八绕，眼观四面，耳听八方，确定靖歆没有跟来，这才飞快地抄小路向阿芝家奔去。跑到她家门口，调匀呼吸，想好如何扯谎向都雄魁交代，这才拍门。

阿芝开门看见他，一把扯了他进来道：“你怎么还来？”说着把门关了，带他进房。

马蹄没想到阿芝会没头没脑说这么一句话，问道：“怎么了？是姐夫生气了吗？其实我去买早点了，瞧！只是……”

“行了行了。”阿芝打断他说，“你也不用拿这个来搪塞我。别说你姐夫，就是我也蒙混不过去。”

马蹄笑道：“那当然，我哪能蒙姐姐你啊。姐夫呢？起身了吧？”

“他早走了。”

马蹄听都雄魁走了，反而松了一口气。虽然他一心希望能从这个绝代魔头身上学到本事，但一见到他却忍不住忐忑不安。于是他说道：“姐夫醒来不见我，没生气吧？”

阿芝道：“我比他早醒片刻，便下厨房去做早点。回来他已经起身，左右不见你，口里喃喃说：‘这小子跑得倒快。早知道昨晚就宰了，岂不干净。’”

马蹄大吃一惊：“宰、宰、宰谁？”

阿芝冷笑道：“还有谁？自然是你。”

秘密水道

马蹄听阿芝说都雄魁一醒来就想杀自己，不由得大吃一惊，忙问阿芝：“姐夫——不，师父为什么要杀我？就因为我没在跟前伺候？”

“不是。”阿芝道，“其实，我昨晚就看出他要杀你了。”

马蹄骇然道：“昨晚？昨晚我们不是聊得很开心吗？”

“正因为昨晚他很开心，所以才暂时没杀你。”阿芝道，“你把他逗乐了，不过让他多容忍你一两天罢了。”

马蹄道：“他……他要杀我，是因为我们俩……”

“或许是，或许不是。”

马蹄道：“阿芝姐姐，你能不能帮我探探口风，替我美言几句，看看有没有回旋的余地。”

“不行的。”阿芝摇头道，“他这人心如铁石。虽然我不知道你哪里招了他的忌，但他既然立志要杀你，而且出了口，就没有挽回的可能。别说你，就是对我……唉，假如有一天他下定决心要杀我，也不会有半分犹豫的。”

马蹄脑袋嗡嗡作响。他昨晚一厢情愿，企图因都雄魁而成为一个人物，甚至取得与有莘不破和江离不相上下的身份和地位。然而这个改变他命运的际遇来到的时候莫名其妙，溜走的时候迅疾非常。他突然发现那些雄心壮志遥远得像天际白云般缥缈，自己始终不过是一个无足轻重的小混混而已。

阿芝见他发呆的样子以为他被吓到了，温言道：“别担心。我看他的样子，最近只怕有要紧事忙。你赶紧逃出夏都，逃得远远的。你身份卑微，他未必会为了你而大动干戈，说不定过一段时间就把你的事忘了。”

“逃得远远的……”马蹄知道这样一来，他从此将默默无闻，除了活下去，什么也不能去追求了，因为一旦他出人头地，就有可能被雄霸天下的血祖知道、追杀！

“怎么了？”

“姐姐……”马蹄突然间哭了起来，这一次是真的流泪了，“我……我不想死，可我也不想窝囊地过一辈子。”

阿芝怔了一下，仿佛明白了什么，叹息了一声道：“弟弟，没办法的。你千不该，万不该，不该惹上他。他要杀你，只怕天下间也没几个人能保得住你了。”

马蹄听了这句话，脑袋活络起来：“没几个人，那就是还有了？”

阿芝叹息道：“我听说，这世界上还有两三个和他齐名的人，另外还有两三个人他奈何不了。若是这些人出面，多半就能护住你了。可是能和他齐名的人，哪一个不是功盖寰宇、名满天下的？我们未必有机缘结识他们，就算见到了他们，以你的身份，他们也未必会为你出头。”

马蹄这一年来千里游历，见识早非昔比，也隐隐猜到阿芝所说的那几个人，多半就是传说中的“四大宗师”、“三大武者”之类的绝顶人物。诚如阿芝所说，这些高人自己又哪有本事去结识？“为什么！为什么！有莘不破和江离为什么就能有那样的家世？要是我也有那样的际遇，我一定不会比他们差的！”他不愿服输，咬紧了牙，擦干了眼泪道：“阿芝姐姐，无论如何我要先活下去。以后的事情以后再说。可这夏都是他的势力范围，现在查得又严，我该怎么逃出去啊？”

阿芝道：“若只是要逃出去，我却有个办法。”

“啊，好姐姐，快帮帮我，现在就你能救我了。”

阿芝道：“我曾听他说起，这夏都固若金汤，无论是天上地下都有重重禁制。不过这些禁制也需要经常维护，负责维护这些禁制的便是九鼎宫镇都四门。”

马蹄道：“我听过，不过听说现在只剩下三门。”

阿芝道：“不错。其实前一段时间，只有两门。镇都四门中的河伯是最近才回来的。”说到这里她停了一停，想起了桑谷隽独力打败河伯的往事，马蹄也不敢打扰她。阿芝出了会儿神，才继续说道：“河伯离开夏都为时甚久，因此夏都水道里的禁制便先有了破绽。河伯回来之后多方维护，但究竟还是有些破绽一时间还没全部补上。”

马蹄喜道：“阿芝姐姐你知道那破绽，是不是？”

阿芝点头道：“嗯，是个小小的破绽，不过足够让一个人出城去了。跟我来。”说着竟带马蹄来到后院，道：“出路就是这口古井了。这个通道，连他也不知道。”阿芝口中的他，指的自然是都雄魁了：“这条水路是我无意中发现的，本来是担心他喜怒无常，缓急间有个逃跑的可能。现在刚好给你先用。你会避水诀吗？”

马蹄摇了摇头。

阿芝叹道：“我是糊涂了，你又不是水族，怎么会避水诀？嗯，龟息法会不会？”见马蹄又摇了摇头，阿芝重新把他带回房内对他说：“昨天你跟我欢快，持续的时间很长，体力很好，应该有练过什么功夫吧？”

马蹄这个时候也不好藏私了，把从祝融火巫家里偷的那片龟甲拿了出来说：“这是我捡到的秘笈，我是照着上面自己练的，也不知道练得对不对。”

阿芝接过看了一下道：“这是至阳至刚的法门，和我所修炼的截然相反。不过这片龟甲所记载的内容并不是很深，和我所知颇有相通之处。嗯，他今天不会来了，我们还有大半天的时间。”说着便给马蹄讲解龟甲上所刻的练气法门。

马蹄心道：“看不出原来她也有这么大的本事！还好昨天没用强，要不一定死得很难看。”

阿芝见他分心，拿龟甲啪的一声敲了他一下，说道：“没多少时间了，快收敛心神好好听着！”

马蹄忙应“是”。这片龟甲他琢磨了整整一年，又按自己的理解胡乱修炼，没想到大致上还撞对了，只不过有些地方似是而非。这时得阿芝指点，登时融会贯通，到了傍晚，阿芝询问了他运气的情况后，道：“行了，你现在可以用龟息法了。”跟着教他怎么闭气，如何龟眠。阿芝见他一点就通，教得也颇为畅快。待马蹄把龟息法粗粗学成，阿芝道：“你现在的这点修为，最多只能闭气半个时辰，不过也够了。”跟着又给他讲解地下水路，说明进入古井之后该如何游走，如何出去。

好不容易才说完，阿芝道：“成了，趁现在天黑，你快出城吧。你自己去吧，我就不送你下井了。”

马蹄道：“姐姐，我舍不得你。”这回他倒是真的不舍。

阿芝怔了一怔，叹道：“我也有些舍不得你。不过弟弟啊，你不是我的心上人，我也不是你一生一世的伴儿。我们欢好一场，也算缘分。别耽搁了，快去吧。万一他像昨晚一样，突然间心血来潮又来敲门，只怕你就跑不掉了。”

马蹄一听，想起都雄魁的强横不由得打了个寒战，就不敢再拖拉下去，突然跪下给阿芝磕了三个响头道：“姐姐，这次我是真认你做姐姐了！”跟着爬起来溜进后院，爬入井中。

阿芝望着他背影消失的方向，喃喃道：“姐姐……马蹄弟弟，我很高兴做你姐姐，可我并不希望永远只能做人的姐姐啊。至少有一个人……我希望他不只是把我当姐姐……”

马蹄并不知道阿芝的细腻心思，以龟息法潜入井中，一潜入水底，没游出多久眼前便一片漆黑。这一点却是阿芝疏忽了：她出身水族，在水中游荡就像常人在陆上走路，只要知晓了道路，闭着眼睛也能走对。马蹄却没这本事了。

他潜入水道，没多久就迷了路，在水里乱闯。渐渐胸腹间越来越憋闷，他知道自己的龟息功夫快到极限了。这时眼前忽然有一点光亮，他也顾不得是什么出口了，涌头就上，却又是一眼水井，心道："我不会游回来了吧？"

突然井外传来一个男人的声音："你好本事，夏人围得这么严密，你居然还能潜进来。"

马蹄心道："原来没走回头路，却不知道这口井位于哪里，是在城内，还是城外。等等！刚才这男人语音好熟，好像在哪里听过！"

却听井外另一个男人接话道："哼，地下盘根错节，布满了树根。若不是知道江离出身太一宗，而这里又是太一宗大本营，我几乎要以为是他搞的鬼！"

江离？马蹄听到这个名字，隐隐想起了什么，只听第一个男人道："那你觉得是不是江离的杰作呢？"

第二个男人道："不是。这些树很老了。没有一百年，只怕也有几十年了。多半是太一宗前辈留下的阵势。正因为年岁久了，缺少维护，有些根系长歪了，有些根系腐烂了，我才寻到一个小小的缝隙进来。对了，你不请我进屋坐坐。"

第一个男人的声音第三次响起，还没听清楚他说什么，马蹄蓦然想起来："是他！这口音，没错！羿令符！那个眼睛比雄鹰还犀利的男人！"

旧友密访

马蹄听出羿令符的声音，心中大奇："我怎么跑到有穷商队来了？"

只听井外那人对羿令符道："你刚才不是说这个院子是夏人监视上的死角吗？哼！"马蹄正想他在哼什么，突然被什么东西缠住，惊呼声还没喊出来就已经被一卷蚕丝封住了口，然后身子凌空被一股力量硬生生拖出井去，跌在地面上。两个男人冷冷地盯着自己，一个正是羿令符，另一个却是巫女峰下和有莘不破单挑的那个“强盗”桑谷隽。

羿令符扫了马蹄一眼，道：“是你！怎么是你？”

桑谷隽道：“认识？”

羿令符道：“嗯。”手一挥，马蹄只觉脑袋剧痛，便晕了过去。羿令符继续道：“是个小混混，看来不是夏人安排的奸细，多半是机缘巧合之下来到这里。”

桑谷隽道：“这么说这口井可就有些古怪了。”

羿令符沉吟了一会，道：“先不说他，先说说你吧。你刚才说夏人安排在地下的‘地网’有破绽？”

“不错。”

“那破绽有多大？”

桑谷隽道：“刚好够我一个人过来。”

“再带一个人呢？”

桑谷隽微一沉吟，道：“你要我把不破送走？他本身不会地行之术，我带着他，只怕通不过那缝隙。”

羿令符叹道：“空中又被登扶竟的天罗封住……罢了，这件事情我另想办法吧。你这次来，是来见不破，还是来找燕姑娘？”

桑谷隽神色一阵黯然，道：“不破我就不见了。燕姑娘……”话没说完，便摇了摇头。

羿令符道：“你走的时候她没去送你，你没因此怪她吧？”

“怎么会。”桑谷隽道，“其实，我直到现在也很矛盾。我很想在办事之前先见见她，又怕见到她以后会失去勇气。算了，还是不和她见面了。如果我这次有命活着走出夏都，再去找她。”

羿令符看着他，良久才道：“你打算进王宫报仇？”

“是。”

“可是你孤身一人……”

桑谷隽截口道：“一个人才好办事，左招财、右进宝都被我赶走了，因为我知道就算他们来了也未必能帮上忙。倒是你，我那天混在人群里，看见你们入城的情景几乎以为自己眼花了。你怎么把有穷的弟兄们都带来了？这不是把他们往虎口里推吗？”

“这事你别管。”羿令符道，“倒是你要报仇，或许我能帮你制造一个时机。”

“时机？”

“对，时机。”羿令符道，“夏都高人如云，但有一个时刻，大部分人都会被另一个事件所吸引。那个时刻，也正是你仇人身边的防护最薄弱的时候。”

桑谷隽道：“什么事件？”

“这个你也不用问。总之不破斋戒已满的那天，就是夏都大乱之日。你好好准备着吧。”

桑谷隽惊道：“你是说……你们真想在夏都动手？”

“是不得不动手。”

桑谷隽脸色沉重，道：“你有几成把握？对方可是有都雄魁压阵。”

羿令符道：“我说过，我们这边的事情你不用管，反正我一开始也没把你计算在内。倒是你那边，就算给你冲到妺喜面前，你就能报仇吗？虽然我不是很清楚那女人修为如何，但她是雒灵的师姐，绝对不好对付。”

“我有办法的。”

羿令符沉吟半晌，道：“你的办法，是指有莘羖大人留下的‘虎魄’？”

桑谷隽犹豫了一会，点了点头。

羿令符道：“虎魄的威力我不了解，但有莘羖大人和我们诀别的时候，雒灵也是在场的。因此……或许虎魄的秘密妺喜早就知道了也说不定。”

“知道了又怎么样？这些日子来我已经掌握了虎魄的奥秘，它确实是心宗门人的克星，只要我能接近那个女人，就一定能为大姐报仇！”

羿令符却道：“但你别忘了，这段时间里雒灵和妺喜都是见过独苏儿的。这个女人深谋远虑，若她知道了虎魄的事情，或许会帮她徒弟琢磨出一个法子来。”

桑谷隽神色转为凝重，道：“这个倒不可不防。”

“你的事情，我帮不了多少。”羿令符道，“我只能遥遥祝祷，愿你成功。”说着掏出一个盒子来，道：“前途难卜，你我也不知是否还有相见之日。这份礼物，给你留个纪念吧。”

桑谷隽笑道：“我们两个大男人，你送我礼物干吗？”

羿令符微微一笑，道：“你我相处时日不长，但也算共过患难。我年纪较大，向来绷脸绷惯了，但你对燕姑娘的心意我也是知道的。若你这次能平安出城，这算是我提前送你的贺礼吧。”

桑谷隽奇道：“贺礼？什么贺礼？”

羿令符微笑道：“弟弟成亲，哥哥再穷也得送点贺礼的。”

桑谷隽醒悟过来，知道羿令符关心自己的姻缘，心中一热，但想起燕其羽对自己若即若离，心头又是一冷。再想这次深入龙潭虎穴，谁知道还能否平安出去，便把盒子递回去道：“等我成亲那天，你再来送我吧。”

羿令符不接，说道：“我送出去的东西，哪有收回来的。”

“可是眼前的局势……”

羿令符不等他说完，便道：“莫说丧气的话坏了兆头！”

桑谷隽想了一想，道：“那我就收下了。”

羿令符道：“你进来也有段时间了，不宜耽搁太久，进去见见不破和燕姑娘就走吧。”

“不了。我这就走。”

羿令符道：“不破若知道你过门不入，只怕会不高兴，再说现在雒灵又不在……”

桑谷隽却仍是摇头，不再说什么，身子慢慢沉入地下。羿令符知道难以挽留，叹息一声，道：“既如此，多多保重。”

桑谷隽走后，小院中再无第三个人，羿令符把昏迷了的马蹄提起，拖进房内，关上门，把他敲醒。马蹄捧着剧痛的头正要发脾气，蓦地见到羿令符那刀锋般凌厉的眼神，登时馁了，小声道：“羿首领，你好。”

羿令符脸寒如冰，丝毫没有和桑谷隽说话时的友善，问道：“你来这里做什么？怎么来的？”

他什么威胁的话也没说，但马蹄却打了个寒战，勉强调匀呼吸，道：“我是走错了路。真的，羿首领，商队对我有恩，我不会干对不起商队的事情的。”

羿令符冷冷道：“是恩是仇，我也不放在心上。我只问你，这井下水道通向哪里？”

马蹄心中一动，道：“我姐姐后院的一口古井。”

“古井？你姐姐的后院又在何处？”

马蹄把阿芝那所小院的位置说了，羿令符听完他的描述，心道：“原来还是城内。”接着两眼精光暴涨，森然道：“无缘无故，你下井潜出这么远干什么？再说，你的来历我也知道一些，你在夏都哪来的姐姐！”

马蹄颤声道：“我……”他知道这个男人不好瞒，当下半真半假，道：“其实那不是我姐姐……那个女人，和我睡觉，后来被她丈夫发现，赶着要杀我。我一着急，就跳下来了。我懂得一点龟息功，原来打算在水里装死的，后来却发现原来这井底另有水道，游着游着，就到了另一口井了。跟着就听见你们说话。”

羿令符细心推敲，觉得这话大致可信，又问道：“你一路游来，可摸清了下面的道路？”见马蹄犹豫，羿令符眼神中杀气大盛：“想什么？照实回答！”

马蹄忙道：“是！是！其实我只是不知道该怎么说。我虽然在水底游，可是有些地方水过得去，我却过不去，真的很奇怪。”

羿令符不像阿芝那样知道许多内幕，只知道夏都的水道确实有多重禁制，又想马蹄这小混混能有多少见识，造不出这段假话来，便信了他，心道：“看来这水道也不是出路。”还好他本来就没对这件事抱多大希望，所以此时的失望也甚微。

接下来的问题是如何处置眼前这小混混。羿令符心如铁石，却不是好杀之人。如果有必要，让他杀人十万也不会皱一下眉头；但如无必要，便是蝼蚁他也不愿踩死。马蹄见过了桑谷隽，虽不知道他听到了多少秘密，但放他出去总嫌不妥。然而要因此杀人灭口，羿令符觉得还没有这个必要。思虑数转，决定先把他留下："从今天开始，你给我在这里好好待着，见到什么人都不许乱说话。如若不然，你该知道有什么后果！"

马蹄唯唯诺诺道："是，是。"

羿令符把他软禁在一间小屋子之后便不再管他。马蹄在屋内枯坐，懊恼万分："才以为摆脱了都雄魁那个便宜姐夫，又遇上了羿令符这个煞星。天啊，我到底该怎么办？"又想："这些人不见得比我聪明，可我在他们面前却缚手缚脚，什么办法都想不出来，还不就因为我实力太差！我要强大，我一定要强大！若是在他们面前全无反抗的余地，我再聪明也没用！"

想到这里，他收敛心神，练起从祝融火巫家里偷出来的那片秘笈，但练了一会儿便停下，心想："阿芝也不知道是什么来头，但她的修为，应该也远远不如羿令符这些人吧。连她也说这片龟甲上记载的内容不是很深，那么这多半不是什么高深的玄功了。我就算把这龟甲上的内容全练通了，最多在小混混里混个出人头地，要想和羿令符、有莘不破他们那样威风，那是想也别想。要想做第一流的人物，还是得有个第一流的师父啊！"

他想起了都雄魁。给都雄魁磕头的那一瞬，似乎是他马蹄最接近"名门"的时候，然而这个机会已经永远地失去了。马蹄自己也知道，以后他再要接触到像都雄魁这样的高人，希望极其渺茫。"难道，我真的全无机会了吗？"

突然他记起了一样东西：拜师之后，都雄魁随手送给他的那个干果。

贪吃果

马蹄取出贴身收藏的那个干果，心中忖道：“我那便宜姐夫是威震天下的人物，他会带在身边的东西一定是宝贝。听说世界上有一些灵丹妙药、仙桃神果，吃了之后能增长几十年的功力，会不会……”

随即他摇头道：“要是这么好的东西，便宜姐夫早就自己吃了……啊，不对！听说修为达到一定高度之后，这些增长功力的宝贝就没什么用了，但像我这样的人吃了却大有好处。”

他思前想后，觉得无论如何先吃了再说，最多这干果什么作用也没有。他从没想过这干果有毒，因为都雄魁要杀他的话，和捏死一只蚂蚁没什么区别，用不着这么费事。

那干果的壳好硬，马蹄费了九牛二虎之力才把它的外壳敲破，剥去外壳，里面竟有一层荧光裹着。马蹄大喜：“果然是个宝贝！”就想也不想，把那团光芒给吞了，没有味道，也没有嚼感，那东西溜进肚子以后就什么也感觉不到了，仿佛吞了一口空气。

“啊！对了，要运功！”他坐了下来，按照阿芝解释的法门运转体内那点微弱得可怜的内息，但运了半天也不觉得有什么效果，完全没有传说中那种“内息澎湃，充塞经脉”的感觉。马蹄大为失望：“难道真的只是一颗普通的果子？”才收了功，肚子就咕咕咕响了起来，不是因为肚子饿，而是因为内急。

房内就有马桶，他才脱了裤子坐下，一股恶臭汹涌而出，马蹄捏着鼻子忍耐，足足花了大半个时辰才拉清了肚子。马蹄早就难以忍耐，拼命要逃出这比鲍鱼之肆臭上十倍的房间，谁知道门却被锁了起来。他敲门呼喝，门外的看守人奉了命令不允他出来。到后来马蹄实在忍不住了，就硬生生撞了出来，有穷商队的勇士行动迅疾，听到声响立刻围拢过来，马蹄撞破门跌倒在地上还没爬起来，已经有七八支箭瞄准了他。屋内的恶臭随着房门被撞破飘了出来，周围那几个身经百战的有穷武士一闻之下都忍不住狂呕狂吐——他们虽然呕吐着，却仍坚持手不离箭、箭不离人地盯着马蹄。

一阵脚步声响起，苍长老快步跑了过来，低声喝道：“什么事情？”随即掩面道：“什么东西这么臭！”

一个有穷勇士道：“台首让这人在屋里待着，他却叫嚷着撞破门想逃跑。”

马蹄叫道：“我不是想逃跑，只是这屋子实在太臭，你们也闻到了，我要是憋在里面，非给臭死不可。你们行行好，给我换个房间吧！”

说话间羿令符也到了，苍长老三言两语禀明经过，羿令符道：“先把这房间封住，莫让这恶臭传出去弄出些什么意外来。再查明这恶臭的源头！”

苍长老当即作法，扶起倒塌的门，再用符咒把缝隙紧紧塞住。这时候那几个负责看守的有穷勇士已经吐得全身乏力，连站也站不稳了。

羿令符对马蹄道：“跟我来。”

马蹄不敢违拗，匆忙跟在他身后，来到一个大房间中，房内一男一女正在饮酒。男的威武，女的俏丽。男人是马蹄认识的有莘不破，女人却是马蹄不认识的燕其羽。

羿令符坐了下来，喝问道：“你到底在房里搞什么鬼，弄出这么一阵恶臭！”

马蹄诺诺道：“我也不知道啊，只是一时内急，出了一下恭，谁知道会这么臭，多半是在夏都水土不服，吃坏了肠胃。”

羿令符眉头微皱，道：“刚才那恶臭，只怕没那么简单！”

有莘不破醉眼蒙眬，不悦道：“我们喝酒喝得正欢，你弄这么个人来干什么？又是出恭，又是恶臭，让人大倒胃口。”

马蹄忙跪下来叫道：“台侯大人，我，我是马蹄啊！”

“马蹄……那是谁啊？嗯，还有，我已经不是什么台侯了。”有莘不破指着羿令符道，“我已经被他废了，现在的台侯大人啊，姓羿了！”

马蹄听了这话惊疑交加，看看有莘不破，再看看羿令符，不敢接口。

就在这时，苍长老匆匆走入，躬身行礼道："储君，台侯，燕姑娘。"

马蹄伏在地上大惊："储君？有莘不破是商国的储君？那羿令符怎么还敢废了他？这到底是怎么回事啊！"

却听羿令符问道："查得如何？"

苍长老道："那恶臭的来源，是房内马桶中的秽物。"

有莘不破一听掩鼻挥手叫道："走！走！一个两个在这里大谈什么马桶秽物！不恶心吗？"

苍长老神情尴尬，羿令符道："别理他，继续说，那秽物有什么古怪吗？"

苍长老道："那秽物奇臭无比，而且……"

"而且怎样？"

苍长老道："而且有许多半腐烂的血肉在，一些血肉甚至还蠕蠕而动。如果这些东西真是谁出恭拉出来的，那恐怕这人是连肠子胃袋都拉出来了。"

马蹄听得大惊："连肠子都拉出来了？难道那果子有毒不成？"一摸肚子，却不觉得疼痛，只是有些饿了。

有莘不破手上的酒杯突然脱手飞出，砸在苍长老头上，砸得苍长老头破血流，他犹自大骂道："恶心话说够了没有？滚！"

苍长老不敢回嘴，连头上的血也不敢擦。

羿令符道："没有别的发现的话，你就先下去吧。"

苍长老应道："是，还有，在房里发现了这东西，也不知道是什么。"然后躬身把那两片果壳放在羿令符身边，退了下去。

羿令符拿了起来，只看出是枚果子的外壳，却看不出是什么种类。

燕其羽拈杯喝酒，一直对眼前之事置若罔闻，这时一瞥眼看见那两片果壳，眼皮竟跳了一跳，说道："拿来我看看！"

羿令符一托，那两瓣果壳便轻轻飞了出去，稳稳落在燕其羽手中。燕其羽把两片壳合起，左看右看，竟看得怔了。

羿令符道："燕姑娘知道是什么东西？"

燕其羽点头道："这是贪吃果，怎么会出现在这里！"

羿令符道："贪吃果？没听过，那是什么东西？"

燕其羽出言惊人："是仇皇大人准备拿来对付都雄魁的东西。"

不但羿令符，连半醉的有莘不破也是闻言一震。

马蹄伏在地上更是惊骇："那什么仇皇大人是谁？听名字好像很厉害。看来这什么贪吃果还真是个宝贝，要不然怎么会有人用来对付我那便宜姐夫？可为什么又会落入便宜姐夫的手中呢？"

羿令符也想不通这些问题："对付都雄魁大人？凭着这枚果子能对付血祖？"若是从别人口中说出来，他一定斥为虚妄。但燕其羽是仇皇手下第一爱将，仇皇又是血门的老祖、都雄魁的师父，因此这枚贪吃果多半大有道理。

燕其羽道："我当时也不知道都雄魁大人有多么厉害，因此没问个清楚，只是事后从仇皇大人说过的只言片语中推测这枚贪吃果是对付血祖的关键。"

羿令符道："你可知道怎么使用这枚贪吃果？"羿令符其实还是不大相信这么一枚果子就能对付已经练成"无形无相、元婴不死"的都雄魁，但如果能利用这个贪吃果牵制住都雄魁，那对当前的局势自然大大有利。

燕其羽摇头道："具体情况就不清楚了，好像必须交到都雄魁大人的徒弟手中才有作用。"

马蹄听到"徒弟"两个字，又是一阵心头狂跳。只听燕其羽继续道："不过这枚贪吃果应该落在血晨那家伙手上才对啊，怎么出现在这里，难道他已经把果子吃了，又把这壳乱丢？"

她说到这里，六道眼光同时向地上的马蹄射来。

马蹄伏在地上瑟瑟发抖，他这发抖有一半是真，一半是假。他不敢乱开口，心道："怎么办？要不要把事情全说出来？"心念如电光一闪："不行！若是我把见过都雄魁大人，从他那里得到贪吃果的事情道出，只怕他们会利用我做出种种事情。但我若说这贪吃果不是我吃的，那又没有由头去问他们关于这枚果子的妙用了。”想到这里他计较已定。只听羿令符喝道：“你这枚果子哪里来的？”马蹄便颤声道：“是……是……是靖歆不小心掉在地下，我捡起来的。”

“靖歆？”羿令符皱了皱眉头，“你又遇上他了？在哪里遇上？他在哪里掉的果子？具体都在什么时候？”

马蹄听他问得细致，不敢全说谎，答道：“昨天……哦，不，是今天天还没亮遇见他的。他掉果子、我捡到果子都是在今天早上。”说到这里他哭了起来：“其实我是被他追得走投无路，才钻入井中的，呜呜呜……我哥哥还落在他手里……呜呜，羿……羿台侯，储君大人，你们，你们能不能帮我把哥哥救出来啊？”说着他放声大哭。

燕其羽皱眉道：“靖歆是谁？”

羿令符道：“是血宗旁门的一个方士。这人出现在夏都也不奇怪，他和血晨有可能有些联系，有得到贪吃果的可能。”这么一说，那是信了马蹄的话了。

燕其羽问马蹄道：“你得到这枚贪吃果的时候，就只是一个壳？”

“贪吃果？就是这枚果子吧？”马蹄道，“我只是随手捡了起来，也不知道它是什么。我奉了羿台侯的命令，待在房里没事情做，无聊之下就把它敲破吃了。”

“什么？”燕其羽惊道，“你把它吃了？”

饕餮（tāo tiè）之胃

燕其羽听说马蹄把贪吃果吃了，不由吃了一惊。

有莘不破喷出一口酒气，笑道：“吃了就吃了，有什么大不了的。难道你真以为单凭这枚果子就能对付都雄魁？哈！打死我也不信！”

马蹄试探着问道：“这位……燕姑娘，这贪吃果吃了以后，会怎么样？”

燕其羽沉吟道：“顾名思义，会变得很贪吃。”

听了这句话，不但马蹄，连有莘不破和羿令符也一起懵了。他们虽然不信这枚果子能对付都雄魁，但总想至少该有些骇人听闻的功效吧，谁知道却是这个结果。

马蹄偷看燕其羽的神情，见她似乎不是在开玩笑，便又客客气气地问道：“贪吃？”

“嗯。”燕其羽道，“如果真是你吃了这枚贪吃果，那你很快就有苦头了。你会变得很饿，无论怎么吃也填不饱你的肚子。”

有莘不破笑道：“果然是‘贪吃果’，名字起得好。只不过这东西怎么用来对付都雄魁呢？”

“这个我就不清楚了。”燕其羽道，“当时仇皇大人没说，我也就没追问下去。”

羿令符道：“按你这么说，这吃了贪吃果的人岂不是得了贪吃病？”

马蹄听燕其羽“嗯”了一声算是回答，心里七上八下。他知道有莘不破和羿令符都是大人物。看座上这个女人的气势竟然可以和这两个男人平起平坐，多半也不是常人，自己一个小混混不值得他们花心思来瞒骗自己，可是心里仍有些担心，道：“燕姑娘，这病不会很严重吧？”

燕其羽冷冷道：“严重不严重，发作的时候你就知道了。”

“那……有没有办法治好？”

“等你吃下天下最难吃的东西，这病就好了。”

“天下最难吃的东西？”这句话不但马蹄，连羿令符也不理解。

燕其羽道：“我也不知道是什么东西，当时仇皇大人说了这句话之后就不愿再谈这个话题了。”她伸了一下懒腰，随手把那枚贪吃果的壳扔了，道：“我乏了。”便起身离开。

马蹄心道：“这女人好大的架子，在有莘不破和羿令符面前说走就走，也不知道什么来头。嗯，她提到的那个什么仇皇莫非也是四大宗师之一？如果是这样，而这女人又是那仇皇的徒弟的话……多半如此。”

燕其羽走后，有莘不破沉默着，不知在想什么，过了好久才道：“桑谷隽刚才来过？”

羿令符听他道破，也不奇怪，缓缓点了一下头。

有莘不破道：“他既然能进得来，为何过门不入？”

“或许……是因为燕姑娘。”

“燕姑娘？”有莘不破冷笑道，“若是因为燕姑娘，他更应该进来才对。”

羿令符道：“他怕见面之后英雄气短。”

有莘不破怔了一下，想起了雒灵，黯然道：“说的也是。这么说来，他来夏都也是把命豁出去了。”说到这里，他对羿令符道：“老大，反正我们在这里也没其他作为，干脆帮他的忙，轰轰烈烈地干上一场，如何？”

马蹄偷眼看羿令符，只见他的眼神黯淡下来，垂下眼帘，竟不回答有莘不破的话，站起来出门去了。他再看有莘不破，这个以往什么也不放在心上的男人胸口不断起伏，突然抓起桌上的酒壶向门口的羿令符砸去！羿令符手一带，门扉合拢，酒壶碎作数十块，那扇门也被砸出了一个洞。

有莘不破咆哮道：“羿令符！你到底要干什么！”手一伸就要喝酒，却抓了个空，原来酒壶酒杯都已经被他摔出去了。马蹄见机极快，飞步到另一张桌子上取了酒器斟了酒，递在有莘不破手里。有莘不破酒到杯干，没多久便醉得不省人事。

马蹄忖度着刚才的见闻：“有穷商队的几个首领的关系好像有些不对劲。还有，怎么不见江离和那不会说话的女人？”想着想着，他肚子饿了，这时有莘不破早已醉倒，他也不客气，看见桌上的酒食拿起就吃，不吃东西也就罢了，才吃了第一口便饿得厉害，一顿饭工夫把台面上能吃的东西一扫而光，却是越吃越饿。马蹄蓦地想起燕其羽的话来：“贪吃果！是贪吃果发作了。”

他坐了下来，想控制自己不去想它，但饥饿的感觉阵阵袭来。一开始只是觉得肠胃空荡荡的，再后来便有如火烧，还没一刻钟，便饿得整个人抽筋起来。马蹄终于忍耐不住，跳起来把盘碗中的肉屑菜根舔食干净，还是不够，又从角落处把剩骨头捡起来吞下。东西入口之后能稍稍缓解饥饿的痛苦，但吃下之后马上变得更饿。马蹄越到后来越是绝望：

“怎么会这样！”

他想起在祝融城的时候听过的一个传说：蛮荒之处有一种毒鸟，它流下来的口涎都有剧毒，可荒漠过往的旅客在食水用尽、口渴难忍的情况下，见到眼前有毒鸟留下的口涎，明知道会被毒死也会扑上去喝光止渴。“我现在岂不是也变成了一个喝毒水止渴的人了？”

他越想越怕，越怕就越饿，到后来捂住肚子在地上不住地打滚抽搐，心中不断地咒骂都雄魁。他用牙齿舔着地面，竟把一口沙泥吞下，但沙泥入口并不能止饿。他又爬到桌子旁边，把桌脚咬下一口，咬得几下，牙齿啪啪啪掉了下来，却又长出两排新的；再咬得几咬，舌头被木屑棱角刺破了，一见血就烂。马蹄饿得迷糊了，一口把那烂掉的舌头连根咬断吐出，没多久又长出了一条新的来。他不知这舌、齿一换，自己整条食道便已经焕然一新，只知道那饥饿越来越厉害了。凡是没有生命的东西都没法让他缓解那股饥饿感，而这时整个房间里能吃的都已经被他吃光了，只剩下一些被他咬得七零八碎的桌椅台凳。突然，马蹄看见有莘不破！

他还没有完全失去意识，但饥饿感却驱使他不顾一切地向有莘不破走去。

“不行！会死的！”理智告诉他，“会被杀的！”然而他却控制不住自己扑了上去，抱住有莘不破，往他肌肉饱满的上臂咬去。

以有莘不破此时的修为，就算没有张开无明甲，在睡梦当中也有真气护体，寻常刀剑伤他不得，但马蹄这一咬竟然能咬破他的护身真气。

有莘不破只觉得左臂上一阵剧痛，左手挥出，把马蹄远远震飞了出去，但上臂还是被硬生生咬下一块肉来！他整个人登时醒转，见自己的左膀鲜血淋漓，不由得惊怒交加：“你干什么？疯了吗？”

马蹄被有莘不破震飞，撞在墙上。这一撞力道好大，墙壁差点被马蹄撞塌，而马蹄也被撞得连骨头也像要散架了，但口中那一小片肉他还是嚼了几嚼，然后吞了下去。这肉只是薄薄的一片，但马蹄吃下去后便觉饥饿感大为缓解，没多久一股真气自然行开，全身也没那么疼了。

门外一阵骚动，只隔了两道墙壁的羿令符听到声响赶来，拉开门，见到有莘不破的样子也吃了一惊："怎么了？"

有莘不破道："这小子疯了，他竟然咬我！"

马蹄感到两道箭一般的眼神逼得自己背脊发寒，缩在地上哭道："我不是故意的，我……我只是饿，好饿！"

羿令符同时一怔，扫了一下屋内的情景，果然见能吃的都已经被吃光了。有莘不破想起燕其羽的话，也明白过来，同时心里一寒，道："所以你就想连我也吃了？"

马蹄哭着告饶："储君殿下，我不是故意的。你知道，我一直都很崇敬你，我不会、也不敢冒犯你。可我太饿了。我刚才是饿得自己都不知道自己在干什么。"

羿令符沉吟道："怎么办？我总觉得这小子有些危险，要不要把他杀了？"

马蹄大吃一惊，还好有莘不破道："我看他也真不是故意的。仇皇和都雄魁都是怪物，他们搞出来的东西都带着邪门。这小子吃了那贪吃果是撞上霉运了。不过罪不在他。"

羿令符道："既然这样，那就把他困起来吧。"

被幽禁的马蹄缩在暗房中又饿又怕。不知道为什么，吃下有莘不破那片肉之后那饥饿感便缓解了很多。没多久一股真气四处游走，穿梭于他全身经脉，把全身疼痛驱赶得无影无踪。马蹄的脑子转得飞快："奇怪，我吃了那么多东西也不解饿，怎么吃了有莘不破那么小一片肉就能耐到现在？"

那股不知从何处来的真气越来越明显，马蹄心念一动，安坐下来，按照阿芝所传的法门运功，使那股真气在十二奇经中运转。不运还好，一运之下不由得惊喜交加："我怎么会有这么深厚的功力？难道那贪吃果的效用到现在才显现不成？啊——不对！"他蓦地想起："也许这股真气不是从贪吃果那里来的，而是从有莘不破那里来的！"

他就像困在一座山谷之中，突然有一把巨斧劈开山峰，让他蓦然看见外边广阔的天空："我懂了！哈哈！原来这贪吃果真是一件宝贝啊！看来只要我吃了谁，我就能得到那个人的力量，被我吃的那人功力越高，我得到的力量就越大！”

马蹄突然想起了都雄魁：“便宜姐夫，总有一天，我要把你——不！不止是你，什么四大宗师、三大武者，统统都吃到我肚子里来！”

有莘不破的替身

对于马蹄的事情，羿令符一开始并不放在心上。把他软禁之后才忽然想起，有莘不破的近身防御在同辈中数一数二，虽说在醉中没有运起无明甲，但只要他护体真气不散，就算用昆吾的宝刀一时间也未必能伤他。

“这小子有古怪！”

羿令符悄悄来到拘禁马蹄的地方，一声不响地进了门，发现他正在打坐。羿令符气凝掌心，向马蹄的丹田慢慢按了下去，一股力道反弹过来，要把他的手掌震开。羿令符手上加劲，把那股反震之力压制住了，心道：“这点力道也没什么了不起的，但这气息和不破很像。”

马蹄已经醒转过来，发现自己的丹田被羿令符制住，又发觉他还在不断运功冲击自己的经脉，心中大骇：“他难道要杀我！”于是说话的声音中便带着求饶的腔调：“台侯！”

羿令符哼了一声，道：“跟我来。”

马蹄跟着他进了一间密室当中，心中七上八下。自己这点功夫，在羿令符面前和一个婴儿没什么区别。

羿令符关好门户后，对马蹄道：“把嘴张开。”马蹄不敢违抗，羿令符检查完他的牙齿和舌头，突然从墙上抓下一把沙泥来，道：“吃下去。”

“台侯！”

“我不是侮辱你，只是想确认一件事情。”羿令符道，“你先吞下去再说。”

马蹄忍耐着吞下那把泥沙，他此刻的肠胃大异常人，吞下泥沙也不觉得难受。羿令符把他吃泥沙的情形都看在眼里，转身出门，没一会儿回来，竟不知从哪里拿来了一把铜刀！

马蹄惊道：“台侯，你不会是……”

“没错，吃吧。”

马蹄无奈，接了过来，试着咬下，却觉触口干脆，没两下子把铜刀嚼烂吞下，就像吃下一块干粮，连他自己也觉得吃惊。

羿令符见了他的吃状，又问了他的感受，这才坐下来，凝神思索半晌，道：“原来如此。嘿嘿。”

“台侯，我到底怎么了？是不是那什么贪吃果把我弄成这样的？”

羿令符反问道：“难道你心中没有答案吗？不破的那片肉，你吃得倒挺香！”

马蹄忙道：“我不是故意的！台侯，请你相信我，我真的不是故意的！”

“是不是故意都无所谓。”羿令符道，“不过你既然这样说，想必你自己也发现这能力了。”

马蹄心中已经对自己的能力有了点谱，却忍不住要向羿令符求证：“什么能力？”

羿令符道：“你现在大概是把谁吃了，就能拥有那人的功力了。嘿，这多半又是血宗的邪门玄术！”

马蹄心中狂喜：“便宜姐夫给的东西果然是个宝贝。”

他面上不动声色，但眼光中仍泄露了一点得意。既然羿令符不再轻视他，马蹄的这点神情变化便瞒不过他的鹰眼。

羿令符说道：“你也别得意。这能力是福是祸还难说。你功力低微，只要别人防着你，你只怕再难有机会对他下口了。不破这片肉，说不定是你最后吃到的好东西。”马蹄想说什么，羿令符却没兴趣和他缠，挥手让他住嘴，道：“你是什么货色我清楚，少给我撇清了。你是聪明人，我也没必要跟你兜圈子。我问你：你是想平平安安过完下半生，还是想出人头地？”

马蹄踌躇了一下，终于道：“如果可以，当然是想出人头地。”

“要出人头地，可是要付出代价的。很多时候还要冒险。”

马蹄听他的口气，似乎有意提拔，赶忙道：“台侯，如果有什么我能做的，你就吩咐下来吧，上刀山下火海我也一定勇往直前！”

羿令符冷笑道：“刀山火海有什么了不起？这件事情危险得多。你能活下来的机会只有半成。至于具体是什么事情还不能给你知道。你自己考虑一下吧，如果你不想做，等我们离开这别馆之后，你就从那水井潜水逃走吧。”说完他便要走，马蹄忙问道：“如果我答应呢？”

羿令符道：“我会传你真正上乘的玄功引你入门。如果事情过后你能活下来，将来或有一番成就。如果你死了，商国会以烈士之礼祭奠你。”

马蹄对什么烈士之礼一点儿兴趣都没有，但有机会成为当世第一流人物，那可是梦寐以求。“半成……半成……死就死吧！”他喃喃了一会儿，下定了决心，“台侯！我答应。”

“你可想清楚了，这件事情你一旦答应，就算以后想反悔，我也要押着你上阵！”

马蹄道：“我想清楚了，虽然活下来的机会只有半成，但我若不把握这个机会，以后单靠自己想出人头地，只怕连半成机会也没有。”他还有个原因没说出来，那就是他不相信如果自己不答应，羿令符会放过自己。

“很好。”羿令符淡淡道，“我果然没有看错你。既然如此，我就跟你说说上乘玄功的奥妙吧。”

说着两人端坐，羿令符道：“本来，你根基浅薄，又错过了修炼的最佳时机，这一生别说达到我这样的境界，就算是要达到你师父靖歆那样的境界也绝无可能！你也算际遇奇特，竟然无意中吃了贪吃果。这果实看来有助你脱胎换骨的奇效，不过正如我刚才所说，你功力低微，要想再吞食高手血肉只怕机会难得，若给正道中人知道你这种以吃人练功的邪门玄术，只怕立刻会对你群起而攻！到时你就是有一百条性命也不够。”

马蹄知道他所言不假，不由得打了个寒战。

羿令符继续道：“你方才能得到不破的一片血肉，那是你的机缘。不破是玄鸟之后，血统高贵，自幼练的又是天下一等一的玄功，先天根基既足，后天锻炼得也够，他的血肉对血门来说那是第一等的宝贝。你得到了他的真气作引子，我再传你牵引、存储、培锻的法门，就有可能帮你易经洗髓。”说完羿令符开始传他法诀。

羿令符所传的功夫比阿芝所传高明十倍。马蹄依法运气，没多久就进入忘我的状态。连羿令符开门出去也不知道。

羿令符才出门，便见到了燕其羽，不由得有些愕然，问道：“你怎么在这里？”

燕其羽道：“我只是碰巧经过，觉得奇怪就停了下来。这房子里怎么传来有莘的气息，虽然很淡。”

羿令符反手关上门，在前边引路。燕其羽知道他有话要说就跟了上去，两人一起来到后堂，羿令符这才道：“你听过饕餮（tāo tiè）[①]之胃吗？”

燕其羽一惊：“饕餮之胃，我自然知道！饕餮是极其强大的太古神兽，它的胃能消化任何东西。”

羿令符道：“我只是从前辈高人那里听过一点传言，再加上自己的一些猜测，估摸着这饕餮之胃和血池在原理上是一样的，不知道是不是？”

燕其羽道：“没错。血池能将人神妖兽分解、吸收，饕餮之胃也是，但比血池方便得多。不过要练成饕餮之胃极难，还不如造一个小血池来得容易。而且血池还拥有饕餮之胃所没有的其他功能……你为什么突然跟我说起这个？难道……贪吃果？”

“没错。”羿令符道，“如果我猜得没错，贪吃果的功效，应该就是造就一个饕餮之胃。血祖元婴已经达到无形无影的境界，就算是白虎的精金之芒或毕方的重黎之焰也未必能杀得死他。但若进了饕餮之胃，嘿嘿！我现在有点相信这是仇皇拿来对付他徒弟的宝贝了。”

“可是你别忘了，都雄魁大人不会乖乖待在那里让人吃的。”

---

① 饕餮：《山海经》中一种吃人怪兽，又叫狍鸮，它形状像羊却长着人脸，眼睛长在腋下，虎齿人爪，叫声像婴儿哭泣。在今天，“饕餮之胃”是贪婪、贪吃的代名词。

“饕餮之胃只是其中一个条件，应该会有其他的布局和配合吧。”羿令符道，“不过这些暂时都不重要。对付都雄魁，不是一天两天的事情。”

燕其羽沉吟道：“那我刚才经过的时候感到的那气息，是那个吞下了有莘一块肉的小子发出来的？”

“嗯。”羿令符把和马蹄之间的对话简略说了，燕其羽冷笑道：“上乘玄功，哪是那么容易能入门的！我就不信这一时半会你能教会他什么真功夫！”

羿令符淡淡道：“我只是教他如何把属于不破的那股真气提纯、外现而已。”

“外现？”燕其羽眼睛一亮，“难道你是想让他做有莘不破的替身？”

“差不多。”

“原来如此。”燕其羽哈哈一笑，道，“你这不是骗人吗。”

“也不完全是骗他。我教他的确实都是正宗的上乘功夫。再说，到时候他也确实有半分活命的机会。”羿令符道，“其实我是想一刀杀了他的。这小子欲望冲天，偏偏心术不正，迟早是个祸害。”

燕其羽冷笑道：“就算他是个祸害，你就能骗他了吗？”

羿令符却淡淡说道：“就算他不是个祸害，只要有必要，我也照样骗他。”

燕其羽垂下眼帘，说道：“如果是我……你会骗我吗？”

“会。”羿令符一点犹豫都没有，“如果有必要的话。”

逐蛇

羿令符气走燕其羽的时候，马蹄刚好运功一周天，醒过来便看见了有莘不破，惊道：“台侯……不，储君。”

“别那么叫，听着别扭。”

“那……有莘公子[1]。”

有莘不破也不去理会这么多，单刀直入道：“你可知道羿令符要你做什么吗？”

“不知道。”

有莘不破冷笑道：“他是要你做我的替身去送死。”

马蹄大吃一惊：“不会吧。羿台侯说那事情虽然危险，但我还是有点逃生机会的。”

“你信？”

“这……有莘公子，你要救我！”

“你想我救你？”

“是。”

“嗯，那你就要听我的吩咐行事。我斋戒将满的前一天晚上……”

夏都的平头百姓都不知道明天将会发生什么事情，只有少数人预料到明天或许会发生大变。

“今晚，”江离喃喃道，“各方面都会行动起来了吧。”

东郭冯夷道：“一切都已经安排妥当，多春草的种子也已经种在有莘不破座车底下，绝对万无一失！”

“很好。”江离道，“希望他们不要妄动。我并不喜欢血腥。”

羿令符也不喜欢血腥，然而他也不抗拒。

三更，他提着一瓶毒酒，敲响有莘不破的门，里面却没反应，于是他干脆推门进去，屋内满是酒气。

“又喝醉了！”他点了灯，拿住“有莘不破”的颈项，翻转过来就要灌下去，蓦地看清那“有莘不破”的面目，不由大吃一惊：马蹄！正要站起，突然肩头一痛，被人扣住了。背后那人，才是真正的有莘不破。

---

① 公子：“公子”变成泛称是汉朝以后的事情。战国之前“公子”一词和“王子”对应，专门用于称呼诸侯中公爵的子嗣，比如鲁国国君的儿子可称为公子。

“嘿，你不错，竟然骗过了我。”

“说到骗人的本事，我可远不如你。”

“哦？”

“你一个商队的大首领，跟一个小混混说起谎话来也一副诚恳的样子，若换作是我，在不知情的情况下也要被你给哄过去了。”

“你都听见了。”

“当然。本来，我只是突然想起这小子的牙齿居然能咬破我的真气防护，想来看看有什么古怪，谁知道你却先我一步。后来见燕姑娘也来了，我才闪在一旁。”

“所以你就反过来利用这小子暗算我？”

“没错。”

“现在你制住我了，你想干什么？”

有莘不破沉吟道：“桑谷隽来过？”

“嗯。”

“他为什么不进来见我？”

“我不知道。”羿令符道，“虽然我猜出些端倪，但那只是我猜的，算不得准。”

有莘不破道：“他要去报他大姐的仇，对吧？”

“应该是吧。”

“好。现在雒灵不在，却是帮他报仇的最好时机。”

羿令符动容道：“你要干什么？”

“干什么？去帮桑小子。”

“你疯了吗？”

有莘不破道：“我走之后，你马上召集人马，从那古井潜走。等夏都大乱，你就带着他们趁乱出城。”

羿令符冷笑道：“如果这小子所言不差，这口古井根本没法通往城外。”

“这我知道。但你们可以先在夏都找个隐蔽处藏起来。”

“藏？怎么藏！都雄魁的‘血影领域’张开来足以笼罩整个夏都，

根本藏不住。”

“都雄魁到时根本没空来对付你们。”有莘不破道，“明天夏都会大乱。你用有穷之海装了弟兄们趁乱冲出去吧。他们的主要注意力在我，你应该有机会的。”

“就算出了夏都又怎么样？带着这么多人，根本没法逃出甸服！”

“一出夏都，就叫他们散了。能逃几个算几个。”

羿令符冷笑道：“你倒挺照顾他们的啊！”

有莘不破一听这话，怒气勃发：“你还好意思说。我到现在都不明白你为什么把他们带来。”

羿令符沉默了一阵，才说道：“你可知道，如果东方君主之位空悬，会带来多少争夺和混乱吗？”

“那又怎么样？”

“怎么样？有混乱就会有冲突，有战争，有成千上万的死亡！你把外面那些人看作兄弟，那商国的国人算什么！我们这些东方盟国和亲族算什么！你不忍心这一百个人因你而死，你可忍心让一千人、一万人、十万人、百万人因为你的任性而死？”

“你别扯远了。”有莘不破道，“现在你说什么也没用了。我在郘城请姬庆节的父亲卜过一卦，他说雒灵会生个男孩，福泽深厚。如果承他贵言，那东方就算没有我也不会动乱的。”

“那怎么作得了准！不破，你不要总被眼前的事情牵着鼻子走，要看得长远些。”

“我做不到。”有莘不破说完，用精金之芒锁住了羿令符的四肢百骸，道：“以你的功力，大概半个时辰就能冲破我的封锁。不过到时候你已经没法阻拦我了。这次你无论如何要照我的话做。”说完他再不理会羿令符，带着一直不出声的马蹄来到那小院古井旁边。

“就是这口井？”

“是。”

“很好。你醒来之后，让羿令符善待你，就说是我说的。”

马蹄奇道：“醒来？”突然后脑一痛，被有莘不破打晕了。

有莘不破喃喃道："我一直这么胡闹，还不是活得很好？而且大家也活得很好。想那么多干什么！"然后纵身潜入井底。他怕水中有什么禁制或法术，因此并不张开无明甲，只是运龟息功潜水，心想马蹄在没有真气护体的情况下能潜进来，自己多半也能潜出去。他曾游过大海到属国朝鲜去，水性耐力比马蹄强过百倍。但这次没潜出多远，突然大感乏力，跟着脑袋便昏昏沉沉。有莘不破大惊，待要运气驱赶体内的邪毒，却已经来不及了，没多久就晕了过去。

有莘不破再次醒来，已是四更，一睁眼就看见了羿令符。

"你！"他登时明白过来，叫道，"你在井里下毒！"

"不止是在井里。这几天我一直在你的饮食里下药。井里的毒只是药引。"

"可是……你怎么会……"有莘不破醒悟过来，"马蹄！是那小子！"

羿令符冷冷道："难道你认为那小子会对你忠实吗？你走之后，他便跑来见我。看来在他心里，我比你更加可靠。"

有莘不破哼了一声，羿令符道："你也不用因他生气。再怎么说，他也只是个小混混而已。"

有莘不破道："现在什么时辰了？"

"丑时了。"羿令符道，"也该开始准备了。"

"准备什么？"

"准备去九鼎宫参加祭礼，然后入宫觐见大夏天子。"

有莘不破道："好。我去，这样至少夏人暂时不会难为你们。"

"我们去，你不用去。"

有莘不破怒道："你说什么！"暗运玄功，要把毒逼出来。

羿令符道："这药虽然困不住你多久，不过运功是没用的。"他取弓搭箭，对准了有莘不破，道："这是锁妖针，入体无形。你在毫无抵抗力的情况下被我射中，没有七十二个时辰休想脱困。"

有莘不破慌道："不要……"一句话没说完，三十六支锁妖针已钉入他三十六个大穴，他只觉全身一麻，视觉、听觉、触觉、嗅觉全部失灵，身体竟然变得不像自己的。

“不破，别顽固了，好好睡一觉吧。你醒来之后，很多事情都不一样了。”羿令符自言自语着，他知道有莘不破已经听不到了。

镇住有莘不破之后，他一个人在屋里踱步良久，终于下定了决心，静静来到那口古井旁边，敲醒了银环蛇，把它放在井口，说道：“我有事情，带着你不方便，你潜入井里睡几天吧。”

银环蛇竖了起来，和羿令符对视良久，又重新游了回来，盘在他腰间。羿令符皱起了眉头，道：“你怎么这么不听话？”

银环蛇不会说话，只是贴了贴羿令符的脸。

羿令符心头一痛，突然动粗，把银环蛇抛在地上，说道：“滚吧。我不要你了。”说完转身就走，突然腰间一紧，一看银环蛇已经缠住了他，扯也扯不下来。

羿令符又想起另外一个主意，到屋内取出一剂迷药，混在鸟肉中喂银环蛇吃。银环蛇不明就里，张口就吞，没多久就昏昏睡去。羿令符叹了口气，抱了它仍然来到井边，低声说道：“你已经不是她了，何必陪我送死？”然后轻轻把它放入井中。转身要走时，却发现腰间一重，原来银环蛇的大半截被羿令符放入井中，尾巴上有一小截却依然死死缠着他，虽在昏迷中也不肯放开。

这次羿令符是真的呆了，抚摸着银环蛇尾上的鳞片，长长地叹了一口气。

江离几乎料准了所有的人，对一条蛇却失算了。

礼物

丑时将尽。门突然打开，神不守舍的燕其羽一惊，看见了门口的羿令符。她怔了一下，道：“要准备出发了吗？”

“差不多。”羿令符说着突然迈进屋里，反手关上了门。

看见羿令符的举措，燕其羽睫毛颤了一下，道：“你进来干什么？”

“有件事情和你商量。”

燕其羽回过头去，不让对方看见自己的表情：“什么事情？”

背后的羿令符很久才道：“你的头发……好像长了很多。”

“是吗？”

“感觉你没以前那么洒脱了。”

“你这个时候跟我说这些是什么意思？”燕其羽道，“天一亮，有莘不破就要去九鼎宫了，我们好像没多少时间了。”

“不急。”羿令符脸上一派从容，“该安排的都已经安排好了，如果说有变数，就只剩下一个了。”

“变数？哪个？”

“你。”

“我？”燕其羽摇了摇头，道，“我不懂。”

羿令符道：“我能不能求你一件事？”

“你求过了。让我帮你把有莘不破带回去是吗？我已经答应了。”

“当时那个请求只是泛泛而言，现在我有个更加具体的请求。”

燕其羽回过头来看了他一眼，又背向他，道：“说吧。”

羿令符道：“我求你不要改变心意——无论待会我对你做什么事情。”

“我不明白你的意思。”

羿令符突然摸出一个小盒子来，手伸过燕其羽的肩头，停在她的面前，道：“送给你。”

燕其羽的头忽然低了下来，衣角微微颤抖：“这是什么东西？”

“礼物。”

“我……我是问你为什么突然送我礼物。”

“你不要？”

燕其羽犹豫着，终于伸出手接过，打开盒子，却是一个镯子。镯子的质地呈黑色，不知是什么宝物。

“这是迷榖（gǔ）。我在巴国的时候无意中发现的。闲来无事，雕成了一对。”

"一对……"燕其羽喃喃道，"你希望我戴上吗？"

羿令符话头一转，道："我刚才求你的事情，能答应我吗？"

"你刚才求我什么了？"

"我求你：无论我待会对你做什么事情，都不要改变心意。"

"改变什么心意？"

"你答应过我，要帮我把不破带出夏都去的。"

"我从没想过要反悔啊！"

"即使我对你做了很过分的事情？"

燕其羽握紧了那只镯子，终于道："也不反悔。"

"谢谢……"羿令符突然退开两步，日月弓合并，无箭拉弦，对准了燕其羽。

燕其羽大惊失色道："你做什么？"

羿令符面若寒霜，但弓上的寒意却越来越浓。

燕其羽叫道："羿令符！别跟我开玩笑了！我不喜欢这种玩笑！"

但那寒意渐渐转为杀气，又转为虚无。

"死灵诀！"燕其羽连声带也颤抖起来，"你真的要杀我？可……为什么？"

羿令符什么话也没说，然而一股死亡气息却充满了整个房间，燕其羽本能地感到恐惧，就像一个人吊在上不着天、下不着地的半空中，整个空间一片死寂，半点风也没有。燕其羽想张口，却发现自己没法发出声音，她想动手，却连手指头也没法动弹！到了这个地步，她已经完全陷入死灵诀的笼罩之中，她的全部生命力仿佛忽然间被抽空。羿令符凝箭不发，但死灵诀的威力却已经在不断地侵袭燕其羽的生命。

燕其羽连心都碎了，可她还是不明白眼前这个男人为什么要杀她！她想问他，却已经无法表达。手边那片白羽，已经开始枯萎，燕其羽知道自己快死了。

她望着羿令符，想说："是不是我死了，就能救有莘不破？"不必开口，她的眼神已经把她的伤心表达无遗了。然而羿令符的眼睛依然如铁石般坚定，一点也不为所动。箭上的寒光正在不断地凝聚，终于在燕其羽无边的绝望与无声的哀号中突然绽放——但绽放出来的不是眼睛所能看见的光华，而是必须用心去体验的肃穆，用生命去感受的悲凉。

燕其羽泪水滚了几滚，失去了知觉。当她再睁开眼睛的时候，连自己也不知道是否还活着。只觉得有人抱住了自己，那感觉很温暖，足以驱散方才困顿自己的死亡气息。燕其羽挣扎着，奋力把抱住自己的人推开，怒道："你到底玩什么把戏！"然后伏在地上，控制不住地抽搐着。

那个被她推开的人又凑近来搂住她，燕其羽要挣开，却听那人叫道："姐姐……"

"姐姐？"她抬起头，看见了那个梦幻般的美少年，"弟弟……你怎么会在这里？"

川穹取出一片白羽道："刚才它枯萎了，把我吓坏了，所以……"

燕其羽恍然大悟，眼睛闪了两闪，倏然站了起来，看见了门边的羿令符，冷然道："你刚才那样对我，就是为了把我弟弟逼出来？"

"是。"

羿令符回答得很沉静，燕其羽的眼神越来越锋利，没说什么话，却大笑起来："你……你……哈哈……"

羿令符道："有些事情，多说无益，不过……"

燕其羽冷笑道："不过你希望我能信守承诺，是吗？"

羿令符垂下眼帘，道："我现在要出发了。不破就在他自己的房间里，要怎么办，你自己决断吧。"说完转身就要走，却被燕其羽喝住："等等！"

"怎吗？"羿令符停下脚步，却没回头。

燕其羽一字字道："刚才……你是否会真的放箭？"

"你……为什么不问你弟弟？"说完这句话，羿令符便不再开口，抛下她姐弟两人出门了。

门板关上之后，像弦一样紧绷着的燕其羽突然跌倒，那锋锐的眼神又恍惚起来。她可以掌控大漠上万年不遇的飓风，却掌控不了眼前这个男人的心意，甚至连自己对这个男人的心意也无法掌控。

"姐姐……"

“别说话！让我静一静！”

“那刚才你要问的那个问题的答案呢？”川穹道，“我来的时候，他的箭……”

“那不重要！”燕其羽喃喃说道，仿佛自语：“其实我知道的，可知道又怎么样？”她摸了摸那迷縠制成的镯子，道：“就算他要杀我，我也没法拒绝他。”

川穹道：“难道你就没想过，他根本就是在利用你？也许这一切……包括对你的种种暗示，其实都是为了利用你！”

燕其羽沉默着，沉默着，突然问道：“现在什么时辰了？”

“姐姐，你要干什么？”

“带有莘不破离开。”

“姐姐！”

“我答应过他的。”燕其羽挺直了身子，“无论发生什么事情，我，燕其羽，都不是一个说话不算数的人。我答应过他要把有莘不破带出去，就一定要做到。其他事情……明天再说吧。”

望着逐渐平静的燕其羽，川穹黯然了，心中道：“他赢了。羿令符……这个男人什么都料到了。”

突然间燕其羽手一挥，一道风刃把她的头发截断了。

“姐！”

“还是短头发比较适合我，对吧？”燕其羽脸上还有泪痕，但她的眼神却坚定起来，“弟弟，这件事情过后，我们就回天山！你说得对，中原太挤了，不是我们待的地方。”没等川穹回答，她便挥手道：“走吧！”

“天山……啊，姐姐，等等。”

有穷商队的人开始忙碌着准备朝觐的事情，不知道是否有接到过什么吩咐，也没有人来注意她姐弟两人。川穹跟着燕其羽，走进了有莘不破的房间。

燕其羽道：“我现在要带他走，你是跟我一起，还是等我办完事再来跟我会合？”

川穹道："我原来是答应过一个人不来管他和有莘不破之间的事情的，不过……这种情况下，我当然得跟着姐姐了。"

燕其羽道："那好，等他们出发以后，我就用风轮开路，割开天罗。"话音才落，门外有人高唱着什么，川穹侧耳听了一下，道："好像他们已经出发了。"

"好，我们也走吧。"她就要发动风轮，却被川穹止住："等等。"

"怎吗？"

川穹道："外面只怕有埋伏。"

燕其羽冷笑道："谁挡得住我昊天之风！"

"只有我们俩或许没人能拦住，但带着这个人，只怕就有些不便了。"川穹道，"我来夏都有段时间了，感应到过几个非我们所能抵挡的气势。姐姐，若遇到这样的人要夺有莘不破……"

"几个？"燕其羽眼神一闪，"我只知道一个叫都雄魁，一个叫登扶竟。"

川穹道："若我们遇到这两个人……"

"最多死在他们手里便是了。"

川穹听见一个"死"字，心中不悦，却没表现出来，只是道："姐姐，你刚才说要和我回天山的……无论如何，我不会让你出事的。"他手指东方，道："我能破开重重禁制进入夏都纯属偶然，要再想无声无息地出城……试试罢。"只见他手指指定处出现了一点暗影，那暗影慢慢扩大，终于变成一道空间裂缝。

川穹感应了一会儿，确定出口在城外，才舒了口气，欣慰道："成了。"

觐见夏桀

妺喜躺在卧榻上，懒洋洋道：“什么时辰了？”

“娘娘，寅时二刻了。”

“寅时……山鬼，成汤的孙子，按理该在今天觐见我王，是吗？”

“是的。先去九鼎宫接受祝祷，再往文命殿觐见我王。”

“大王呢？”

“现在好像在文命殿和大臣谈论着什么呢。或许和那个有莘不破的觐见有关。”

“他起来得倒早。有莘不破……这几天他向我提起过好几次呢。看来他对这个年轻人倒挺有兴趣的。不过也是，两人都是那样尚武好斗，见了面或许臭味相投也说不定。当然，成汤的孙子再怎么英武，也是比不上他的。对了，山鬼，这小伙子你是见过的，是吗？”

“在天山的时候，我暗中保护过他的属下，远远望见过他，他却没见到我。”

“嗯，我在部城却没能会他一面，实在可惜了。这小子长得怎么样？雒灵看上的小伙子，想必是很不错的，就不知道比大王怎样？”

“是块好坯子，不过还需要雕琢。”

妺喜呵呵笑了起来：“山鬼，你可真会说话。你不愿比较，就拿这种话来搪塞。不过算了，你的性子我知道，对上面的人就算心里赞美，也不肯说出有谄媚之嫌的话来。不过不要紧，待会我那妹夫来了，我亲自相一相。”

“娘娘，今天只怕没那么太平，您能不能见到那个小王孙还难说呢。”

“哦？他们这阵子不是挺老实的吗？哼，在甸服外不反抗，到了夏都再乱来，不是送死吗？”

“但那几个年轻人都不像会轻易服软的人。”

“不服只怕也不行吧。”妹喜道，“太一宗那讨厌的小子，还有无瓠（hù）子（血祖），应该都有安排才对。”

“上有天罗，下有地网，从别院到九鼎宫有东君、云中君和河伯跟着。都雄魁大人亲自在九鼎宫外迎接。”

“那不就得了！你认为这样子他们还能逃？我还听说雒灵的小情人可有人情味得紧，对属下十分爱惜。他这次带来的人都曾和他共过患难，难道他就忍心让这些人白白送死。再说，就算他狠得下这个心，只怕也没用。”

“娘娘说的也有道理。不过我听云中君说，江离宗主认为那个自称将军的羿令符会有些出人意料的举措，或者会自作主张也未可知。”

“哦？羿令符？这个名字好熟。”

“他十二三岁那年来过夏都，射死了东君的弟弟，被下令通缉。后来大王听说他只是个孩子，所为又是仗义之事，便亲自下令宽赦了。”

妹喜恍然道：“我记得了，他是有穷饶乌的关门弟子！”

“正是。”

“这个男人的事迹我也听说过，好像每一件都无法无天之极。据说他还招了个妖女进门，结果把母亲、妻子连同还没出世的孩子都害死了。嘿嘿，这样一个男人会做出什么可有点难说了。”

“江离宗主说了，他不妄动则已，若敢妄动则当场击杀，然后说他叛主欺君，再以保护为名软禁商国储君。”

妹喜冷笑道：“其实一开始把那有莘不破圈禁起来就是了，太一宗那小子偏偏要搞出这么多事情来，又要把人扣住，又想不激怒商人。哼！照我说，他是想把事情弄得复杂一些，好显出他的功劳，再趁机夺权罢了。”

山鬼却不接妹喜的话，只是沉默。

妹喜道：“山鬼，听你这么一说，今天九鼎宫前或许会热闹异常，你去看看吧。要真的出事也助上一臂之力。这份功劳，可别被太一宗的小子给独占了。”

“可听江离宗主说，娘娘您那个姓桑的仇人可能此刻也在夏都。江离宗主说了，如果桑谷隽能和别院内的老朋友取得联系，或者之前曾有什么默契，那么他很可能会趁机来刺杀娘娘。”

妺喜笑道：“你说那桑谷隽会来？嘿，他会来最好，我就等着他来！虎魄始终是本门一块心病，早日除了早日安心。你放心去吧。还有，临走前把本宫地底的禁制给解除了。”

“这是为何？”

妺喜笑道：“让桑谷隽进来的时候方便一些啊。我怕他看见本宫防卫森严，不敢进来了。”

桑谷隽低着头，远远望着围观的人群。

商国王孙觐见天子是多年来罕见的盛况，看热闹的不但有夏都的臣民，中间还夹杂着许多身份怪异的人。桑谷隽甚至望见了阿三和老不死。

然而现在他已经顾不上去照顾这两个小人物了，他有更重要的事情去做：报仇，还要帮有莘不破逃脱。

“我们这边的事情你不用管！”当时羿令符就明确拒绝了他，要他去干自己的事情。他摸了一下挂在腰间的镯子，桑谷隽认得这镯子是用迷榖制成的，迷榖是一种能够引路的宝贝，他二姐也有一条同样质地的手链。桑谷隽曾想过羿令符送自己这份礼物也许另有深意，但一直没想通个所以然来。“或许他真的另有安排吧。我若贸贸然冲上去，也许反而坏了他的大事。”

他最后望了一眼高头大马上的那位好朋友，心中默默祝祷，便向王宫的方向走去，不再回头。

“会不会还算漏了什么呢？”江离怔怔出神，“按理说应该不会，可是……”

河伯见他叹了一口气，问道：“宗主，有何忧虑？”

“我担心今天的事情。”

“不必担心，一定万无一失！”河伯道，“以都雄魁大人的速度，一有异变，眨眼间就能赶到别院。我就不信在这天罗地网之中，他们还有逃路！更何况，有莘不破已经上车出发了，估计再过一刻便可抵达宫外。而宗主交代留意的那条巨蛇，也一直盘在羿令符的腰间。”

“偷偷植在有穷主车下面的多春草，确实感应到了不破的气息。可是……”江离摇头道，“难道羿令符是真的没有发现吗？”

河伯深知多春草的底细，说道：“他们若敢擅自对多春草做手脚，一定会被宗主发现。现在多春草一切正常，要么就是他们的确没有发现，要么就是发现了也无可奈何。”

“话是这么说，可我总感到不安。”江离道，“我以前做事，从来不会这么没信心……”

“宗主过虑了。”

“不是过虑。”江离道，“而是我感到运气不在我们这边。我自信不输羿令符，可是，我的运气却没不破的好。”

“运气？”

“对！”江离道，“你没和有莘不破同行过，所以你不明白。在这家伙身边，我无论做什么决断总有强大的信心。就算困难再怎么大，就算我们的条件再怎么不足，我也总有一种莫名其妙的信心：到最后我们一定能成功的。可是现在这种信心却没有了。我感到什么东西都要算计得毫厘不差——可就算这样还是常常患得患失。”

河伯皱紧了眉头，道：“虽然有天运之说，可这东西缥缈虚无，宗主莫要太过放在心上。否则反而容易误入歧途。”

江离叹道：“你说得对。我若越在意，只怕就越……”

突然宫外来报：“看见铜车了！”

都雄魁笑眯眯地坐在宝座上。宝座下是高台，高台下是洪荒巨兽，巨兽脚边是九鼎宫的基石。

如果有莘羖复起于地下看到他这排场，一定会讥笑他浅薄不文，恰如寒酸者暴富。然而能来耻笑都雄魁的人已经抛弃这个世界了，而在整个夏都、整个神州，还有一大堆像马蹄那样仰望着血祖、羡慕他风光无限的小民。

羿令符走近的时候却没有仰望他，这个男人的脖子似乎从来不肯向上倾斜——除非他要弯弓把太阳射下来。

都雄魁坐在高台上，笑吟吟道：“羿将军，这几天在王都过得可好？”

羿令符竟不理他，大声道：“商国储君车驾到！夏国礼官何在？”

都雄魁大为不悦。这些年来商人崛起，夏朝势力日渐没落，但至少还维持着名义上共主的地位。都雄魁取代祝宗人为大夏国师之后，一直以“一人之下、千万人之上”自居，今天屈尊来到九鼎宫外，与其说是迎接有莘不破，不如说是来压场，以防这几个年轻人造反，哪知羿令符竟然这样无礼。

东君隐在天上的幻日之中，这时探出头来喝道：“小子无礼！敢对国师如此说话！”

河伯也闻讯出来，怕羿令符以此发挥节外生枝，坏了江离的大事，忙做个和事老，道：“今天大事为重，这些小结暂且放下。羿将军，快请商国王孙入殿吧。天子可在文命殿那边等着呢。”

羿令符淡淡道：“王孙？什么王孙？”

众人听了这句话都觉不妙，河伯也顾不上什么礼节了，冲了过去，掀开主车车门，有穷商队的勇士也不拦他。

自都雄魁以下，夏朝的人都注视着河伯，却见他愣在当地说不出话来，好一会儿才道：“你……你是谁？”

刹那间，幻日大耀，白云汹涌。

眼见有穷商队这一百多人，就如怒海狂涛中的一叶小舟，但这一百多名男儿只是一齐向羿令符望来，竟没一人有半分惧色。

都雄魁眼中杀机暴涨，向羿令符直逼过来，一字字道：“有莘不破呢！躲哪儿去了？”

羿令符左手落日弓，右手落月弓，双弓合并，微微一笑，道：“你问我，还不如问它！”

第六章
天地大决战，《山海图》绝世惊现

羿令符的首级

江离忽然想起一事，忙向四维殿而去，也顾不上宾主间的礼节了，直闯洞天馆。但见馆内空空如也，哪有川穹的影子。

川穹的功力还不稳定，带着人没法准确地进行远程的玄空挪移。上次他要从始均厉手上把姐姐救走，却把她送到了相反方向的一个荒野。这回他怕把己方三人都带回夏都，因此不敢用玄空挪移术，于是三人坐上了飞廉羽芭蕉叶直上高空，向东方飞驰而去。

飞了小半个时辰，川穹道："羿令符那边拖了好久啊，走出这么远了，夏都那边就算有追兵过来也赶不上了。"

突然身后一声巨响，一道强光射出，直冲斗牛。姐弟俩同时回头，同时为那道光芒的威力所震惊。

燕其羽喃喃道："弟弟……好像是在夏都方向，是吗？"

"姐姐！"川穹道，"别看了，把这有莘不破送回去，我们就回天山吧。"

燕其羽心中一动，道："弟弟，你为什么不让我看？你知道什么我不知道的事情吗？”

川穹道：“反正该发生的也都发生了，隔那么远，我们就算……”

“什么该发生的？该发生什么？你给我说清楚！我昏过去那段时间里，羿令符是不是和你说了什么？”

“他没和我说什么。”

“那……不行，我回去看看，弟弟，你带有莘不破去亳都吧。我们天山见。”

川穹一把抓住了燕其羽，道：“姐姐，你别这样！你说过，做完这件事情我们就回天山……”

“就当我没说过！”燕其羽甩开川穹的手，“听我的话，带有莘不破去亳都，我……我答应你绝不着陆，在空中看一眼就走。”

“看一眼……为了一具尸体冒这么大的风险，有意义吗？”

燕其羽一直望着西方，听到这句话突然回头：“你说什么？”

“羿令符的计划，我不清楚。不过他的种种安排，根本就是一副有去无回的姿态。”

“不会的……他说过，他师父有穷饶乌也在夏都，他们师徒俩联手，只求自保的话，没人……没人拦得住他们。”她越说声音越低，到了后来不用川穹反驳，连自己也不相信这句话了，“羿令符……羿令符！你骗我！你从头到尾都在骗我！”

高空的罡风吹得姐弟两人衣服猎猎作响，川穹道：“姐姐，既然你已经想通了，就……”

谁知道燕其羽却道：“不！”

“姐姐！”

“弟弟，你带有莘不破往东去吧。无论如何，我要去看一看。如果他骗我……我一定不会轻饶他的，我要用昊天风轮把他碎尸万段！”

川穹略一沉吟，突然把他背后的有莘不破扔了下去。燕其羽大惊，招来一个旋风把有莘不破托起，放在自己座下蕉叶上，她急中生怒，道：“你干什么？”

川穹道：“我答应过不介入这件事的，现在走到这步，完全是因为姐姐你！姐姐你若回头，我也陪你一起回头。他们的事情，我不管了！”

燕其羽黯然道：“弟弟……其实我们并不是真的姐弟，你没必要……”

川穹截口道：“姐姐你别说了！当我开口叫你姐姐的时候，就认定你是我的亲人了。我没法不管你，就像你没法不管那个男人一样！”

“既然这样……好吧。”燕其羽长长地嘘了一口气，那轻轻的叹息声中充满了萧索。川穹正不知燕其羽会如何决定，突然听见一声肌肉破裂的声响，跟着眼前一片血红，有如数十片红色的雪花在高空的罡风中飞溅，洒落在风云之际。

在川穹的惊呼声中，燕其羽凌空而起，额头隐隐要长出鹿角一般，背上新生了一对血淋淋的巨大翅膀，双翅张开，长达两丈！

燕其羽是仇皇用风神飞廉的遗血所造，这时激发飞廉血因，整个人如要妖化，似乎就要重现太古风之巨神的雄姿！

燕其羽道：“我一言既出，响如风雷！答应了人就一定要做到！”说完她把有莘不破平放在芭蕉叶上，对那片芭蕉叶道：“去吧！往东方飞去！我予你足以飞越三千里的风力！在这风停止之前，就算我死了，你也不许枯萎！”祷祝完毕，也不管川穹，径向西方冲去。

川穹望着渐渐东飞的芭蕉叶，喃喃道：“有莘不破，如果不是江离的话，我也许会站在你这一边的。不过如果我如羿令符一般待你，你会高兴吗？”说完叹息一声，掉转风头，一个短程空间跳跃，追上了那对血翼。

两人并肩还没飞回多远，便见夏都方向一道红光披散开来，一眨眼化作漫天红霞，铺天盖地地向东涌来。

川穹惊道：“不好！姐姐，我们得避一避。”

“避什么！天罡地煞，听我驱驰！上！”一股前所未有的狂风挟带着两人往上冲去，要从高空中越过那片掩袭过来的红霞！高空上一对血翼，低空中万丈血晕，双方渐飞渐近，突然血晕中射出一道火光，那火光在途中越烧越猛、越烧越烈，最后竟变成一个直径数里的巨大火球向燕其羽姐弟撞来。

“昊天旋风，度尽一国众生！去死吧！”

幻日撞上风轮，外围被风力冲散，但那直径数丈的幻日之核仍然闯了进来，川穹拉燕其羽避开了这一撞之威。燕其羽闪避之余犹自从血翼中射出数百片风羽，竟然冲进了那幻日之核，火焰中一人高声惨叫，随即火光暴涨，直压下来，威势远胜芈压的天火焚城。

燕其羽正要继续往西冲去，眼前不知何时已经弥漫着一片宽阔的云团，云团由白变黑，云中隐有雷声。燕其羽不敢硬闯，一个俯冲，就要从云团和血晕之间那个空隙中穿过去。突然听一个声音冷然道：“萤火之光，也敢在日月底下显摆吗？”她眼睛一瞥，不看也罢，一看之下心神震荡，若不是靠着急飞的惯势，几乎当场要从高空中跌落下来。

原来悬在那红晕之中的，竟然是羿令符的龙爪秃鹰！燕其羽痛叫一声，扭转风向朝龙爪秃鹰冲来。川穹惊叫道：“不可！”却哪里来得及，只能紧紧跟在她背后。

燕其羽在龙爪秃鹰之前数十丈处停住，再一细看，龙爪秃鹰已经不是龙爪秃鹰了！它变得面目狰狞，鹰头有如兽头，身体也比平常大了数十倍，双翅张开，足以覆盖百丈。然而燕其羽知道：这就是龙爪秃鹰，虽然是被异化了的龙爪秃鹰。一个身形魁梧的男子站在龙爪秃鹰背上，燕其羽没见过他的面，可她一眼看出这人就是威震天下的都雄魁。

川穹停在燕其羽旁边，被眼前这男人散发出来的气势一逼，竟然忍不住全身发抖。但燕其羽却毫不害怕——或者她已经忘记害怕——竟然向前冲近那血晕的边缘，大叫道：“羿令符呢？”

幻日已经降了下来，云团也已收敛，东君和云中君从空中落下，和一直没有动静的河伯一起站在都雄魁的背后。川穹勉强压住心底的害怕，心神稍定，再打量这几个人，只见他们身上个个带伤，连都雄魁也是头上缺了一大片头发，威风凛凛中难掩衣冠不整的狼狈。

川穹心中惊骇：“姐姐又爱又怕的那个羿令符好厉害！一个人对战这么多高手，居然能做到这种程度！”

燕其羽却根本没心思注意这些细节，血翼卷起一阵强似一阵的飓风，不断地冲击着那片血晕，又高声叫了一句："羿令符呢？"

一个头颅飞了上来，那墨一样的眉毛，那刀一般的眉角，竟然是羿令符的首级！

燕其羽尽管不肯相信，却还是大叫一声，吐出一口血来。

都雄魁冷冷道："有莘不破呢？"

川穹应道："他已经远在五百里外，你追不上了。"

"是吗？那你们就去死吧！"

江离无言地站在九鼎宫的主殿上，大门开了，一个女子走了进来，俯身行礼。

"山鬼？"

"是，宗主。"

"你为什么会来？你破门而出有十几二十年了吧？"

"是。山鬼离开九鼎宫，已经整整一十七年。"

"离开了……为什么还要回来。"江离脸上淡淡的，没有责怪的意思，却像是心灰意懒。

"山鬼听娘娘说宗主有雄心壮志，为何今日一见，却有如枯井槁木？"

"娘娘……是了，你投入了心宗，现在是给妺喜娘娘当差。你今天来，是带来了娘娘的什么旨意吗？"

"娘娘命山鬼前来九鼎宫，必要时助以一臂之力。"

江离摇头道："没这个必要了。有都雄魁大人在，还怕人死得不够干净？你方才在宫外吧，现在外面怎么样了？刚才好大的声响。"

"都雄魁大人一见商国储君失踪也没有停留多久，对羿令符下了杀手之后便直冲出去了。镇都四门其他三位也一起跟去了。"

"嗯，那有穷商队其他人呢？"

"外边一片混乱。镇都四门的小辈负责善后。不过，羿令符腰间那条巨蛇突然发狂，硬是把他拖着冲出重围，现在不知去向。"

江离道："大夏没有高阶的将军在，都雄魁大人他们追敌去了，你干吗不接手残局？”

山鬼没有马上回答，深深地叹息了一声，才道：“山鬼不在人前露面，已经有一十七年了……”

江离听到这声叹息，心中燃起一丝好奇，这才提起精神细看台阶下那女人，这才注意到这名闻天下的女子，白发底下，依然保持着十七八岁少女的容颜。

“山鬼……你就是山鬼。”

“是的，山鬼。王室旁枝，山鬼斟寻薜荔。”

屠风神

“斟寻薜荔……”江离喃喃道，“好美的名字。”

“姓是家族的，名字，是他取的。”

“他？师父？”

“是。”

江离平静地看着她，眼中充满了怜惜：“你这一头白发……是这十七年中长成的吧？”

“不……是十七年前长成的。”

“十七年中”和“十七年前”，虽然只有一字之差，但江离却明了其中的巨大区别，于是更深刻地体验到了其中的辛酸。他已看出阶梯下这女子并非无情之人。

“为什么？你当年为什么要破门而出？”

“因为祝宗人大人放弃了。三十年前他封闭九鼎宫出走，我一直在这里守着，一直到十七年前他回来，我以为他回心转意了，谁知道，他来了，又走了。封闭好太一馆之后就走了，连看也没看我一眼……”山鬼眼中垂下两行泪水，“他可知道，我在都雄魁大人的压力底下，坚持得多辛苦？”

“所以你也放弃了？”

“其实对这九鼎宫，对这江山，我从一开始就放弃了，我坚持着，只是因为他。可是……”山鬼幽幽叹了一口气，没有再说下去。

“于是你到了幽谷？”

“那里是我唯一能去的地方。”

“这些年你在幽谷过得还平静吗？”

山鬼低着头，白发遮住了半边脸：“那里确实平静，也许唯一剩下的就只有平静了。”

江离抬头望着屋顶，良久良久，才道：“也许我师父错了。或许是因为他不知道，对你来说在压力下坚持比在安宁中失望更容易忍受。”

山鬼怔了一怔，颤声道：“你说什么？”

“师父并没有放弃，从来就没有。”江离道，“要不然，就不会有我师兄若木，也不会有我。”

“如果那样，那他为什么离开？为什么封闭九鼎宫？为什么……为什么这样对我？四门之中，河伯他们服从他或是因为形势，或是因为使命，但我不是。我服从他只因为他是祝宗人。”

江离没有回答，他的思绪转入了另外一个方向：“看到你，我突然明白了师父为什么要想法抹去我对家族的记忆了。也许他根本就不希望我牵涉到这里面来。他希望我以一个纯粹的身份来继承太一宗的道统，至于家族的责任，他是要揽在自己一个人的肩头上了。”

山鬼喃喃道：“揽在自己一个人身上……”

江离笑了，他这样一个年轻人，却笑得那样萧索：“太一宗五百年得助于大夏王族，大夏倾颓之际，太一宗总得有一个人来承担末世的命运吧。师父希望是由他来，却没想到……”

“倾颓……”山鬼惊道，“不！我们还没输！”

江离却摇头道：“输了，输了。本来还有一线机会的，现在只怕不行了。我到今天才肯承认，但师父也许早在三十年前就已经看透了吧。”

“宗主！”山鬼无意间竟然脱口而出，叫出口之后才怔住。江离微笑道：“你肯叫我宗主了吗？”

山鬼伏在地上，泣涕道：“为什么当年他……其实只要他一句话，甚至一个眼神，就算是二十七年、三十七年……我都会守下去的。”

“也许正因为知道你会这样，师父他才一句话也不肯对你说吧。”江离道，“可是师父他错了。他不想你承担责任，却不知对你来说那并不是痛苦，而是幸福。他不想我承担责任，却不知这根本是我无法避开的宿命。”

山鬼倏然抬头道：“宗主！我们还没输！大夏还有九鼎，还有都雄魁大人，还有登扶竟大人，还有你！”

“都雄魁大人……你认为他会和我同心吗？”

“这就是和藐姑射齐名的都雄魁！”

川穹见到这个男人，第一反应就是想远远逃开，可是他现在不能逃。

燕其羽狂笑着，但川穹却从她的狂笑中听出了她的悲痛。

“不，不……他还没有死！我能感觉到，他还没有死！”

尽管燕其羽已经见到了羿令符的首级，却仍然不肯承认这个事实，大笑着说：“他还在夏都，他还在夏都！”

犹如癫狂了一般的风神少女血翼张开，比方才整整大了一倍，昊天风轮从她身边刮起，挟带着她的血羽向都雄魁冲去。

“姐姐到底要干什么！我们根本斗不过他！”川穹想帮忙，却不知如何下手。功力到达他们这个境界，联手往往不是并肩出击那么简单了。若有巧妙的配合方式，两人联手所产生的威力将远大于两人威力之和。可以想象，如果祝宗人和藐姑射联手，所爆发出来的力量就是毁天灭地也有可能！反之，若彼此无法齐心，或联手而不得其法，则有可能因为互相干扰而抵消彼此的优势。

若是伊挚、都雄魁、独苏儿这样的前辈高人，互相争竞了数十年，对彼此的长短了如指掌，无论联手还是对攻，都能在各种形势下迅速作出最恰当的决策。江离、川穹等人面对师尊辈虽然已有一战之力，但毕竟还太年轻，尽管各有各的绝招，却还无法在各种情形之下都做到应变神速。

这时燕其羽脸上一条条红色经脉暴起，额头竟然长出了一对鹿角，整个脸庞变得诡异非常；全身长出七色羽毛，犹如孔雀之翎，这是何其美艳，又何其妖异！

都雄魁赞道：“你是老头子用飞廉之血造出来的吗？好！好！我且等你一等，最好你能妖化为完全的飞廉，让我享受一把屠神的快感！”

川穹听了大惊：“妖化！姐姐在妖化！”他知道姐姐是半妖之身，却不知道这样的妖化对她自己会不会产生永久性的伤害。

昊天风轮随着燕其羽的妖化越刮越猛，突然分开，竟一化为三，对血晕隐隐成半合围的形势。地面上所有的树木都已经被凌空拔起，在狂风中被撕得粉碎。临近数十座村庄受到波及，军民及畜生死伤无数，燕其羽却丝毫不为所动。她见惯了血池中的生生灭灭，天下生灵对她来说和沙石泥土没多大区别。

镇都三老见到这罡风气势无不骇然，连都雄魁也微微动容。

风神飞廉是足以与应龙抗衡的上古神兽，掌控着天地间的风力之源，妖化后的燕其羽所爆发出来的力量，在平时就连她自己也不敢想象！

不过片刻，血晕竟然被狂风撕开一个缺口，血气散入风轮之中，把整个风轮染成了红色，整个天象变得更妖异莫测。

川穹见姐姐竟然占了上风，心中惊疑交加，冲入风轮之中，来到她身旁叫道：“姐姐，见好就收，我们趁机走吧。”

“不！”

“那就携飓风之威冲过去！让他们去追有莘不破，我们去夏都找你要见的那个男人。我也有预感，他虽然断了头颅，但也许还没死。”

“不！不！不！”燕其羽红了眼睛，大声道，“我要这风就这么一路刮过去，席卷万物地刮过去！我要把这五百里的土地都翻过来，要把整个夏都翻过来！如果那个男人死了，我就用夏都的瓦砾给他盖个坟墓！”

“哈哈……”风声如雷，却压不住都雄魁的大笑，“好狂妄的小妞！你是羿令符的女人吗？好，看你这份狂气的分上，老子送你去见他！”

燕其羽怒喝道：“谁送谁还不知道！”她手一挥，竟把川穹抖了开去，身子滑入风轮之中，任风轮中的风刃切割自己的身体。鲜血飞溅中，风势更猛！整个天空也变了颜色，大地在的哀号中出现了千万股乱风，连百里外的山岳仿佛也因之而颤抖起来。云中君布开的云层被风吹散，化作阵阵暴雨倾盆而下，血祖的血晕已经被完全吹乱，龙爪秃鹰在凛冽的风雨中浮沉摇晃，风刃渐渐逼近，但血祖依然在鹰背上不动如山。

川穹感到风势已经渐渐失去控制，苦叫道："姐姐！不要再……"声音却被风雨声淹没。

都雄魁背后的云中君也惊呼起来："这女人疯了吗？在没有天象助力的情况下发动风灾！逆天而行，她不要命了吗？"

都雄魁冷笑道："敢拦我的路，要不要命都难逃一死！就算她是真的飞廉，今天我也要屠神！"

江离望着东方，喃喃道："好可怕的风神之后。如果是在大漠，或者在东海，只怕没人拦得住她吧。"

"可惜她遇到的是都雄魁大人。"山鬼道，"这些天气象平稳，她在没有天地助力的情况下强自施为，只怕支持不了多久吧。"

江离道："如果你在，刚好能克制住她，抵消她风力的增强，现在这情形，只怕甸服要尸横遍地了！唉——偏偏在前方的又是不惜民命的都雄魁大人！"

"宗主，我也去吧。"

江离道："妹喜娘娘那边呢？桑谷隽志在必得，只怕不好对付。"

"娘娘说不用我插手，还让我撤了王宫地下的禁制，露出许多破绽来，又不让人通知大王，看来有十足的把握。"

"是吗？"江离道，"既然这样，你就去前方看看吧。想来东方的援军也该出现了吧。如果是伊挚师伯来了，岂不又是一场浩劫？不破啊，你可真是一个灾星，去哪里，哪里就天下大乱！"

有莘不破此刻正毫无知觉地躺在飞廉羽芭蕉叶上，虽在高空疾驰之中，依然睡得很安稳，直到被一片祥云拦下。

“不破哥哥！”飞廉羽芭蕉叶着陆之后，山林间跳出一头猛兽，一个少年跳了下来，摇晃着他。

“芈压，别乱动他。”林荫间步出一个男子，侧头倾听着走来，竟是个瞎子。

“师韶大哥，不破哥哥他……”

“他不要紧。”天际那片祥云传来一个清朗的声音，“看样子是羿令符动的手。芈压，你带他东归，我再往西看看。”

师韶惊道：“往西？还往西？”

“我们来迟了。前方天象剧变，看来正有大战。那几个孩子为不破陷身险地，我焉能袖手不管。”话音才落，那片祥云便向西飞去。

师韶道：“我去助伊挚大人一臂之力，芈压你带着不破东归吧。”

芈压叫道：“我也去！”

师韶皱眉道：“你也去了，谁来照顾不破？”

芈压这才道：“好吧。”

师韶走后，林木间飘出一条人影，芈压见了惊道：“雒灵姐姐，你怎么也来了？”

雒灵走到有莘不破身边，抚摸着他的脸颊出神。

芈压道：“雒灵姐姐，你来了太好了，你带不破哥哥回去吧，我去帮忙。”

雒灵微微一笑，身子一闪，飘向西方。

“雒灵姐姐！”芈压叫不住她，又不敢抛下有莘不破追上去，有些丧气地对着有莘不破道，“感觉我又被你们骗了。真的大仗，永远没有我的份！”

太阳已在东方，芈压却没发现有莘不破的手指轻轻地动了一动。

窫窳兽之死

马蹄受了伤，但他不是夏人的重要目标，在一片混乱中竟然逃得了性命。逃离战场之后，才舒了一口气，便被一只手按住了。

马蹄大吃一惊，这个动作太熟悉了，回头一看，果然是靖歆。

马蹄正要说什么，靖歆却低声喝道："小畜生，待会再和你算账！跟我来！"扯了他闪入一堵墙壁阴影中。马蹄见靖歆竟然不杀自己，心里奇怪，跟在他背后，看他做什么。

夏都此刻一片混乱，临近九鼎宫的民居受到波及，死伤难计，无数百姓惧祸逃离那个区域。又有不法豪强趁乱抢夺有穷商队散落的珠宝奇货，部分军纪败坏的士兵也趁机抢掠，真正的战场虽然只是在九鼎宫前的广场，但骚乱却迅速遍及半个都城。

马蹄惴惴不安地看着靖歆，顺着他的眼光望去，却见一个死人。过了一会儿，死人的肚子动了动，突然破开，一只老鼠模样的东西钻了出来，满牙鲜血，竟像是刚刚吃完那死者的内脏。那小东西钻出来之后左看右看，眼见附近没有异状，这才又找到第二个死人，顶开那死人的嘴钻了进去。

马蹄看得毛骨悚然："夏都是天子脚下，怎么会有这种吃人的怪物！"想到"吃人"两个字，他肚子突然咕噜一声轻响。他忍不住向靖歆的后颈望去：靖歆保养得很好，后颈皮肤平滑，引得他食欲大动，却又不得不忍住："不行！我打不过他！"

靖歆突然掐住了他的喉咙，马蹄大惊，以为被靖歆窥破了自己的想法，幸好靖歆只是凑到他耳边道："看见地上那个胖子没有？"

马蹄眼睛一扫，惊得几乎叫出声来：被那怪物吃光了内脏的尸体旁边伏着一人，不是他哥哥马尾是谁？他从小和哥哥相依为命，虽然为了富贵荣华可以忍心弑兄，但平时对哥哥好也不是假的。此时见了这情景，悲从中来，哽咽道："我哥哥他……怎么死的？"

靖歆却以为他是在惺惺作态，冷笑道：“小声些，他没死。”

马蹄大喜道：“没死？”

靖歆道：“我在他身上设了机关，然后把他打昏，要引窫窳上钩。”马蹄听得心中大怒，脸上却不动声色：“窫窳？”

靖歆继续道：“对，这怪物我志在必得。谁知道你这个废物哥哥躺在那里老半天了，窫窳就是不吃他。”

马蹄道：“是不是它看破了你的机关？”

“不是。”靖歆摇头道，“要是看破了我的机关，它哪里还会在这里吃人？早逃得远远的了。它走到这废物胖子身边，闻一闻，嗅一嗅，竟然走开了。”

马蹄诧异道：“这是为什么？这怪物吃人还挑瘦的吃不成？”

“那当然！窫窳是血门灵兽，它不是饿了才吃人，而是捡人身上的精华血肉融为己有。它看不上你这废物哥哥，多半是这头肥猪身上一块好肉都没有！”说到这里他停下来，心道：“我跟这小子说这么多干什么？”

马蹄却听得心头大动：“这么说这小怪物岂不是和我一样吗？”这次马蹄猜对了。这窫窳是当年都雄魁功力未大成时悄悄炼成的怪物，目的是对付仇皇。和仇皇隐藏贪吃果的秘密目的相仿。后来形势有所变化，弑师的行动出乎预料的顺利，这还没完全长成的窫窳便没有用上。都雄魁本人的饕餮之胃练成之后，这小东西更没有什么作用了。就在都雄魁要把窫窳投入血池熔炼掉之前，这小东西日久通灵，竟然趁隙逃跑了，藏在三天子障山之中与群妖为伍，直至被札罗收服。

靖歆可没想到马蹄知道的远比他想象中多，拿了副手套给他：“这手套上镶嵌着我小招摇山的镇山之宝万毒钉，被这手套拿住，就是一流高手一时半会也别想挣脱。你去装死，引得它来吃你，你再一把抓住，然后我就会来对付它。”

马蹄骇然道：“那不是很危险？”眼见靖歆双眼寒箭一般逼来，只怕不答应他，自己马上就会死在他的掌下，忙改口道：“为师父效命，那是万死不辞。”

他做戏做全套，戴好手套后装作受伤，摇摇晃晃地倒在窫窳正在享用的那具尸体旁边。窫窳闻到气息，还没吃完那具尸体就钻了出来，眼珠骨碌碌扫了马蹄一眼，小心翼翼走近一闻，心头大喜。马蹄的身体本来就是上品，吃了有莘不破一块肉之后更显得生机十足。

这头小怪物一跳便跳上了马蹄胸前，用两只前爪拨开了马蹄的嘴。它的动作滑溜而迅疾，马蹄还来不及反应两唇已是一阵剧痛。就要动手时，他突然想起："我干脆让这畜生钻进来算了，看是它吃了我还是我吃了它！"他天生敢于冒险，竟然忍住不动手。

靖歆在一旁看见窫窳上钩正自一喜，但见马蹄一动不动却又大奇："他怎么还不动手？真的死了不成？"

窫窳扒开马蹄的嘴正要钻进去，突然闻到一股奇怪的味道，别人或许不知道，它却熟悉得不能再熟悉了——那是饕餮之胃的胃酸，于是赶紧怪叫一声逃开，马蹄一手抓住了它，但没抓牢，只抓住了它的尾巴。

靖歆惊喜交加，跳出来张手去抓。马蹄心头一动，叫了一声"哎哟"，手一扬，窫窳趁机蹿了出去，撞在靖歆身上。以靖歆的修为，本来不容窫窳近身，这时窫窳出其不意竟钻入衣领之内，在衣服内乱窜。

靖歆吓得魂飞魄散，窫窳牙齿的厉害他是知道的，所以一面运气影魅护体，一面把全身衣裳撕了个干净。这时窫窳已经窜到他背上，对准他的背一口咬下，两爪狂抓，就要扒开他的皮肉掏出他的心脏。换作常人，这时已是万劫不复，但靖歆是血宗旁支，肉身修为大异常人，在一刹那间竟把心脏转移，窫窳一掏掏了个空，身子一紧，却已被靖歆反手拿住了。

靖歆这时已经顾不得要活捉它了，保命要紧，手上加劲，要把这小怪物当场捏死。窫窳被靖歆的影魅术束缚住了，难以逃脱，拼着尸骨无存的危险，激发了小流毒。

血宗的流毒乃是血宗的终极灭世大法，只有达到血门最高境界、在状态极佳的情况下才可能施展。其基本原理是激发起一种自我毁灭的生命异动源——施法者以自己的肉身为鼎炉，激发起一种最原始的生命波动。这种生命波动一旦完成，周围任何形式的生命体在感应到之后都会产生相同的变异，并成为新的流毒之源。流毒并不是世俗所谓的毒药，不是光，不是热，无法用诸如无明甲之类的防御方法进行防御。因此可以说，流毒是无法抵御的。连藐姑射也不得不承认，假如都雄魁发动流毒，那即使他躲在洞内洞中，也不可能完全避免被那生命的异动之源感染。

窫窳此刻发动的小流毒并不是真正意义上的流毒，虽然同样是以自己的肉身为鼎炉，但异动的不是最原始的生命之源，而仅仅是血肉的异动。

靖歆感到手心一软，发现窫窳化作一团黏糊糊的血肉，就知道要糟。如果他和窫窳保持一定的距离，犹能把这团毒化了的血肉隔离在外，这时却被窫窳从背上的伤口直接侵入内脏。窫窳化作一团蠕蠕而动的肉，贴紧在靖歆的背上，不断吸食他的生命力。靖歆竭尽全力地哀号着，想把那团肉给扯下来，但窫窳刚好选中了他最难用力的身体部位，一时间竟拔不下来。他病急乱投医，冲着马蹄乱喊："快！救我！救我！"

马蹄幸灾乐祸，笑道："我为什么要救你？"

靖歆惨叫道："你不救我，等它吃了我，第二个就轮到你了。"

马蹄心想这倒不假，但这牛鼻子获救之后也未必肯放过自己："最好是他们俩同归于尽。"当下道："师父啊，我是有心帮你，可我不知道怎么救你啊。"

靖歆号叫道："用你的手套把它拔出来！"

"手套？"

"对！快！"说完这句话他已经连站也站不稳了。

马蹄心道："现在帮忙的话，估计这牛鼻子就算获救也没力气了。"便走到靖歆背后，小心翼翼地伸手抓住了那团肉。靖歆给他的这副手套上嵌着万毒钉，那团肉被钉子扎到一阵颤抖，内里发出一声非禽非兽的悲鸣。窫窳这时已经是垂死一搏，任凭马蹄怎么用力也扯不出来，而它伸入靖歆体内的触角却已经找到了他的心脏。靖歆吓得两脚发软，大叫道："快！快！不然就来不及了。"

马蹄扯得满头大汗，心道："你这手套也对付不了它，我又有什么办法？"突然脑中灵光一闪，张口向那团蠕动的肉咬了下去。

靖歆只听到背后一声凄厉的惨叫，跟着体内的痛苦稍减，碰到他心脏的触角软了下来。他死里逃生，才松了一口气，突然肩头一麻，被马蹄拿住了。

“师父，”马蹄在靖歆背后笑道，“你说就算第一流的高手被我这手套拿住，一时也逃不开的，是吧？”

靖歆惊道：“你要干什么？”

“干什么？你说呢？”马蹄邪笑着。忽然之间，他的影子出现了一点诡异的变化，似乎是一个人长出了老虎的牙齿，又在腋下部位闪动着两道寒光！

这个变化一闪而过，但被马蹄抓住的靖歆却无意中注意到了这一点！他也真是博学，竟然能从这一点变化中想到了传说中的一种神兽！

“天啊！那……饕餮？难道你……你是饕餮的化身吗？”

“饕餮？那是什么东西？”马蹄说着，又道，“无所谓了，反正……我饿了。”

靖歆浑身颤抖起来，惨叫道：“难道是……饕餮之胃！饕餮之胃！天啊！我到底是做了什么孽，竟然让我死在饕餮之胃里头！”

亳都来客

马蹄吃了靖歆的血肉筋骨，得到了他的部分力量；吃了他的大脑，得到了他的部分智性记忆。他把靖歆和自己先前的力量融合起来，只觉全身真气充沛，举手投足间充满了力量，自信心空前膨胀，似乎觉得超过有莘不破，把都雄魁之流踩在脚底下是转眼就能实现的事情。

他大笑三声，感觉自己大有高人风范，手轻轻一挥，发出一股劲风，把哥哥马尾拂醒，马尾睁开眼睛，高兴得跳起来抱住他。马蹄不悦道：“你能不能别这样？”

“怎么了？”马尾可一点都没觉得不妥。

“我今时不同往日。我已经是一代高手了，你是我哥哥，连带着也尊贵起来。以后行止要有风范！”

“风范？”马尾听不懂，伸手就往马蹄的衣服里摸。

“干吗？”

“有饼没有？我饿了。”

马蹄差点气死：“我说的话你到底听明白没有啊？”

马尾摇头。

马蹄怒道：“难道你没感应到我的气势吗？”

“气势？”

“就是我变得了不起了！”

“我一直觉得你很了不起啊。”马尾这句话纯出真心，但他在马蹄身上摸不到一点能吃的东西，脸上不禁有些失望。

马蹄更加失望，但仍忍不住再问他：“来！看看，你好好看看我，和之前有没有什么不同？”

马尾摇了摇头说：“没什么不同。”

马蹄大怒，随手一挥，打出一个大坑。马尾高兴得拍手叫道：“好了好了，弟弟，有了这一手，以后我们饿了的时候可以像那个阿猴一样去卖艺。”

马蹄差点被他气死。哥哥口中那个阿猴是祝融城里一个耍猴的，他如今已经以当世高人自诩，却被哥哥比成一个卖艺为生的乞儿！

“算了，我不和你说了。”

马尾有些担心地说：“弟弟，你生气了吗？”

“生气？”马蹄憋了一肚子的火，“对着你我生什么气啊！”

马尾却没听出马蹄其实还是在生气，说道：“哦，那就好。”

马蹄哭笑不得，摇头道：“算了，我……我给你找吃的去吧。”

马尾大喜道：“好啊好啊！弟弟，我就知道，你最了不起了！”

马蹄心道：“了不起这个词被哥哥说出来真是掉价。不过算了，至少这个世界上有一个人认同我……总有一天，我要全世界的人都像哥哥这样对我说：‘你是最了不起的’。”

他的心情已经平静下来，想起现在夏都处处充满危机，再想起自己还远远称不上力压群雄，心中不由得又是一馁：“其实我就算吃了靖歆，离有莘不破他们应该还有一段距离。”

正想着，突然间天色大变，大风从东方吹来，马蹄一惊，跳上一座屋顶，望见东城外的风云变幻，隔得虽远，却仍让人产生大劫将至的恐惧感。马蹄心道：“这几天一直很晴朗，怎么突然起这么大的风？是了，一定是那些人打起来了！”想到这里，他先是兴奋，要以新一代高手的身份去观战，但马上又沮丧起来，他知道自己这点力量，和那些举手间天地变色的大人物比起来，依然是不足一哂。

马蹄对自己实力的估计时而高过了火，时而低过了头。不过他的功力和此刻的燕其羽比起来，确实有云泥之别。

那中原地区一百年也难得见到一次的风灾连镇都三老都动容，但都雄魁依然稳如泰山。

川穹在飓风外围看到都雄魁依然背负双手的态势，心下发毛：“姐姐只怕已经到达极限了，不，这种规模的风灾已经超越她身体的承受力了，如果这最后一击再没法压制住对方，那我们可就危险了。”

东君在都雄魁身旁也道：“宗主，看样子这女人要做乾坤一击了！”

都雄魁狂笑道：“乾坤一击？放心，她出不了手！”他双眼圆睁，龙爪秃鹰巨大的影子化作猩红色，倒卷而上，就像一张巨大的罗网一样向上张开、收拢，那影子若有质、若无形，遇见风刃竟然没有半点阻滞。

川穹大惊，呼道：“姐姐，小心！”

都雄魁笑道：“小子，小心你自己吧！”

川穹自觉离那血影还远，本以为不会有危险，谁知道突然感到一阵束缚，低头一看，惊骇之情难以自已：自己的影子居然也动了起来，向上延伸，反过来要控制肉身！他怪叫一声，展开玄空挪移想逃，但再怎么逃，又怎么甩得掉自己的影子？

燕其羽本来正四处躲避那血影之网的罗盖，见到川穹遇险，反而忘了自己的安危，心道：“仇皇大人说过，血影的力量源于本尊，只要把他打倒，弟弟就能获救！”当下不再躲避，冒着被血蛊近身侵袭的危险，向都雄魁冲来。

东君动容道："宗主，这小妞要以身为祭、与敌俱亡！"

都雄魁笑道："小妞儿已经进了我血影之中，身不由己，如何以身为祭？"

燕其羽越飞越近，算算距离刚好，喝道："都雄魁！我们一起死吧！昊天之风，度尽万国众……"但她真气一窒，竟然没法发动一万八千转的终极风轮，勉强激发斗志，但无论如何也提不起力量来，每前进一步，力量就消失一分，终于连双翼也扇不动了，在风中晃了一晃，掉了下去。

川穹发现只要离都雄魁越远，影子对自己的束缚力就越小，于是他越逃越远。眼见影子就要恢复正常，突然见燕其羽失控跌落，她的下方就是龙爪秃鹰，吃惊之下，反而跳了回来，冲入血影之中，抱住了燕其羽。

都雄魁大笑道："玄空挪移。妙极妙极！独苏儿，果然让你料对了！"

川穹在半空道："你说什么？"

都雄魁笑道："小子！有莘不破是你带出夏都的吧？本来看你师父面子，我可以考虑放你一马，但你既然跟我作对，那便只有死路一条！"

血影合拢，燕其羽在川穹怀中喘息道："小心，那血影中布满血蛊，能吸食人的精血真气。"

都雄魁的血影并未立刻进攻，而是天上地下、前后左右地把川穹周围围实了，这才逼过来。

川穹心道："这血影的阻隔力比夏都城墙的禁制还严密！"他没把握马上用玄空挪移之术逃出去，便先取守势，周围一阵空间异动，形成一个球形的真空地带，隔开了逼过来的血蛊。

都雄魁笑道："你刚才趁我没工夫对付你，远远逃开不就好了吗？来到我百丈之内，就是玄空术也保不住你！"说完他念了个"晻"字。川穹只觉自己体内某处一阵不安，只说不出是什么感觉，却听燕其羽惊道："他……他控制了我们的生命之源！这是未老先衰诀！"

川穹大吃一惊，看姐姐时，只见她眉角皱纹暴起，片刻工夫头发便白了一大片。他看不见自己的脸，但看看变得皱巴巴的手背皮肤，知道自己也在迅速衰老。

都雄魁喝道："洞天派的小子，你把有莘不破藏在哪里？快交出来，我饶你们二人不死！"

川穹傲气发作，叫道："你休想！"他要拼起最后的真力把姐姐送走，却感力不从心，再见周围的异动空间迅速收敛萎缩，心中惊道："我的精力消散得这么快！不行！不能就这么死在这里！"

额头上唯一没有变白的头发突然跳动，他只觉大脑一热，读到了若干信息，心道："凌空借力之法吗？我向谁借去啊？"他第一个想起了季丹洛明，却无法取得和他的感应。"罢了罢了！也顾不得后患了！"他闭目咬牙，以师徒之亲、同宗之缘突破重重空间从洞内洞借来藐姑射的力量，一个跳跃，消失在血影的包围圈子中。

都雄魁大吃一惊，却见川穹已在血影深渊之外。

川穹跳出血影深渊，可也没跳出多远，便发觉自己真气枯竭，怀里的姐姐和自己一样虚弱。他知道要逃也逃不远，只要都雄魁一发力，依然会落入他的手心，心中发苦："没想到惊动了师父，还是不成。唉，我早预感到介入这件事情不会有好结果，最后还是被拖了进来。"

都雄魁见川穹逃出血影深渊之后没有马上远遁，知道他已是油尽灯枯，心中一宽："妈的！这次差点阴沟里翻船！"他正要把那姐弟俩拖回来，突然东君惊叫道："宗主！你看！"

都雄魁依言望去，只见一片紫气从东而来，一开始还只是一小点，一弹指间如云如林，遮天掩地，连初升红日的光芒也掩盖住了。

云中君叫道："是他！一定是他！"

本已绝望的川穹也看见了。他并不知道羿令符和亳都的约定，也不知道来的是什么人。然而身陷死地，情况已经坏得不能再坏了，此时此刻，东方那片紫气已是助他逃出的唯一变数。

"要么死！要么活！"他一咬牙，激发最后一点力量，抱着姐姐跳入那片祥光之中。

九鼎宫内，冥想中的江离也睁开了眼睛，轻叹道："终于来了。"

擂鼓较量

江离摆了个连山之局[①]，只是他所学未精，看不出个所以然来，伸手拂乱局面，心道："太卜连山子若还活着，或许可以看出些端倪来。"

这时山鬼也已赶往前方，他身边连个说话的人都没有，只是自己枯坐，呆想。他的脸长得比实际年龄要年轻得多，但心中所想的事情，却件件不是他这个年龄应当负担的深沉。此时此刻，师父和师兄都已经逝去，昔日的朋友都一个个站在自己的对立面，会来怜惜他的人竟一个也找不到了。而他需要与之共事的，却是都雄魁这样的大枭雄、妹喜这样的蛇蝎女、夏桀这样的大暴君。

"唉——"江离叹了口气，知道把不破迎回来的机会已经微乎其微，就算真能捉回来，也已经不可能像之前计划的那样行事了，"情况真是糟糕！难道真的得来一次大战，弄个流血漂橹不成？"

他知道这个时候，他的师伯——那个虽不是太一宗嫡传，却胜似太一宗嫡传的伊挚一定正在与血祖都雄魁对峙着。

"可是在这种情况下就算我们赢了，又有什么意义？"江离了解都雄魁，知道他这个人为了把伊挚和不破留下不会在乎将五百里甸服变成一片废墟，但他却在乎！可是在伊挚和都雄魁之间，又有谁能插得下手去？

川穹醒了过来，发现自己被一片祥光包裹着。

"这是小宙逆。"川穹听到声音大喜：是燕其羽！风神之后正抱着他。他中了未老先衰诀之后两次强行运功，此时竟比燕其羽还疲弱，因此燕其羽反过来把他抱住。

---

① 连山之局：现在中国人谈起卜筮，必推周易。其实在上古，周易是后起。在周易之前，商朝卜筮为归藏，夏朝卜筮为连山。归藏将来还有可能从甲骨文中推演出一些端倪来，连山则只剩下一个名号。周易起于"乾"，归藏当起于"坤"，连山以名号看来，或起于"兑"。

“姐姐……”

“你别说话。”燕其羽道，“这片祥光正逆转时光，让我们恢复被未老先衰诀侵蚀的青春和活力。”

川穹吃了一惊：“逆转时光？真有人能做到？”

“我也不是很清楚，但施展这神功应该会受到层层限制吧。”燕其羽道，“我猜由于我们是被未老先衰诀侵袭，并不是自然衰老，所以这片祥光才能起到作用。”

两句话间川穹觉得力气已经恢复了许多，能自己站立了，燕其羽便放开了他。川穹站起来细看周围的形势，不由得又大吃一惊：那片由血蛊构成的血晕正向自己所在的方向涌来，来势比刚才更加猛恶，就像万丈巨浪一般随时要扑过来把他们撕得粉碎！不过那片血晕来势虽然凶猛，却始终漫不过来，川穹注意到有一层淡淡的紫气隔在他们和血浪之间，任凭猩红的浪头如何猛攻狂扑也无济于事。

燕其羽道：“看见那片白云没有？这紫气就是从那里来的。”她的话音越来越沉着，两片血翼一抖，发出几声清脆的声响。

川穹却没有留意姐姐的动作，这时他完全被天上那片白云吸引住了：白云上那人他看不见，但却能体验到他的力量，那是多么广博深邃的力量啊，和师父藐姑射完全不同，却又毫不逊色。

“云上面也是四大宗师中的一位吗？”

“应该不是。羿令符说有莘不破的师父多半会亲自来，想必就是他吧。”血晕的主体涌到紫气面前之后便收了起来，燕其羽和川穹恢复了中未老先衰诀之前的状态。她的体力受到血蛊的严重侵袭，但她深知血蛊特性，在冲入血晕之前就做了相应的防备，虽然当时仍不能避免精力外泄，却也保住了真元。加上她又是半妖之身，身体的恢复能力比川穹强得多。川穹冲过来护住她之后，她便一直处于休息状态，这时虽感疲惫，却已能够行动，于是双翼一振，悬空飞起。

川穹惊道：“姐姐你干什么？”

燕其羽道：“现在他们被白云上那人吸引住，刚好让我有机会冲过去。”

“冲过去？”川穹道，“去哪里？”

“夏都。”

川穹大惊道：“你还去夏都干什么！他的首级你都已经见到了……他已经……”忽然间他发现燕其羽腰间有一个刚好放下一个人头的包裹。

燕其羽摸了摸包裹，打断了川穹，说道：“这个头颅是他的，可断口边缘一点血迹都没有，肯定有古怪，再说，就算他真的死了，我也要把他的尸体找出来碎尸万段！”说完她一个盘旋，冲出紫气，从血晕的缝隙中穿了过去。川穹就要追过去，胸口却是一痛，真气提不上来，反而跌倒在地。

燕其羽所料不差，都雄魁和镇都三门对她的行止虽感诧异，却没工夫去理会。这一刻，夏朝三大高手都盯着那片白云。河伯、东君和云中君明知敌寡我众，但慑于白云上那人的威名和神通，却仍忍不住手心沁出冷汗来。

只有都雄魁依然霸气逼人，冲着白云冷笑道：“伊挚！你怎么还跑来送死！莫非你还没接到你徒弟？”

河伯等人闻言都是一喜：如果他们师徒没有会合，那多半是对方在逃亡的过程中出了什么意外。

白云上那人却道：“无瓠子，劳你牵挂，我已命人把小徒送回亳都去了。这次来，是想把舍身救他脱险的朋友也带回去。”

都雄魁大笑道：“伊挚啊伊挚！你若自来自去，只要不入夏都，我们也奈何不了你！但你若是来救人，今天少不得要把你一条老命也送在这里！”

白云上那人也笑道：“是吗？我这条老命就在这里了，你们四个谁先来拿？”

都雄魁目视东君和云中君，两人见了血祖的眼色就知道他要自己上去耗对方的功力，心中不愿，却又不敢不从。

都雄魁见两人畏缩，怒道：“有我给你们做底盘，怕什么！”

紫气中川穹稍稍理顺内息，突见血晕中射出一道火光，心道：“终于出手了！”

火光越飞越猛，越烧越烈，到了那片白云之前突然一个转折，转而上冲，形成一轮几乎可以和东天太阳媲美的幻日，就要如方才对付燕其羽姐弟一般当头压下。

白云上那人喝道："放肆！你是什么东西！敢爬到我头上去！"

川穹感应到那幻日被什么力量所阻，硬生生被扯了下来，滑在一旁。幻日才退了一退，一团乌云汹涌而至，向那片白云疾冲，却被一片清风一带，偏在一边。

川穹心道："双方好像都没有出全力啊，这是怎么回事？"他看了一眼血祖，恍然大悟："白云上那高人真正的对手是都雄魁，都雄魁虽然没出手，可还是分散了他大部分的注意力。"

河伯站在都雄魁身后，心道："东君、云中君这两个家伙，见到他就吓成这个样子，其实云日联手，大可出尽全力与他放手一搏！伊挚大人若不出全力没法降服他们二人，若出全力则势必对都雄魁大人露出破绽！可怜他二人在对方积威之下，竟然不敢强攻！"随即他又想起自己在心里也不敢对伊挚不敬，现在旁观者清，但要真的易地而处，只怕未必能如自己想象中那般勇敢。

川穹休息了一会儿，真力渐生，却暂时无力去追姐姐，也帮不上忙，见幻日乌云围绕着白云的外围打转，时而尝试性地冲击一下，一遇阻力便忙不迭地退了开来，心想这样拖下去什么时候才是头？眼见双方僵持不下，血祖脸上戾气越来越盛，那团血晕迅速膨胀，蔓延开去，趁着云上高人分身乏术，竟隐隐呈现包围之势。

川穹忍不住道："喂！小心！那血雾包围过来啦！"

只听背后一个清朗的声音道："不怕，要压制伊挚大人，没那么容易。"

川穹回头看时，却是一个中年男子侧着头走近，只见他双眼紧闭，竟似个瞎子一般，于是忍不住问道："你是谁？"

"我叫师韶。"

"师韶……"他仿佛听谁提到过，却一时想不起来，"你是云上那个什么伊挚的伙伴吗？"

师韶笑道："算是吧。"

两句话间，滚滚血浪已经围住了三个方向，紫气笼罩的范围越缩越小，甚至有些零星血蛊深入地面，又从地底冒出。

川穹大惊道："趁着还没合围，我们冲出去吧。"

师韶嘿了一声，从背上取下一个背囊来，那背囊又干又瘪，但他竟然摸出一面大鼓来。川穹看得大奇，知道这师韶多半也是高手，便不紧张，看他如何应付眼前的局势。

师韶取锤在手，对川穹道："我这鼓叫舜雷鼓，又叫舜夔鼓，乃舜帝之父瞽叟（gǔ sǒu）[①]用舜帝在雷泽所获夔之余皮所制，虽然稍不及轩辕黄帝用始祖夔兽之全皮所制的那一面，但仍有惊天动地的威力，待会我擂鼓之时，你要与我同心协力。"

川穹道："我现在只怕帮不了你什么忙。"

师韶道："我不是要你帮忙，而是要你不抵触。"

川穹一点就通："我明白了，你是要我心里和你同仇敌忾，这样就不会伤到我，是吧？"

师韶微微一笑，道："不错。你真聪明。嗯，你的声音我从来没有听过，但却有种熟悉的感觉。莫非是前生的缘分？对了，你叫什么来着？"

"我叫川穹。"

"川穹……好名字。"师韶语毕，挥锤一震，大地动了起来，不断从地面冒出的血蛊逃命般钻了回去，紫气下的地面恢复了先前的清净。

这时血浪已经把白云紫气重重包围，天上幻日、白云也加强了进攻的力度，突然间师韶一声大喝，大鼓再震，天上无端响起一个霹雳来，与鼓声应和。紧接着，地上鼓声阵阵，天上雷声轰轰，一直平和的紫气突然动了起来，在鼓声中化作飞鸟，冲向东方，突破了东面最薄弱的血晕。

---

① 瞽叟：上古传说人物，舜的父亲，黄帝的八世孙，是个盲人。舜亲妈死的早，瞽叟全听续房。有一次，尧赏赐舜些物品，他们想霸占，瞽叟就让舜修仓顶，自己却在下面纵火，舜靠两只斗笠作翼，从房上跳下，才幸免于难。

河伯等眼见己方得势，正自欣喜，但听到那鼓声无不心头一震。东郭冯夷看不见紫气内的情形，叫道："这鼓声，莫非是登扶竟大人来了吗？可他怎么会跑到对面去了？"

都雄魁冷笑道："不是登扶竟！是他的盲徒弟！"

河伯惊道："师韶？这盲小子怎么能有这等修为！"

但听哒哒两声，却是师韶敲动鼓沿作为缓冲，跟着第二通鼓擂起，流动的紫气盘旋起来，变成漩涡形状，把周围的血雾都卷了进去。

都雄魁惊道："不好！"却已经来不及了，那紫气漩涡反过来，变吸纳为排斥，荡漾开来，把十里之内的血蛊冲得无影无踪，天地登时为之一阔。

河伯眼见己方刻苦经营的包围圈片刻间被瓦解，都雄魁脸色发青，将面对紫气的血晕化作半圆形，竟是被迫改攻势为守势，心下更是震惊。但听哒哒两声响，知道第三通鼓的攻势就要发动，待要帮忙，却不知如何着手。

紫气中川穹亲见师韶的神技，由衷叹服，心道："他这第三通鼓一起，我们就要赢了吧。"

只听咚咚咚数声连震，紫气幻化，这次却化作长矛形状，千千万万支紫色长矛对准了天上的幻日与乌云。

川穹心道："天上那两个家伙完了，就算不死也得残废！"

突然一个苍老的声音道："好鼓啊，好鼓！"

师韶鼓锤一偏，嘟的一声败响，第三通鼓竟擂不下去了。

燕其羽招来的昊天之风犹未散尽，川穹凝神望去：却是一个老得连路也走不稳的盲老头，拄着一支鹿角杖，在血浪狂风中走得颤巍巍的，仿佛一阵风就能把他刮倒。

生死陷阱

川穹见到在血晕中步步走近的那个盲老头，心道："这人没有一百岁，怕也有九十岁了。看他走路的样子，似乎我一个指头就能把他推倒。"

不过川穹自然知道这盲老头不可能这么简单。见到都雄魁的血蛊，人神妖魔无不退避三舍，方圆数十里几乎在片刻间变成死地，可这老头却若无其事地行走在血浪狂风之中。

见到盲者，自都雄魁以下无不大喜。师韶却叹了口气，丢了鼓锤，伏倒在地，叫道："师父，你老人家别来安康。"

那盲人自然就是名扬天下的大夏乐正登扶竟，听到师韶的话淡淡道："你临走之前，不都把东西还给我了吗？还叫什么师父。"

师韶道："一日为师，终身为父！"

登扶竟默然不语，云端上传来空旷的声音："登扶兄，你也要来留难我吗？"

登扶竟道："伊挚，你我一场相交，本希望善始善终，只可惜立场不同，令人抱憾。"

云端上那人道："登扶兄，履癸……"

登扶竟打断了他道："不必多说，你的意思，十年前我就已经知道了。我的坚持，想必你也清楚。"

云端上那人叹息一声，便不再言语。

师韶咚咚咚磕了三个响头，登扶竟道："师徒之谊早绝，何必行此大礼。"

师韶道："伶伦[①]先师制定五音十二律，为的是和平与文明，而不是

---

① 伶伦：华夏音乐的奠基人，相传为黄帝的乐官，是发明音律制乐最早的人。《吕氏春秋》有"昔黄帝令伶伦作为律"的记载，说他模拟凤鸟的鸣叫声，伐竹制作了十二律。中国古典音乐自伶伦作《咸池》起始有专用乐名。

杀戮与战争！将音乐用于争战，本来就偏了音乐正道，何况今日要用来和恩师作对，然而形势所限，却不得不为。”说着站起身来，拾起鼓锤，却凝神不动。

登扶竟笑道：“好，好，大王曾说你比我强哩，我虽然老了，可还有点不服气。今日就看看你周游天下后有何进境。”

天高地阔，紫气端凝，血浪翻涌，明明很喧嚣，川穹却觉得全世界都静悄悄的，仿佛在等待着聆听什么。

马蹄带了马尾东躲西藏，心道：“现下最重要的事情是出城去。”

他近来见识日长，猜出大夏的形势多半不妙。本来把商国的王孙拘禁在夏都，形势或有转机，谁知道有莘不破转眼间被羿令符送出城外，以马蹄的见识，也知道有莘不破这一出城，那便如鱼入海，如鹰冲天——再想捉他回来是千难万难！

马蹄心道：“大夏的权柄被我那便宜姐夫操持着，他有杀我之心，我是说什么也不能为大夏效力的了。”想起自己冒死去做有莘不破的替身，只要投奔商国，想必有论功行赏的份。这时危机已过，当初的九死一生成了有惊无险，心中便开始得意扬扬地佩服自己的“远见”来。但得意了一会，他又想道：“不过当初我没听有莘不破的，却去听羿令符的，不知道有莘不破会不会恨上了我。唉，真是糟糕！有莘不破的地位明明就比羿令符高，我当初是怎么想的？”想到这里他又有些自怨自艾起来。

“看来要投靠商国还得立一个大功才行。不然就算去了亳都也未必能出人头地。唉！羿令符怎么会那么冲动！他要是不死，回到东方一定是个大官。我这么听他的话，在他手下混个出身应该也不是什么难事。现在可有些麻烦了。就算我去了亳都，就算我见到了有莘不破，万一他恼我不听他的话，把我的功劳轻轻抹了，那我这次的风险不是白冒了吗？”

他心中塞满了事情，很想找个人商量，但看看身边的哥哥，却正自顾自吃他的麦饼，哪有工夫来理会自己千盘万结的心思？正在不满，忽然眼前一亮，角落里闪出一个熟悉的身影，不是有穷商队的阿三是谁！

桑谷隽在夏都的地下游荡了大半天，终于找到了王宫禁制的破绽，游了过去。

这故意露出的破绽山鬼做得很巧妙，桑谷隽竟然没看出来。不过自天山一战之后，他已经比过去冷静多了。虽然找到破绽钻了进去，却不马上浮出地面，而是睁开透土之眼。但找了许久，却一直没找到仇人。游走到一个偏僻的所在，蓦地见到一物，心头大震！几乎忍不住要冲上去——原来他看见的竟是一条天蚕丝巾。

桑谷隽游近了细看，上面原来是一个偏僻的花园，山石错落，冷寂幽雅。一个十几岁的女孩子正在照顾花草，她头上缠着一条绸巾，桑谷隽一看就知道那是她大姐桑谷馨手织的。不过和妺喜那领天蚕丝袍不同，这条丝巾用的只是普通的天蚕丝。

看那女孩子的服饰只是一个低等的侍女，身材矮小，十六七岁左右，一脸的老实，干活干得专心致志，丝毫没有发现一个英俊的年轻人从她背后的地面浮了出来。

桑谷隽拍了拍她的肩头，那侍女吓了一跳，回过头看到桑谷隽更惊得就要大叫。桑谷隽忙把她的嘴捂住，说道："我不是坏人。你别叫，我就放开你。"

那侍女眼神中充满了惊恐，但定神看见了桑谷隽的脸，便慢慢冷静下来，然后点了点头。桑谷隽这才放手，却仍注视着她——只要她喉咙一紧张，就马上再捂住她的嘴让她不能大叫。

幸好那侍女却出奇的安宁，上上下下看着桑谷隽，道："你是桑娘娘的兄弟？"

桑谷隽心头一酸，点头道："没错。你怎么知道的？"

"你长得和桑娘娘很像啊。"那侍女说，"而且桑娘娘提到过你。"

桑谷隽道："你和我姐姐……"

那侍女道："我以前是服侍桑娘娘的。本来服侍桑娘娘的一共有五个人，后来桑娘娘去世，其他人都调到别处去了，只留下我一个人在这里看庭院。"

“留在这里……”桑谷隽忍不住打量了一下周围，“姐姐她以前就住在这里？”

“是啊。”

桑谷隽睹物思人，心中不由得一酸，又问那侍女道：“你叫什么名字？”

“我没有名字。不过娘娘来了以后给我起了一个，叫忆儿。”

“忆儿……忆儿……”桑谷隽心头大痛，道，“你头上这条丝巾，是姐姐送给你的吗？”

“嗯。”忆儿道，“对了，公子您怎么来了？娘娘已经……已经去世很久了，你是来拿她的遗物回去的吗？”

“遗物……”桑谷隽道，“我姐姐还有东西留下？”

忆儿道：“有一些小东西，公子您跟我来。”说着她在前带路，走入屋中。房子倒也精致，但整个院落常年只有一人居住，不免显得有些凄冷。

忆儿道：“这里很偏僻，娘娘在的时候就没什么人来，娘娘去世之后也没安排别的娘娘住进来，所以就更冷清了。”

屋内布设十分简单，一张床，一只几，一座石架，几上几根针线，架上几片龙骨。桑谷隽愤然道：“我姐姐生前，就住这种地方？”

“嗯。”

桑谷隽想起大姐出嫁的时候，巴国依礼送来了媵（yìng）臣①与陪嫁的侍妾。但后来媵臣阻于种种“宫中规矩”，竟无法与桑谷馨互通消息。而听忆儿所言，似乎那些陪嫁而来的侍妾宫姬也没有和桑谷馨住在一起。桑谷隽原以为大姐在夏都只是心受罪而已，没想到日常生活也如此凄凉，一时悲伤，一时气愤，咬牙切齿骂道：“履癸！你好狠！”

忆儿愣愣看着他道：“履癸是谁？”

桑谷隽哼了一声道：“忆儿，我现在有些事要去做。你今天哪里也不要去，好好待在屋里知道吗？如果感到地震，马上钻入床底。”

---

① 媵臣：媵是从嫁之意，古代随嫁的人。

忆儿吓了一跳道："地震？好端端的为什么会有地震？"

桑谷隽道："这你别管。总之听我的话。这件事情过后如果我还……"他本来想说"我还活着"，但一来不愿折了锐气，二来不愿对一个侍女透露太多东西，便转口道："若我腾得出手来，会来接你出去。如果我没来，你就先在这里安顿吧。如果夏都不能住了，就想办法到西南去，拿这条丝巾去孟涂王宫，把你遇到我的事情说了，就会有人安顿你的。"

忆儿道："孟涂就是娘娘的老家吧？可为什么夏都不能住？我不明白。"

桑谷隽道："总之你把我的话记住，以后就会明白的。"

忆儿点头道："是。"

桑谷隽道："好了，我先走了，你记住，一定要待在屋里，别乱跑！"他转身要走，却听忆儿道："公子，等等。"桑谷隽停了下来，只见忆儿在角落处翻找着什么，过了一会，翻出一个箩筐，从中取出一双鞋子来，对桑谷隽道："公子，这好像是娘娘给你做的。你看看。"

桑谷隽伸手接过，看得怔了。

忆儿道："娘娘做这双鞋子的时候，总是同时念叨着：'小隽，小隽，不知道你的脚长大了多少……'"

桑谷隽听得连手也颤抖起来，他脱了脚上的鞋子换上，感觉甚紧，并不合脚，心中大痛，喃喃道："姐姐离开的时候，我身体还没长足，她做的这双鞋子比我当时的脚大了些，不过现在……现在……"

鞋子穿在脚上，而亲人却已远逝。桑谷隽手一紧，拳头青筋暴起，突然痛叫一声，双手掩面，两行泪水从指缝中流了出来，他的人就此不动了。

妹喜现身

忆儿见桑谷隽一动不动，吓了一跳，试着用手推了他一下，桑谷隽双手下垂，就像毫无知觉一般掉了下来，挂着两道泪痕的脸没有半点表情，如同死了一般。

忆儿颤声道："公子……公子……你别吓我！"她想要摸一下看他有没有鼻息，终于还是不敢，彷徨了好一会儿，转身想逃走，一回身，才发现门口不知什么时候站了好几个人，为首那人竟然是东宫的妹喜娘娘。忆儿吓得直打哆嗦，道："娘娘……这……这人不知道怎么了。"

妹喜笑道："你怎么会不知道他怎么了？你不是已经把他给杀了吗？"

忆儿大惊道："我把他给杀了？哪有？"

妹喜笑道："你一路惹他伤心，害得他流泪，不是吗？"

"我惹他伤心？"忆儿道，"就算是我惹了他伤心，但……难道惹他伤心就会把他杀了？"

妹喜笑道："你不知道吗？他这人有种怪病，不能流泪，一流泪魂魄就散掉，整个人就变成了行尸走肉。他现在这个样子，都是你造成的呀。"

"不！不是，不是！"忆儿大声道，"不是的！我怎么会杀他？我怎么会害他？他……他是桑娘娘的弟弟啊。"

"这我当然知道。"妹喜笑道，"不过你最终还是听我的话，惹他流泪了，不是吗？"

"没有！我没有。"忆儿突然全身发抖，软了下来，"我……我只是昨晚做了一个梦。梦里桑娘娘说如果遇到她的亲人，就……"不知什么时候，她眼里也充满了泪水，一个眨眼，泪水流了下来，她就再也不动了。

妹喜笑得花枝乱颤，她身边一个老妇说道："娘娘，你何必和她废话这么久。这么个小人物，一巴掌就解决了！”

妺喜笑道：“刑鬼，这你就不懂了。强行杀人，这算什么本事，要让人自己乖乖地伤心流泪，才显得本门的手段！”说完她便要向桑谷隽走去，那老妇却拦住道：“娘娘且慢，小心有诈。”

“有诈？”

那老妇刑鬼道：“有莘羖那男人平时看起来直爽豪阔，但遇到事情却是鬼点子大把。这姓桑的小子既然跟他扯上了关系，肚子里的鬼主意只怕也不会少，还是小心些好。”

妺喜迟疑了一下，道：“好。你过去把他的肉身毁掉吧。哼！鬼主意，我倒要看看你怎么鬼。”

突然一个男人叹了口气道：“你这老女人才鬼！”

妺喜等一听脸色大变！这屋子里可只有一个男人——桑谷隽。

刑鬼惊叫道：“你没死！”

桑谷隽笑道：“要杀我没那么容易。”

妺喜冷冷道：“你怎么看破的？”

桑谷隽笑道：“方才你藏的可真好，要是不露脸，我说不定还真找你不到。不过我知道就算我不找你，你也会来找我的。我又不是不知道你们心宗的那点鬼门道，这小妮子一开口没说两句话就引我伤心，自然是有古怪了。果然，我假装流泪中了你的‘伤心咒’，你们这群女鬼就全出现了。”

刑鬼怒道：“放肆！”

妺喜却笑道：“好吧，就算如此，那又如何？你孤身一人，我却是人多势众，形势倒向我这边。”

桑谷隽冷笑道：“既然这样，你刚才听到我声音的时候，何必脚下退了半步？如果你真的不怕我，何必在跟我说话之前两眼游走，全在门窗上打转？是不是怕我封了你们的退路？”

妺喜似乎被他说中了心事，脸色一沉。

桑谷隽笑道：“今天看来，你实在远不如你师妹，虽然你是师姐，但心宗的道统想来是在雒灵那边吧。”

妹喜脸色大变，就要发作，桑谷隽又笑了，说道："还心宗呢，没两句话就被我搅乱了心神，我倒要看看今天你拿什么来赢我！"

被他这么一说，妹喜心头一凛，知道自己犯了师门大忌。她虽然镇定下来，但已是锐气尽失，心道："我实在太托大了。竟然告诉大王我能独力应付！如果大王在这里，或者他派来几员重将，今天便有恃无恐。"

桑谷隽冷笑道："在想援军吗？迟了！我刚才在地下看得清楚，这附近没其他高人了。有实力从我手上救人的，就算收到信息一时半会也赶不过来！"

妹喜心中一怯，又退了半步。

桑谷隽叹道："其实你有必要怕吗？以你的修为，再加上身边这四个老老少少的女人，不一定会输给我吧？不过可惜，你现在不但锐气尽丧，连信心也全没了。对你们心宗而言，信心一失就意味着必败无疑，我说得没错吧。嘿，你的脚又退了半步。可惜啊，刚才要是我刚说第一句话的时候你就逃，我也许真拿你没办法，现在……"说着双手合拢，喝道："现！"

门窗突然显出无数天蚕丝来，把整个屋子包了个实！桑谷隽冷笑道："现在就算履癸来了，一时三刻也别想进来搅局！"

妹喜四顾打量着围住这整间屋子的天蚕绸缎，心中惊悔交加。桑谷隽笑道："你的心神怎么这么容易就乱成这个样子？莫非定静慧的功夫都让荣华富贵消磨掉了吗？"说着手一伸，众人眼前一亮，只见一团光华在他手心跳跃着，虽然只是拳头大的一团，却充满了杀机。

妹喜惊道："虎魄！"

桑谷隽笑道："你应该没见过虎魄才对，怎么会知道的？是雒灵告诉你的吗？"

妹喜已经没心思理会他的试探了，一步步向门口退去——那里虽然被天蚕丝阻住，但毕竟没有像虎魄这样的天敌法宝。在这件事情上，独苏儿却有些失算了。

桑谷隽冷笑道："没用的。你心宗既没有不破那样的精金之芒，又没有芈压那样的重黎之火，要想逃出我的天蚕丝，那是做梦！"

刑鬼叫道：“宗主，我拦住他，你快退！”

桑谷隽眉头一皱，道：“宗主？难道独苏儿已经死了不成？”

刑鬼一惊，知道自己说错话了。妹喜虽和都雄魁等在同一阵营，但相互间并不齐心。她要拿独苏儿这面大旗来唬人，因此对师尊已赴昆仑的消息半点也不透露，平日里只让刑鬼等人呼她为娘娘。

桑谷隽道：“哼，不过现在这种局势，就是独苏儿来了也没用。妖妇！你害了我姐姐，今天就给她偿命吧！”手一挥，那团光芒射了过来。刑鬼就要冲上去，妹喜心头一动，把她推开，竟然迎了上去，右手一晃，多了一面不知何种质地的镜子。

镜子映着那团光芒，射出了一团一模一样的光芒，两道光芒一撞同时粉碎。

桑谷隽惊道：“什么东西？”

妹喜笑道：“我有至宝在手，怕你什么虎魄……咦！”

原来就在她得意扬扬之际，那两团粉碎了的光芒化作千万柔丝，披散下来。妹喜手上的小水之鉴有反射之功，虎魄的杀伤力再大，也会与镜映出来的虎魄之影相撞而灰飞烟灭。但这柔丝并没有任何杀伤力，只是千丝万缕地垂下粘在小水之鉴的镜面上，片刻间便把整个镜子全盖住了。桑谷隽大喝一声，骨链飞出，把小水之鉴砸了个粉碎。

妹喜怒道：“你这虎魄是假的！”

桑谷隽笑道：“自然是假的。我早猜到独苏儿那女魔头会给你们留下后招。你不显现出来，我的虎魄焉能轻易出手？刚才那个是我用天蚕丝混合从不破那里学来的精金之芒化成的。我的精金之芒学不到家，只怕连不破的三成功夫也不到，不过用来唬人的话倒也够了。”

他侃侃而谈，在妹喜等人听来局势已经全在他掌控之中。因此桑谷隽越显得轻松，妹喜就越紧张。笑声中一个光点出现在桑谷隽双眉中心，那光点越来越大，越来越亮，最后竟然幻化成一个威猛的武士形状。

刑鬼指着那光幻叫道：“有……有……有莘……”

“没错！这就是我有莘伯伯的化象！”桑谷隽冷笑道，“你刚才在背后诋毁他诋毁得那么卖力，现在见到他的幻象便吓得说不出话来了？”

有莘羖的幻象——虎魄无须听从桑谷隽的指挥，一被释放出来便向有心宗烙印的人冲去，首当其冲的自然是妹喜。妹喜吓得魂飞天外，手一拉，把刑鬼向虎魄推去。

刑鬼方才奋不顾身地要挡在妹喜身前，这时真的面临有莘羖的杀机却吓得腿也动不得了。被妹喜一拽，身子便不听使唤地向虎魄撞去。她方才忠心护主出于情愿，但这时被宗主抛弃却忍不住心酸。那一瞬间她忽然想起："如果是二姑娘在……她一定会想办法保护我们吧……"

然而这个念头还没转过来，她的整个人已经化作点点尘埃。

虎魄没有实体，完全由最精纯的精金之芒构成，而主宰这团精金之芒的则是有莘羖留下的一点最纯粹的杀机。桑谷隽站在一边静静看着虎魄追着心宗诸人屠戮，心中充满了复仇的快意。而处于生死一瞬的妹喜心中则充满了恐惧。其实她的修为十分深湛，但在信心尽失、惧意充塞的情况下竟然除了把门人推出去之外，再想不到其他的办法来。

四个心宗的长老一个个在极不情愿的情况下被宗主推出去送死，妹喜敏锐地感应到她们临死前的怨气，那怨气让她闪现出片刻的迷惘，但她马上回过神来：自己已经没有时间迷惘了，虎魄冲上来了！

"啊！"她惊叫着，本能地转身掩面，精金之芒斩在她背上，竟然没有把她斩成两半！

她愣了一下，随即反应过来，把背上的锦袍张开，躲了进去。

桑谷隽也怔了一下，随即悲怒交加："天蚕丝袍！你！"他想起整间屋子布满了妹喜的"伤心之咒"，强忍住了眼泪，却忍不住一口鲜血喷了出来。

云上之战

燕其羽偷偷靠近夏都。她受都雄魁之挫，已冷静了许多，不敢强攻城门，而是找个冷僻地段，从高空中闯了进去。

此时镇都四门均不在，大夏大部分人的注意力都被东方的战事吸引了过去，竟无人发现她的潜入。燕其羽从云层之上俯瞰，但见夏都中人们茫茫乱走，天大地大，城深人众，那人却哪里找去？

突然，她手上的那黑色纹理的手镯开始闪烁。

川穹很担心独自西去的姐姐，然而他已经无暇分心了。师韶的鼓又擂了起来，他必须收敛心神，做到与之同心方能不被鼓声所伤。

但很快川穹就发现一个问题：师韶的鼓声似乎没有先前那么威武了。难道是自己的错觉？

隐隐地，他似乎听到了什么声音，若有若无，若隐若现，由于听不清楚，他的耳朵便努力地搜索着、搜索着。

笃，笃，笃……

那是什么声响啊？简单、短促而有节奏，那奇怪的韵律融进鼓声之中，如盐入水，水色似未曾变，但味道却已经大大不同了。不知为什么，川穹竟然忘记了身边那震耳欲聋的鼓声，被这简单的声响所吸引。蓦地耳膜大震，心脏因鼓声而大跳，全身血脉贲张，便如要破体而出一般。他的第一个反应就是："血祖！"但随即否定了。令自己痛苦难过的不是都雄魁，而是师韶的鼓震！

"怎么会这样？为什么他的鼓声会伤害我？"川穹一转念便明白了：自己被那奇异的声响所吸引，心灵竟然不知不觉被吸引到对方的立场上去了，想到这里他更加骇然，举目望去：果然是登扶竟。

登扶竟并未取出什么乐器，只是有些吃力地提起手中拐杖一下一下地顿击地面。每一下顿击都不见得有多么用力，甚至没有发出多大的声响，然而就是这若有若无的撞击声，却把师韶惊天动地的攻势化解于无形。

川穹又发现：原本变化万千的紫气又恢复了平静，但平静之中又隐隐现出躁动不安来。"师韶的师父好厉害。看紫气的这种情况，云上之人也被他那单调的敲响所吸引，师韶的鼓声不但无助，反而有害。"

乌云、幻日却乘势进击，白云祥光又要抵御云日，又要防范血蛊，还要稳定紫气的躁动，登时显得左支右绌。

东郭冯夷道："宗主，我们也动手吧。"

都雄魁笑道："不急，不急。伊摯还没疲呢。现在动手，逼得他出真火，依然是两败俱伤的局面。再等等。"

师韶叹了一声，丢掉鼓锤，取出一张五十弦的古瑟来，依着宫商角羽，调理着鼓震残留在天地间的杂乱余音。

马蹄望见阿三，冲过去把他和老不死扯到暗处道："现在是什么时候！你们怎么还在这里晃悠？"

阿三似乎受到过很大的刺激，看见马蹄，忍不住哭道："兄弟们，兄弟们……"

马蹄心道："原来九鼎宫前的惨状他看见了。"

只听阿三道："我本来想冲过去和兄弟们死在一起，但看到那巨蛇拖了台侯闯出来便跟住了。呜呜……台侯一定是凶多吉少，要不然他怎么会被那条巨蛇拖着离开却一动也不动？"他一边说一边抽泣。

马蹄心中骂他没用，口中却安慰道："好了好了，凶多吉少，不正说明还有一线生机吗？你看到那条巨蛇把台侯拖到哪里去了？咱们快去救人！"他想如果能救出羿令符，那可是大功一件。

谁知阿三却道："不知道啊。"

马蹄忍不住发怒道："不知道？你不是说跟住了吗？"

阿三道："我是跟住了，但同时跟着的还有好多官兵。我和老兄也不敢冒头，杂在人群里面，突然看见那群官兵纷纷中箭倒下……"

马蹄奇道："中箭？难道是台侯醒了？"

"有可能。"马蹄道，"一箭就是一人，别人没这么准。"

马蹄却摇头道："那肯定不是台侯。他要是出手，一箭就解决一大片。"

阿三道："也许是伤后无力吧。虽然我见识短浅，不过也看出那的确是有穷的弓箭手法。"

马蹄道："后来呢？那群官兵全被射倒了？"

"没有，他们人太多了。不过被那阵箭雨阻了一阻，一时没人敢上去，就在这时，我们听见一声轻响，跟着便起了一层雾。"

“雾？”马蹄道，“好端端的怎么来了一层雾？是了，一定有人在弄什么神通。”

“是啊。”阿三道，“那是‘寒雾之曲’，我见台侯……哦，不，是老台侯施展过的。那层雾过后，眼前就突然什么都没有了，那蛇，还有台侯都不见了。”

马蹄心道：“照这样看来，羿令符应该还活着。嘿，如果让我找到他，那可就妙了！有莘不破是我救的，羿令符也是我救的。到了商国，我还不是大英雄？”他心中得意，看了阿三一眼，心道：“如果可能，这人也要附带着救出去。他好像是有莘不破的心腹之人。将来就算没能救出羿令符，或者羿令符竟然伤重不治，有他在，也好让商人知道我曾经尽力过。”

他向阿三问明了寒雾骤起、巨蛇消失的地点，又对阿三道：“阿三哥，台侯我去找。你累了大半天，先找个地方休息。”

阿三道：“不，我不休息。我也要去找。”

马蹄心道：“你在身边莫拖累了我！这夏都现在乱糟糟的，那些官兵也不知道怎么搞的，居然没盯上你。”口中却道：“这事人多了不好办，容易被夏人盯上。我对夏都比你熟，行动起来方便。”

阿三这才点了点头，又道：“可我们到哪里休息去？”

马蹄心道：“找个什么地方让他们躲啊？”他第一个想起了阿芝的小院，但随即打消了这个念头，心道：“她是都雄魁的女人，说不定都雄魁会派人去保护她，那他们去了岂非自投罗网？”跟着便想起了阿芝的那对神秘的邻居来，对阿三道：“阿三哥，你就去我们的房东那里躲躲。”

“房东？”

“是啊，我们是她的房客，兵荒马乱的，我们到她屋内去躲一下也说得过去。”马蹄心想那对房东夫妇心里有鬼，多半不敢声张告发，但又怕他们对阿三不利，就嘱咐道，“你记得要从偏门进去，他们问起，你就说是我说的，还说我马上也会过来。这是性命攸关的事情，记住了？”

“嗯，记住了。”

马蹄又道：“万一他们不在，那你们也别干躲在屋子里。她那房子有个地下室，就是上次我去捉鬼的地方。你们躲进去，就算有人把房子烧了多半也能躲过一劫。”

阿三道：“地下室？在什么地方啊？”

马蹄道：“不难找。”跟着他和阿三简略说了，又道：“闲话少说，我们回头见。你把我哥哥也带上吧。一路小心啊！”

说着他就要走，马尾道：“弟弟，等等。”然后摸出一个麦饼递给他道：“你今天都还没吃饭。”

马蹄顺手拿了，闪入巷间之中。

师韶的瑟已经断了四十九根，宫商不整，角羽不齐。

川穹心道：“看情况糟糕得紧，徒弟果然斗不过师父。”

只听铮一声响，古瑟最后一根弦也断了。

都雄魁在龙爪秃鹰背上喝道：“动手！”河伯飞了出去，携带着万千血蛊，化作一条血河，向紫气冲了过来。

川穹大惊，本能地就要闪避，随即想道：“我现在虽然有力气逃跑，可他们冒险来救我，我不能抛下他们。”拉起师韶道：“我们走。”

师韶叹道：“来不及了。”

川穹怔了一下，向后望去，只见东边层层密密，被血雾围得只剩下一条缝隙。而身前的血河不断进逼，眼见紫气被冲垮就在眼前了。

师韶道：“拼一拼吧。”又仰头道，“伊相，我要发动太古先王之乐，你带着这小哥走吧。”

云端上“嘿”了一声，却不回答。

川穹道：“要走就一起走。”

蓦地身后一个人叫道：“说得好！”

川穹向后望去，只见血雾合拢的片刻，一条人影闪了进来，落在西边，挡在血河之前，气息涌动中，一层气甲张了开来，混合了紫气的力量，化作一片紫色的光甲，竟然把来势汹汹的血河逼退了十余丈。

川穹一瞥那雄壮的身影，大喜道："是季丹！啊！不，不是！"

却听云端上传来一个愤怒的声音："孽障！你回来干什么！"

都雄魁攻势受阻，却反而哈哈大笑道："妙极啊，妙极！伊挚，你自诩算无遗策，却算不准你的好徒儿！哈哈，哈哈。"在他大笑时，龙爪秃鹰的羽毛突然也异化成片片猩红，他又暴喝一声，人鹰一体化作一个巨大的血团，向紫气俯冲下来。

面对这等威势，连师韶也不禁脸上变色。但挡在最前方的有莘不破却岿然不动。

《山海图》惊现

面对血祖近乎疯狂的进攻，有莘不破竟然丝毫不惧。

川穹心道："他倒也勇敢得紧。不过勇气并不能抵消实力的差距。这样的来势，除非是季丹亲至……"一念未已，血潮已经撞上无明甲，有莘不破身子摇了摇，竟然挡住了。

川穹又惊又喜，随即发现那无明甲颜色呈淡紫，恍然大悟："他能与都雄魁正面抗衡，乃是因为利用了紫气的力量结成无明甲。"他心中突然间悟到了借力、合力、化力的妙境。

在川穹若有所悟的时候，都雄魁的攻势却如大河之浪，前浪未退，后浪又至。有莘不破挡一挡，退一步，再挡一挡，又退一步。

师韶心道："伊挚被镇都三门牵制住，一时缓不出手来全力相助。不破虽有紫气之助，终究挡不住都雄魁的绝顶功力。"此时他和登扶竟都没有动，因为自忖自己一旦加入战团师父也定会出手，根本不能改变当前的胜负倾向。

他正苦恼，身边川穹忽然道："你能把东边的血雾打开一条空隙吗？"

师韶一怔，道："空隙？"

川穹道："对，空隙，让我感应得到外面的世界就行。"

师韶隐隐猜到了对方的意图，危急之中也没有多问，取一个口哨放在嘴角，一声极刺耳的哨声倏然作响，连都雄魁也觉得耳膜一阵刺痛。

登扶竟心道：“哨声刚极锐极，却少了几分蕴涵。他们还没陷入死境，韶儿怎么就这么急躁了？”

师韶这哨声不能持久，但这么一阵冲击，都雄魁功力微受影响，东面刚刚合拢的血雾现出一道极细小的裂痕来。

川穹伸手朝空一指，喝道：“遁！”紫气迅速往他指尖凝聚，随即倒冲出来，紫气所笼罩的范围马上产生扭曲。

白云上传来一声朗笑：“大搬运！妙极妙极！”

都雄魁却变色道：“不好！”

白云连同其笼罩下的紫气凭空消失，被搬运到了血浪包围圈之外。

师韶道：“再退！”

川穹道：“等等。”他第一次运用这种神通，并且是从血浪包围中硬闯出来，一时间真气不继，连忙吸纳紫气以通经脉。他喘息未定，便听得当当当数下钟声响起，声音博大恢弘，却有几分急促。

有莘不破和川穹但觉一阵沉闷，就像有一口无形巨鼎从天而降，把他们牢牢扣住一般。

师韶道：“这是我师父的乐道钟鼎，他想用这个将我们罩住，可我们已经逃出绝地，再要困住我们，那是休想！”说完他取出一把笙来，笙乐响起，便如地泉暴涌，把那当头压下的力量硬顶了回去。

川穹道：“用我这大搬运逃不远，而且太费劲！”

有莘不破道：“何必逃！我们跟他们拼，难道就输给他们！”

川穹给他说得傲气激起，道：“不错！就跟他们拼！”

他本身的真力依然未曾恢复，但既然悟到了如何借用伊挚的紫气神力，反而连以前用不出来的招数也能使用了！

只见他悬空而起，头发飘扬，双手虚抱成圆，有如神临人间，大声道：“都雄魁，你不敢硬接我姐姐度尽万国众生的大飓风，可敢来试试我的‘空穴来风’吗？”

话声才落，强风陡起，却不是向都雄魁吹来，而是带着血晕向前冲去！原来紫气外边突然出现大大小小数十个虚空黑洞，以极强的吸力吞噬周围一切事物。

都雄魁又吃了一惊。伊挚的紫气一直采取内敛的守势，而且和川穹的气脉相连，事先有所防备，因此不易被那虚空黑洞的吸力撼动，而都雄魁的血气却取外放的攻势，他若和藐姑射对敌，绝不至如此托大，却从没把川穹这个小辈放在眼里，一个不慎便吃了大亏！血气沿着前冲的惯性，竟然是源源不断地向那数十个虚空黑洞冲去。虚空黑洞吞噬的东西越多，裂口就越大，吸力也越厉害，到最后数十个小洞竟然连接起来，变成一个巨大的裂缝。

等到都雄魁停住了前冲的余力，血蛊已经被虚空黑洞吞食了一大半，而且剩下的一小半血晕也不停地向那裂缝缓慢移去，他自己竟然控制不住！

师韶知道这无底洞是个极可怕的东西，一个不小心连自己也得赔进去，因此欣慰中带着隐忧，有莘不破却肆无忌惮地哈哈大笑，叫道："好！好！把这些家伙全吞了！"

都雄魁心中狂怒，如果是他和川穹单独对上，便能以"未老先衰诀"之类的神通，通过控制川穹的身体制服他，但有一个老辣的伊挚在旁策应，他对躲在紫气之中的川穹便无可奈何！此时此境，他只要远远逃开川穹依然奈何不了他，但他怎能咽下这口气？而且自己一退，血潮离散，那败局便难以挽回。

连血祖也陷入进退两难的境地，镇都三门更是吓得魂飞天外，眼见突然出现这么大的虚空黑洞，心中均想："这种规模的无底洞，只怕和藐姑射亲自做的也差不多吧。"

河伯匆匆丢了血河；东君舍弃了幻日晕冕，只保住了日核；云中君连好容易凝聚起来的乌云也不要了，他们纷纷逃到都雄魁背后。

都雄魁大怒道："一群蝼蚁！鼠辈！墙头草也比你们强些！祝宗人怎么就养了你们这群软骨头！"

三人臊得无地自容，却听一个女子声音怒道："他们没出息，与我宗主何关！"

众人均是一怔，镇都三老则一起惊呼道："山鬼！"

山鬼的声音竟然是从东面传来："你们三个没出息的家伙！如果还是个男人，就给我滚出来！我镇都四门，需要血宗的人来庇护吗？"

大地一阵震动，一座山峰在东面垄起，挡住了有莘不破等人的回路。

白云间人惊道："不好。"

山鬼依然不见人影，但她的声音却响遏行云："伊挚大人，我本不敢跟您为难，不过各为其主，不得不为，冒犯了！"话声顿了一顿，喝道："难道我镇都四门真的只剩下虚名了吗？哼！你们三个还不动手，更待何时！"

但见都雄魁背后一道火光耀得人两眼刺痛，东君竟然冒着被无底洞吞噬的危险冲天而起，挂在西方。东方的山峰飞下一条瀑布，向南流去，一开始只是一道细水，但与河伯的力量一汇合便化成浩浩荡荡的宽阔江流。

有莘不破道："他们在干什么？"

师韶道："没时间说了，川穹！快用大搬运！逃！"

川穹正全力控制着无底洞，哪里缓得出手来？但见北边乌云弥漫，云中人叹道："迟了。"

夏都方向射来一道强光，有莘不破、川穹都只觉一阵恍惚，回过神来，眼前的天地景象已然大变。

被狂风吹乱的天云没有了，被血蛊摧残的大地没有了。

在一片扭曲中出现四大荒芜幻海：南方一列山脉耸起，为首一座山上长满桂花，堆满金玉，那是南方群山之首招摇山[①]；跟着西方一列山脉耸起，为首一座山上长满松柏，山下遍布洗石，那是西方群山之首钱来山[②]；再跟着北方一列山脉耸起，山上长满机木，一条河水冲下无数

---

① 招摇山：《山海经》中南方第一座山。据《山海经·南山经》记载："南山之首曰鹊山。其首曰招摇之山，临于西海之上，多桂，多金玉。"

② 钱来山：《山海经》中西方第一座山。据《山海经·西山经》记载："西山华山之首，曰钱来之山，其上多松，其下多洗石。"洗石，洗澡用来搓去身上污垢的石头。

的文石，那是北方群山之首单狐山[1]；再跟着东方一列山脉耸起，与其他三列山脉一起隔绝了东方幻海，那是东方群山之首樕（sù）蛛山[2]；最后一座大山从脚下耸起，遍山杻木，遍地箨（tuò）草，那是中央群山之首甘枣山[3]。

随着甘枣山的耸起，大地裂成九州中原、四荒四海，天空日月高悬，来回运转，星辰如经纬罗织，忽冬忽夏，忽昼忽夜，四海之内，四荒之中，电闪雷鸣，仿佛天地初开辟时场景，各种神兽魔兽妖兽怪兽，在大风雨中迅速孕育生成。空间在裂变，时间在跳跃，生命在演化，灵魂在生灭。

只有天际仍然飘着一朵白云，发出一道紫气笼罩住了地上众人，维系着这个世界里唯一的一点微弱平衡。

川穹也罢，有莘不破也罢，都被这忽然出现的世界晃得双眼迷离，他们实在想象不到在这一瞬间整个天地怎么会变成这样。

“这是哪里？这是哪里？”有莘不破大叫，“都雄魁弄出来的幻觉吗？”

白云中传来了一声叹息：“不是，这不是幻觉，这里是大禹对过去历史的推演，这里是伯益对现实宇宙的描影，这里是彭铿对生命的揣摩，这里是精卫[4]对灵魂的猜测，这里，是《山海图》[5]中的世界。”

---

① 单狐山：《山海经》中北方第一座山。据《山海经·北山经》记载：“北山之首，曰单狐之山，多机木，其上多华草。逢水出焉，而西流注于泑水，其中多茈石、文石。”机木，即桤木树，一种类似榆树的树木。

② 樕蛛山：《山海经》中东方第一座山。据《山海经·东山经》记载：“东山之首，曰樕蛛之山，北临乾昧。食水出焉，而东北流注于海。”乾昧，传说中的山。

③ 甘枣山：《山海经》中中央第一座山。据《山海经·中山经》记载：“中山薄山之首，曰甘枣之山。共水出焉，而西流注于河。其上多杻木。其下有草焉，葵本而杏叶，黄华而荚实，名曰箨，可以已瞢。”箨，一种草。

④ 精卫：据《山海经》记载，它是一种长着白嘴红爪子、脑袋上有斑纹、像乌鸦的鸟。相传是炎帝的小女儿，由于在东海中溺水而死，所以死后化身为鸟，常常到西山衔木石填东海。西山就是今天山西长子县的发鸠山。

⑤《山海图》：相传为大禹、伯益绘制的上古地图，现在的《山海经》只是《山海图》的注释文字。《山海图》在东晋时丢失，相传陶渊明是鉴赏过《山海图》的最后一人。

有莘不破惊道:“《山海图》?”

“没错。”白云中的声音道,“我们应该是被拉入《山海图》了。”

……

《山海经密码》写作及编辑出版所用部分参考书目

《〈山海经〉释义》，王崇庆著，中国社会科学院近代研究所图书馆藏嘉靖戊戌（1538年）刊本

《〈山海经〉广注》，吴任臣著，中国社会科学院近代研究所图书馆藏康熙五年（1666年）刊本

《〈山海经〉补注》，杨慎著，浙江古籍出版社1998年8月第一版（影印）

《〈山海经〉新校正》，毕沅著，上海古籍出版社1989年3月第一版（影印）

《〈山海经〉笺疏》，郝懿行著，巴蜀书社1985年6月第一版（影印）

《中国上古史研究讲义》，顾颉刚著，中华书局1988年11月第一版

《史学方法导论》，傅斯年著，中国人民大学出版社2004年9月第一版

《青铜时代》，郭沫若著，中国人民出版社2005年2月第一版

《伏羲考》，闻一多著，上海古籍出版社2006年11月第一版

《同源词典》，王力著，商务印书馆1982年10月第一版

《穆天子传西征讲疏》，顾实著，中国书店1990年8月第一版

《十三经注疏》，中华书局1980年9月第一版

《史记》，中华书局1982年11月第二版

《礼记集解》，中华书局1989年2月第一版

《诸子集成》，上海书店1986年7月第一版

《说文解字》，中华书局1963年12月第一版

《楚辞集注》，上海古籍出版社1979年10月第一版

《水经注校》，上海人民出版社1984年5月第一版

《图解山海经》，徐克编著，南海出版公司2010年3月第二版

激发个人成长

多年以来，千千万万有经验的读者，都会定期查看熊猫君家的最新书目，挑选满足自己成长需求的新书。

读客图书以“激发个人成长”为使命，在以下三个方面为您精选优质图书：

1、精神成长

熊猫君家精彩绝伦的小说文库和人文类图书，帮助你成为永远充满梦想、勇气和爱的人！

2、知识结构成长

熊猫君家的历史类、社科类图书，帮助你了解从宇宙诞生、文明演变直至今日世界之形成的方方面面。

3、工作技能成长

熊猫君家的经管类、家教类图书，指引你更好地工作、更有效率地生活，减少人生中的烦恼。

每一本读客图书都轻松好读，精彩绝伦，充满无穷阅读乐趣！